# LE PATIENT 127

Gilbert Gallerne

# LE PATIENT 127

FRANCE LOISIRS

Édition du Club France Loisirs,
avec l'autorisation des Éditions Belfond.

France Loisirs,
123, boulevard de Grenelle, Paris.
www.franceloisirs.com


ISBN : 2-7441-7648-6

# Prologue

Il calcula mal la distance et braqua trop tôt. La carrosserie du coupé BMW crissa en raclant l'angle du mur, où elle laissa une large trace de peinture. Ballotté de droite à gauche, il réalisa qu'il n'avait pas bouclé sa ceinture de sécurité. Trop tard à présent. Impossible de s'arrêter.

Il secoua la tête, en vain. Les drogues qui circulaient dans son sang brouillaient sa vision.

Il franchit le panneau indiquant la limite du village. Il n'y avait plus de réverbères, et il tâtonna un instant à la recherche de la commande des phares avant de mettre pleins feux. La route apparut devant lui, rectiligne sur près d'un kilomètre et bordée d'arbres qui semblaient guetter la moindre faute de sa part. L'aiguille du compteur grimpait. Que des gendarmes l'arrêtent était sans doute ce qui pourrait lui arriver de mieux.

Une paire de phares jaillit dans son rétroviseur, à quatre cents mètres. Ou peut-être six cents, ou seulement deux cents : sa perception des distances était vague. Les phares grossissaient rapidement.

Il freina dans un crissement de pneus pour négocier le

virage suivant. La BMW tangua lourdement et il crut qu'elle allait se renverser. Il rétrograda puis reprit de la vitesse. Le moteur poussa un rugissement de protestation et il fut plaqué à son siège.

Son inconscience le servait malgré lui : son poursuivant n'osait prendre les mêmes risques et dut ralentir bien avant le virage, ce qui permit au fugitif de gagner deux cents mètres et d'attaquer la courbe suivante avant même que les phares n'aient réapparu.

Ses souvenirs se perdaient dans une espèce de brume, mais il croyait se rappeler que la route serpentait sur plusieurs kilomètres, avant de rejoindre la nationale menant d'un trait à Bordeaux. S'il l'atteignait, il serait sauvé : la nuit était à peine entamée et il y aurait suffisamment de circulation – donc de témoins potentiels – pour le protéger.

Il dut lever le pied pour dévaler le coteau en lacet. L'envie de se frotter les yeux le tenaillait mais il n'osait lâcher le volant, que ses doigts crispés maniaient difficilement.

Penchant avec la BMW à chaque virage, il sentait remonter en lui les effluves des drogues. La nausée le gagnait, et il serrait les dents pour la contenir.

Les phares grossissaient toujours dans son rétroviseur ; une larme perla au coin de son œil. Il s'était bercé d'illusions en croyant pouvoir s'échapper. Jusqu'à présent, il avait bénéficié d'une chance incroyable, mais celle-ci ne pouvait durer. Si encore il avait eu le temps de se fondre dans la nuit... Cela s'était joué à quelques dizaines de secondes à peine... La voiture s'était lancée sur sa piste beaucoup trop tôt.

La larme coula le long de sa joue sans qu'il en eût

conscience, goutta sur le col de sa chemise et fut absorbée par le tissu. Désespéré, il mit le pied au plancher et le coupé bondit jusqu'au virage suivant. Ce dernier tournait à droite et non à gauche, comme il s'y attendait. Il contre-braqua en freinant. La voiture dérapa dans un hurlement de pneus torturés, marquant la chaussée de larges traces de caoutchouc. Une odeur de brûlé envahit l'habitacle, lui soulevant le cœur. En un réflexe, il lâcha le frein pour écraser l'accélérateur à l'instant où le véhicule allait se retourner. Les pneus lisses fumaient sur l'asphalte et la voiture se mit à glisser avant de percuter le talus. Le choc l'ébranla jusque dans ses os et il sentit ses dents crisser les unes contre les autres. Pourtant la voiture retomba sur ses roues et repartit droit devant. Un nouveau virage, qu'il passa par miracle. Les pneus mordaient sur le bas-côté, projetant des mottes de terre dans leur sillage. La voiture tanguait et il la maîtrisait à peine. Son crâne heurta le montant de la portière, des étincelles explosèrent devant ses yeux. Une grosse pierre cogna sous le véhicule, qui résonna comme un gong. Croyant qu'on lui avait tiré dessus, il rentra la tête dans les épaules. D'un coup de volant, il revint sur la chaussée. Une camionnette arrivant en face lui lança un appel de phares paniqué. Ébloui, il ne vit pendant plusieurs secondes que deux grosses taches dorées. La voiture se mit à tressauter : il comprit qu'il roulait à nouveau dans l'herbe. Un nid-de-poule lui fit lâcher le volant et la BMW plongea dans le fossé. L'airbag le percuta tandis que les phares éclataient sous l'impact.

Le souffle coupé, il vacillait, au bord de l'inconscience, et dut faire appel à toute sa volonté pour redresser la tête. Le moteur avait calé, mais le bruit d'un autre véhicule lui parvenait par la vitre baissée. Il ouvrit la portière, rafla le trousseau de clés, qu'il serra dans son poing. Il fit deux pas à l'extérieur en trébuchant sur la terre meuble, eut juste le temps de voir une voiture passer devant lui à toute allure et sauta par-dessus le fossé. Un hurlement de freins lui annonça que son accident n'était pas passé inaperçu. Il s'élança vers une rangée d'arbres qui se découpait sur le ciel étoilé.

Une portière claqua dans son dos. Il n'aurait pas le temps de parvenir aux arbres. Il bifurqua en diagonale à travers le champ, en direction d'une lumière qui approchait. Il avait une vague notion de l'endroit où il se trouvait, croyait se souvenir que non loin de là une route croisait celle qu'il venait de quitter. S'il parvenait à l'atteindre...

Il buta sur une motte de terre et tomba à genoux, se releva en jurant. Il n'y arriverait pas. Le premier quartier de la lune l'éclairait trop faiblement, il n'avait pas d'autre choix que de courir droit devant lui. Combien avait-il d'avance ? Vingt mètres ? Dix ? Assez pour rejoindre la route et demander de l'aide à cette voiture qu'il apercevait ?

Ses pieds foulaient maladroitement le sol, il s'écoulerait peu de temps avant qu'on ne le rattrape. Il continuait néanmoins, avec l'énergie du désespoir, sans oser regarder en arrière. S'il était rejoint, c'en était fait de lui. Galvanisé par cette pensée, il rassembla ses dernières forces et se lança sur la chaussée en agitant les bras, mais ce simple geste demandait trop d'efforts. Les phares dans lesquels il mettait tous ses espoirs approchaient rapidement. On allait le voir, le secourir.

La voiture serait là dans quelques secondes et il se crut

sauvé. Il comprit son erreur lorsqu'il entendit derrière lui le bruit d'un autre moteur. Il n'eut que le temps de se retourner pour voir le véhicule plonger sur lui. Il tendit les mains en un geste dérisoire pour se protéger et se jeta sur le côté au moment où la calandre le percutait.

Le choc lui coupa le souffle. Après quoi, il n'y eut plus que l'obscurité.

# Première partie

# 1

Carole Masson se précipita au-devant des pompiers.

— Accident de la route ! lui cria l'un d'eux. Blessé dans le coma.

L'équipe des urgences accourait derrière elle. Ils empoignèrent le brancard où gisait un homme de trente à quarante ans, une blessure à la tête. Maigre, barbu, les traits creusés, il ne portait qu'une chemise blanche tachée de sang et un pantalon noir maculé de boue.

Les pompiers s'arrêtèrent à la réception pour remplir les papiers d'admission, sous le regard morne d'un ivrogne avachi dans un fauteuil, tandis que le brancard filait en salle d'intervention. Carole courait à son côté, guettant avec anxiété les signes vitaux sur le visage de l'inconnu. Depuis plus de dix ans qu'elle était infirmière, elle ne parvenait toujours pas à contenir ses émotions. Elle faisait de chaque nouveau patient une affaire personnelle, comme s'il se fût agi d'un membre de sa famille.

Le docteur Muller apparut au bout du couloir et s'enquit de la situation tandis que l'on déshabillait le nouveau venu.

— Qu'est-ce qu'il tient, là ?

Des clés dépassaient du poing fermé du blessé, pareilles à des crocs de métal.

Carole prit sa main pour desserrer les doigts, sans y parvenir. Du fond de son inconscience, le blessé maintenait son étreinte comme si sa vie en dépendait. Pendant ce temps, le docteur Muller, penché sur lui, procédait au premier examen.

— Que s'est-il passé ?

— Accident de la route, répondit Carole.

— Il n'a pas l'air trop mal en point. À l'extérieur tout au moins. Radio.

Le brancard prit la direction de la salle de radiologie. Carole l'accompagna, tentant toujours de desserrer l'emprise autour des clés tandis que le médecin énumérait les examens auxquels il fallait soumettre le blessé.

Un doigt céda devant l'ascenseur. Elle en déplia un autre alors que la cabine montait et les derniers lâchèrent prise au moment où l'on transférait le corps. Carole s'écarta et jeta un coup d'œil à son butin. Deux clés plates, correspondant sans doute à des serrures de porte, et une autre plus petite, qu'elle associa aussitôt à celle d'une voiture. Le tout retenu par un vieux porte-clés publicitaire.

— Il est en vie ?

Elle se tourna vers l'homme qui venait de parler.

Un peu plus de la trentaine, grand, brun, le regard perçant, vêtu d'un costume noir fatigué, il approchait à grands pas, suivi d'un deuxième homme en complet gris et nœud papillon, brun lui aussi, les cheveux frisés, le nez chaussé de lunettes. Elle connaissait ce dernier. Il portait un nom méridional, Moreno ou quelque chose comme ça, et elle ne l'avait jamais vu rire. Des policiers.

— Oui, répondit-elle, mais dans le coma. Il est en radio.

Le duo ralentit le pas et le premier homme lui sourit.

— Lieutenant Roland Laville. Et voici mon collègue, le lieutenant Philippe Moreno. Vous êtes ?

— Carole Masson.

Laville se tourna vers son collègue.

— Tu t'occupes du rapport des pompiers ? Je vais voir avec mademoiselle si elle peut nous donner quelques premières indications.

Carole sourit à son tour. Se faire appeler « mademoiselle » à trente ans l'amusait ; il est vrai qu'elle gardait un air d'éternelle adolescente et, consciente du fait, comptait bien en profiter le plus longtemps possible. Elle ouvrit la main et lui montra le trousseau.

— Il tenait ça. J'ai eu beaucoup de mal à le lui faire lâcher.

Le policier prit les clés et les examina.

— Où sont ses affaires ?

— Je vais les chercher.

Elle revint peu après avec les vêtements du blessé. Le lieutenant Laville posa le tout sur une table basse au milieu de trois chauffeuses, vides à cette heure de la nuit, et s'assit pour détailler ce que Carole venait de lui apporter.

— Pas de papiers, constata-t-il. Il a parlé ?

— Non. Il est inconscient.

Le policier palpait les habits, en quête d'un indice quelconque. Les poches du pantalon étaient vides. Il jeta un œil sur les étiquettes.

— En tout cas, ce monsieur a du goût : pantalon Yves Saint Laurent, chemise Cardin, chaussures Gucci...

Seulement il se promène en pleine nuit dans la campagne, sans un sou, sans papiers, juste pour se faire renverser par un inconnu qui prend la fuite. Cette histoire sent mauvais.

Il releva la tête vers elle comme pour quêter son approbation, mais Carole haussa les épaules. Son métier était de soigner des gens, pas de démêler leurs vies. Elle consulta sa montre. Vingt-deux heures. Sa collègue, Nathalie, avait téléphoné pour se faire porter pâle. Cela signifiait que son propre service, qui devait se terminer dans deux heures, durerait en fait toute la nuit. Déjà épuisée par la journée qui venait de s'écouler, elle ne pourrait pas prendre de repos avant le petit matin. La cafetière allait encore être mise à contribution...

— À quoi ressemble-t-il ? demanda Laville.

Elle le lui décrivit sommairement, sans être dupe : il allait le voir dans quelques minutes ; tout ce qu'il cherchait à faire, c'était gagner du temps en sa compagnie. Elle fut flattée par son intérêt. Elle s'assit dans l'une des chauffeuses, face à lui.

— Vous êtes nouveau, je ne vous ai jamais vu.

— Je viens d'être nommé à Cressac. Avant, je travaillais dans un commissariat de la banlieue de Bordeaux.

Il allait ajouter quelque chose, mais la porte de la salle de radiologie s'ouvrit sur le brancard.

— Ah ! Carole ! dit le médecin qui l'accompagnait. Je vais avoir besoin de vous. On a un traumatisme crânien, une fracture ouverte, quelques côtes fêlées, une jambe en piteux état et divers hématomes. Pas d'hémorragie interne à première vue. Vous êtes policier ?

— Lieutenant Laville.

— Eh bien, je pense que c'est un client pour vous : ce type n'a plus d'empreintes digitales.

— Plus d'empreintes ?

— Ses doigts ont été brûlés. Et il a subi des opérations de chirurgie esthétique.

Laville et Carole regardèrent l'inconnu. Seul son visage émergeait du drap qui le recouvrait. Un visage allongé, couvert d'une barbe noire.

Carole partit dans le sillage du brancard, tandis que le policier sortait son téléphone de sa poche. L'affaire venait de prendre un tournant des plus intéressants.

## 2

Carole se trouvait dans la salle des infirmières, à surveiller la cafetière qui lançait ses derniers crachotements. C'était une petite pièce sans fenêtre, coincée entre deux couloirs, qui ne comportait qu'une table près de la porte, un meuble bas et une grande armoire fermée à clé contre la paroi du fond, contenant les médicaments usuels. Après cette nuit difficile, un café lui paraissait ce que la vie avait de mieux à lui offrir, à défaut d'un bon lit.

— Carole ? Qu'est-ce que tu fais encore ici ?

Elle se retourna et sourit. Hélène Perier venait prendre son service. Carole eut un regard pour la pendule. Il allait être six heures.

— Nathalie est malade. Alors je suis restée.

— C'est la troisième fois cette semaine. Tu te surmènes.

En tant qu'infirmière principale, Hélène avait la charge de la gestion administrative des infirmières. Approchant la cinquantaine, c'était une grande femme mince, sèche disaient certains, dont les cheveux gris bouclaient naturellement. Elle avait une autorité naturelle et n'hésitait pas à en user pour dynamiser son équipe.

— Bah ! Je dormirai plus tard. Je n'ai pas grand-chose à faire de toute façon.

— Justement ! Ta vie ne se limite pas à cet hôpital, quand même ! Rien de nouveau ?

Carole haussa les épaules. Inutile de demander à quoi Hélène faisait allusion.

— Cela fait combien de temps ?

— Six semaines. Et trois jours.

— Et il n'a pas donné signe de vie ?

— À part la fois où il est venu récupérer ses affaires, et encore, je n'étais même pas là.

Thierry l'avait quittée en ne laissant que quelques lignes d'explication. Elle avait relu son mot si souvent qu'elle le connaissait par cœur :

« *Carole,*

« *Je te quitte. J'ai cherché les mots pour te le dire sans te faire trop de mal, mais je crois qu'il n'y en a pas. Je ne peux plus vivre ainsi, à attendre que tu aies fini ton service, puis celui d'une autre, à ne pas savoir à quelle heure tu rentreras, à ne pas pouvoir faire de projets. Nous en avons déjà souvent parlé. Tu refuses d'abandonner ton travail. C'était lui ou moi, tu n'as pas voulu le comprendre. J'ai bien réfléchi. Il est trop tard. N'essaie pas de m'appeler pour me faire changer d'avis, c'est inutile.*

*« Je t'embrasse et te souhaite de trouver quelqu'un qui te comprenne. »*

*« Thierry. »*

Elle l'avait encore lu la veille, avant de partir pour l'hôpital, ne parvenant pas à se décider à le brûler. Cinq ans après son divorce, c'était la même histoire qui se reproduisait.

— Tu devrais l'oublier. Voir quelqu'un d'autre.

— Tu parles !

Ils étaient restés ensemble deux ans. Pas facile de faire une croix sur une telle relation. Même en six semaines. Carole se versa une tasse de café et interrogea Hélène du regard.

— Pas pour moi, merci. Je viens de déjeuner.

Carole reposa la cafetière.

— Tu sais, je suis sérieuse. Tu devrais sortir un peu plus, vivre un peu moins pour ton métier. Tu ne peux pas sauver le monde à toi seule ! Tu dois penser à toi. Oublie Thierry, profite de ta jeunesse. Sinon tu finiras toute seule et tu en seras réduite à venir bosser le dimanche et les jours de fête pour oublier ta solitude !

— C'est toi qui dis ça ? Tu passes tellement de temps dans cet hôpital que certains malades croient que tu y habites !

Carole se mordit aussitôt la lèvre, mais le mal était fait. Hélène, deux fois divorcée, sans enfants, s'était réfugiée dans son travail.

— Excuse-moi, je ne voulais pas dire ça. Je suis crevée.

Hélène eut un sourire triste.

— Non, tu as raison. Effectivement, je suis mal placée pour parler. Mais crois-moi, je ne voudrais pas que tu vives ça. Parfois, c'est dur.

— Eh ! Tu n'es pas vieille, tu peux...

— Laisse tomber, veux-tu ? C'est de toi qu'on parlait, pas de moi. Alors ? Quoi de neuf ici ? Je suis passée lire le registre des admissions, on a eu la totale : un brûlé, un empoisonnement et un accident de la route. Tu les as vus ?

— Le brûlé a été dirigé sur Bordeaux. L'empoisonné a eu droit à son lavage d'estomac, état stationnaire. Quant à l'accidenté, Muller s'est occupé de ses fractures, mais il est toujours dans le coma. Mme Carmel a fait une crise et il a fallu la mettre sous oxygène. Je crains qu'elle n'en ait plus pour longtemps. Et son fils n'est toujours pas venu la voir.

— Cela, ma petite, on n'y peut rien. Bon, je vois que tu as eu une nuit chargée ! Eh bien, ma fille, la relève est arrivée. Donc, tu bois ton café et tu passes récupérer tes affaires. Après, au lit ! Tu devais reprendre quand ?

— À treize heures.

Hélène réfléchit rapidement en consultant le tableau des présences.

— Si Nathalie est toujours absente, ça va être juste, je ne peux pas te donner ta journée. Reviens pour dix-huit heures. Fraîche et dispose !

Carole acquiesça. Elle finit sa tasse sans s'inquiéter de savoir si le café allait ou non l'empêcher de dormir. Aujourd'hui, elle était certaine de ne pas avoir besoin de somnifères.

# 3

Le commissaire Laurent Maillard releva la tête du rapport préliminaire qui se trouvait devant lui. Âgé d'une cinquantaine d'années, les cheveux poivre et sel coupés en brosse, le nez chaussé de lunettes comme on n'en faisait plus depuis dix ans, il portait un costume sombre, taillé sur mesure pour accueillir ses impressionnants biceps. Issu de la vieille école, Maillard se tenait en forme par la pratique de l'haltérophilie. Il promena son regard sur ses quatre lieutenants : Luce Terrier, une petite rousse sans grâce à l'indéfectible accent marseillais, Richard Lebrun, un grand maigre qui souriait en permanence, Philippe Moreno, soucieux de sa prochaine promotion, et Roland Laville, le nouveau venu qui commençait déjà à lui poser problème.

— Bon, dit Maillard, si je comprends bien, on a un inconnu aux empreintes digitales effacées, au visage refait, et que quelqu'un a peut-être tenté d'écraser ?

— C'est ça, confirma Lebrun.

— Vous avez trouvé quelque chose sur le terrain ?

— Pas directement. Ça s'est passé sur la chaussée, par temps sec, donc pas d'empreintes. Par contre, sur une route transversale à deux cents mètres de là, on a des traces d'accident. Un véhicule a quitté la route et fini dans le fossé.

— Quel genre de véhicule ?

Lebrun écarta les bras en signe d'impuissance.

— Une voiture, à en juger par l'écartement des roues. On examine des morceaux de phare pour identifier le modèle.

— Vous êtes sûrs que ça a un rapport avec notre inconnu ?

— Sûrs... n'exagérons rien. Les traces ne remontaient pas à très longtemps et la proximité des deux incidents laisse à supposer qu'un lien pourrait exister. Maintenant, dire qu'on est sûrs...

Le commissaire se tourna vers Laville et Moreno.

— Et de votre côté ?

Laville ouvrit la bouche pour répondre mais Moreno le devança :

— Pas de signalement de disparition. Homme de trente à trente-cinq ans, inconnu dans le voisinage. On ne voit pas ce qu'il faisait sur cette route de campagne, en pleine nuit, sans lampe ni papiers. On a pensé à un évadé, seulement personne ne s'est fait la belle ces derniers jours. On a relevé des débuts d'escarres sur ses jambes, comme s'il était resté longtemps couché. Il souffre de malnutrition et les médecins ont trouvé des traces de drogues dans son sang. Ses vêtements indiquent une certaine aisance, mais peu d'espoir de ce côté-là. Avec cette histoire d'empreintes effacées et de chirurgie esthétique, on est en train d'éplucher le fichier du grand banditisme. Copie du dossier a été transmise à la DST à tout hasard.

Le commissaire opina.

— Les clés ?

Roland Laville en profita pour se glisser dans la conversation.

— Rien. Une clé de voiture et deux clés de verrous. Mais ce sont des clés minute. Pas de numéro de série.

— Ok. Luce et Richard, vous êtes bons pour une enquête de passage.

Les intéressés firent la grimace. Ils allaient devoir s'installer sur les lieux de l'accident durant plusieurs soirs à l'heure approximative où il s'était produit, arrêter chaque véhicule et interroger son conducteur, dans l'espoir que quelqu'un aurait remarqué quelque chose d'anormal.

— Quant à vous deux, vous me creusez la piste du grand banditisme. Vous avez placé un planton ?

— On n'a personne. Avec la conférence internationale à Bordeaux, tous les agents sont réquisitionnés et une surveillance continue demande quatre personnes... De toute façon, il ne peut pas s'enfuir, et comme on ne sait pas s'il s'agit vraiment d'une tentative de meurtre...

Maillard grimaça.

— Bon. Espérons qu'on ne viendra pas nous le flinguer sous le nez. Vous gardez le contact avec l'hôpital. On a des nouvelles ?

— Il est toujours dans le coma. Les médecins ne savent pas quand il en sortira, ni même s'il a une chance.

— Voilà qui va nous aider ! Bon. Vous vous chargez de surveiller ça ?

Laville acquiesça.

— Et doucement avec l'infirmière !

Laville regarda Moreno, qui se tassa dans son fauteuil.

— Intérêt purement professionnel, chef, protesta-t-il.

— Je n'en doute pas. Mais que cela n'interfère pas dans l'enquête. Ok. Vous pouvez disposer. Pas vous, Roland.

Laville se rassit alors que les autres quittaient la pièce. Quand la porte se fut refermée dans leur dos, le commissaire posa les mains à plat sur le bureau et le toisa.

— J'ai reçu une convocation de l'IGPN pour vous, dit-il.

Roland fronça les sourcils. L'Inspection générale de la police nationale. La police des polices. Jamais une bonne nouvelle.

— À quel propos ?

Maillard le regarda comme s'il s'était trouvé devant l'étal d'une boucherie et s'interrogeait sur la qualité de la viande.

— Je pensais que vous pourriez me le dire.

— Pour ça, faudrait que je sache de quoi il retourne.

— Vous venez d'arriver dans le service. Donc, ça doit concerner votre précédente affectation. Peut-être cette histoire de cartes de séjour...

Laville haussa les épaules. Son ancien commissariat avait fait l'objet d'un article dans lequel une journaliste affirmait que des fonctionnaires de police monnayaient la délivrance de visas à des sans-papiers. L'IGPN s'était aussitôt emparée de l'affaire.

— Je n'avais rien à voir là-dedans. On n'est même pas certain qu'il y ait eu un trafic !

— Si vous le dites. Mais que les choses soient bien claires entre nous : mon service est propre. Je ne tolère pas la moindre transgression. Pas de bakchich, pas de violence, pas de racisme...

— Eh, vous me dites ça à moi ! Je ne sais même pas ce qu'ils me veulent ! C'est sans doute pour témoigner du comportement d'un collègue... Vous savez comment ils procèdent. C'est pas pour rien qu'on les appelle les bœufs-carottes : ils nous laissent mijoter et vont interroger quinze types sans qu'on sache jamais auquel ils s'intéressent vraiment !

Le commissaire ne paraissait pas convaincu ; il hocha tout de même la tête.

— Bon, bon. Vous pouvez disposer.

Laville se leva et sortit. Ses collègues l'attendaient autour de leur table commune, mais il garda pour lui la raison de cet entretien.

— Ça y est, lâcha-t-il, il s'est enfin décidé à m'avouer qu'il m'aime.

Luce et Richard sourirent. Moreno le regarda comme s'il était sérieux. Laville lui donna une claque dans le dos, que l'autre accueillit avec un froncement de sourcils agacé.

— Allez, ma poule. On file à l'hôpital. Et cette fois, tâche de pas me dénoncer au patron si je fais de l'œil à une infirmière. Tu sais à quel point il est jaloux.

## 4

Lorsqu'elle entra dans la salle des infirmières à dix-huit heures précises, Carole sourit en voyant que Hélène était encore là, mais elle se garda bien de lui en faire la remarque. Il existait une véritable affection entre elles et, dès l'arrivée de Carole deux ans plus tôt, Hélène l'avait prise sous son aile. Elle avait dû reconnaître en elle la fille qu'elle aurait aimé avoir. Quant à Carole, elle avait accueilli avec joie et reconnaissance ces marques d'affection, qu'elle n'avait pas reçues de sa propre mère. Même si aucune des deux n'avait jamais évoqué le sujet, elles avaient conscience qu'une sorte de lien de parenté les unissait.

— Ah ! s'exclama Hélène en la voyant. Il était temps, j'ai cru qu'il allait se suicider !

— De qui parles-tu ?

— D'un charmant jeune homme, lieutenant de police de son état, qui t'a rencontrée hier et ne jure plus que par toi. Cela t'évoque quelque chose ?

Carole sentit ses joues s'empourprer.

— Je ne sais pas. Peut-être. Ils étaient deux...

Hélène sourit.

— En tout cas, il y en a un à qui tu as tapé dans l'œil ! Et si tu veux mon avis il a l'air d'être le genre d'homme qu'il te faudrait. À l'extérieur tout au moins, faut voir à l'usage. Vas-y, ma fille ! N'oublie pas ce que je t'ai dit...

— Oh ! Tu m'agaces !

Carole quitta la pièce, faussement courroucée, pour dissimuler son trouble. À peine était-elle dans le couloir qu'elle se heurta à Roland Laville. Celui-ci s'était changé, il portait un costume gris, une chemise bleue et une cravate assortie, qui lui allaient bien. Carole réalisa qu'elle devait être écarlate et son trouble n'en fut qu'augmenté, mais il ne parut pas s'en apercevoir et lui sourit.

— Bonjour ! Le monde est petit !

Elle afficha un sourire gêné, consciente que Hélène entendait tout depuis la salle voisine. Celle-là ! De quoi se mêlait-elle, à jouer les entremetteuses ? Carole était assez grande pour gérer sa vie sentimentale. Encore que les résultats n'aient guère été brillants jusque-là, elle devait en convenir.

— Pas tant que ça. Vous savez, je travaille dans cet hôpital. Mais vous, qu'est-ce qui vous amène ici ?

— Toujours la même raison, hélas ! J'aimerais y venir

pour l'unique plaisir de vous voir, seulement ce n'est pas le cas. Notre blessé ne s'est pas réveillé ?

— Non. État stationnaire. Vous voulez parler au médecin ?

— Mon collègue s'en charge. Vous avez le temps de prendre un café ?

— Sans doute.

Elle se pencha dans l'encadrement de la porte.

— Hélène, j'ai le temps d'aller prendre un café ?

— Vas-y. Je t'appellerai si on a besoin de toi.

Et Hélène lui envoya un clin d'œil démesurément appuyé qui acheva de la déstabiliser. Cette femme était impossible !

— Allons-y, dit-elle à l'intention du policier. Je dispose de quelques minutes.

La cafétéria était une salle tout en longueur, à l'extrémité de laquelle une large baie vitrée donnait sur le parking. Deux ou trois tables seulement étaient occupées par des employés de l'hôpital. Carole l'entraîna au fond, où il n'y avait personne.

— Vous avez pu l'identifier ? demanda-t-elle dès qu'ils furent assis.

— Pas encore. Ça ne va pas être facile. On suit plusieurs pistes. Rien de bien solide, mais ça viendra.

— Il y a longtemps que vous exercez ce métier ?

— Une éternité. Et vous ?

— Même chose.

— On est faits pour s'entendre, alors ! Vous n'êtes pas mariée ou vous ne portez pas votre alliance ?

— C'est un interrogatoire ?

— C'est pour mon dossier. Tout élément peut avoir son importance.

— Non. Je ne suis pas mariée. Je ne le suis plus. Et vous ?

— Divorcé, moi aussi. Une petite fille de sept ans.

— Elle vous manque ?

— Bien sûr. D'autant plus que sa mère a déménagé à trois cents bornes d'ici rien que pour m'emmerder. Excusez-moi, mais c'est le genre de truc qui me rend dingue.

Carole ne répondit rien. Elle voyait dans cet homme un reflet de sa propre vie : une profession au service des autres et un désert sentimental. Hélène aurait dit qu'ils étaient destinés l'un à l'autre.

— Nous n'avons pas des métiers faciles, lâcha-t-elle finalement.

— Ça, c'est le moins qu'on puisse dire. Heureusement qu'il y a quelques compensations.

Des compensations... Parfois elle se demandait si le jeu en valait la peine. À quoi bon sauver des vies si la sienne partait à la dérive ? Non, elle ne devait pas penser cela. Elle avait souvent connu des périodes d'abattement. Dans le métier, on appelait ça l'épuisement professionnel. Pas étonnant que la durée moyenne de la carrière d'une infirmière soit de neuf ans. Dans certains hôpitaux, on avait instauré des groupes de parole permettant de discuter de ces problèmes. Dans d'autres, chacune se débrouillait comme elle pouvait. Le sport. Les loisirs ou les voyages. La vie de famille... Carole avait chaque fois tenté de prendre un peu de recul et de puiser des forces au fond d'elle-même, avec plus ou moins de succès. Et depuis deux ans, elle avait souvent cherché du réconfort auprès d'Hélène. Elle se demanda fugitivement sur quoi s'appuyait Hélène.

Le lieutenant Moreno, qui arriva sur ces entrefaites, l'air exaspéré, interrompit le cours de ses pensées.

— Ah ! Je te retrouve enfin ! Bon sang, je t'ai cherché partout ! J'en ai fini avec le médecin. Et toi ?

Ce disant, il jeta un regard sans aménité à Carole, coupable de distraire son équipier. Laville se leva avec un sourire d'excuse à destination de la jeune femme.

— Le devoir m'appelle. Et il n'est pas drôle. À bientôt, j'espère.

Carole acquiesça. Ces quelques instants en sa compagnie lui avaient fait du bien. Pendant une dizaine de minutes, elle avait pu oublier que Thierry l'avait quittée et se comporter presque comme une femme normale. Elle songea à ce que le policier lui avait révélé. La réflexion d'Hélène lui revint en mémoire : « Le genre d'homme qu'il te faudrait. » Mais qu'en savait-elle ?

Son bipeur sonna, la tirant de sa rêverie. Hélène la demandait. Elle finit son café d'une traite et se leva, jetant les gobelets au passage.

***

Lorsque Carole revint à la cafétéria, la nuit était tombée et elle commençait à ressentir les effets de la fatigue accumulée ces dernières semaines, à quoi venaient s'ajouter les événements du jour. Deux heures plus tôt, la vieille Mme Carmel était morte dans ses bras et cela lui avait causé un choc.

Pour se changer les idées, elle était allée voir l'inconnu dans la chambre 127. Il était toujours inconscient, mais certains patients dans le coma enregistraient ce qui se disait autour d'eux. Elle lui avait donc souhaité la bienvenue à l'hôpital et assuré qu'on ferait tout pour le tirer de son état.

En prenant un café, elle aperçut Alain Lambert, le chef du service psychiatrique, seul à une table. Elle se dirigea vers lui et s'assit sans plus de cérémonie.

— Ah ! Carole ! Bonsoir. Alors, quoi de neuf ? Encore en train de sauver le monde ?

— Si seulement... Non, je pensais à ce nouveau patient, l'inconnu de la chambre 127. Vous avez entendu parler de lui ?

— Bien sûr. Un grand mystère ! Vous vous intéressez à son cas ?

— J'étais là lorsqu'on l'a amené... On manquait de bras aux urgences, alors j'ai donné un coup de main.

— Je vois. Vous paraissez fatiguée. Vous ne vous surmenez pas, au moins ?

— Non, juste un peu de surcharge en ce moment, ça va passer. Nathalie rentre demain.

— Bien. Sinon, ça va ?

Les larmes jaillirent avant que Carole les ait senties venir. Elle n'avait pas eu l'intention de se confier, mais la question avait déclenché en elle cette réaction incontrôlable. La cafétéria était quasi déserte, et le petit groupe à l'autre bout ne leur prêtait pas attention. Le psychiatre lui pressa doucement le bras.

— Qu'y a-t-il ?

— Rien, rien...

Plus Carole faisait d'efforts pour retrouver son calme, moins elle y parvenait.

— Laissez-vous aller. Voulez-vous que l'on gagne mon cabinet ?

Elle secoua la tête et s'efforça de respirer calmement. Peu à peu, ses sanglots s'espacèrent.

— C'est juste que je suis fatiguée et... et Thierry est parti.

— Thierry ?

— Mon compagnon. Il m'a... quittée le mois dernier.

Le psy la regardait et Carole devina sa pensée. L'année ayant suivi son entrée dans le service, elle s'était lentement enfoncée dans la dépression et avait mis plusieurs mois à remonter la pente. Elle avait rencontré quelques difficultés dans son ancien poste, du fait de ses prises de position dans un collectif d'infirmières. Elles avaient obtenu gain de cause mais, peu après, sa direction avait commencé à exercer des pressions sur elle. On ne pouvait pas vraiment parler de harcèlement, et à cette époque le climat n'était pas encore favorable aux employés victimes de ce genre d'agissements. Lassée par l'hypocrisie et la bêtise qui l'entouraient, elle avait fini par démissionner. Mais elle avait mal vécu cette situation, qu'elle assimilait plus ou moins à un échec auquel était venu s'ajouter son divorce récent, de sorte que sa vie lui avait paru vide, jusqu'à sa rencontre avec Thierry.

Elle se demanda si elle allait retrouver les angoisses qu'elle avait dû affronter quotidiennement vingt-quatre mois plus tôt. Alors que Thierry l'avait aidée à sortir de la spirale où elle s'engloutissait, son départ n'allait-il pas l'y replonger ?

Alain Lambert paraissait sincèrement touché par sa douleur. Sa pression sur son bras se renforça.

— Vous devriez vivre un peu plus pour vous-même, déclara-t-il. Sortir, voir des amis. Vous terminez votre service à quelle heure ?

Carole faillit lui dire qu'elle avait en principe terminé depuis une heure, mais elle se ravisa.

— Bientôt. Dans une demi-heure.

— Bien. Je veux que vous rentriez chez vous. Vous vous changez, et vous allez dîner au restaurant. Toute seule, comme une grande. Il est temps de faire votre deuil de cette relation. Vous devez vous ressaisir, reprendre goût à la vie. Si vous avez une amie susceptible de vous accompagner, appelez-la et sortez ensemble.

Carole acquiesça, tout en sachant qu'elle n'en ferait rien.

— Je vous aurais bien invitée moi-même, mais ma soirée est prise. C'est l'anniversaire de mon second fils et...

Bien sûr. Il avait une vie normale, lui. Il était marié à une femme ravissante, heureux en ménage, père de deux enfants qui faisaient sa fierté... Tout ce dont Thierry avait rêvé et qu'elle n'avait su lui donner.

— Merci, ne vous justifiez pas, c'est très gentil...

Il la couvait du regard et elle se sentit réconfortée par sa sollicitude.

— Carole, vous savez que tout le monde vous apprécie. Moi-même, j'ai une très grande estime pour vous. Si vous avez besoin de parler, n'hésitez pas, je suis là.

— Merci...

— Et pensez à ce que je vous ai dit. Vivez pour vous. Vous trouverez quelqu'un d'autre. Croyez-moi. Vous êtes encore jeune...

Bien sûr. On lui avait tenu le même discours lorsque son mariage avait implosé, cinq ans auparavant. À l'époque, c'était un peu plus vrai que maintenant. Que lui dirait-on dans cinq ans ? « Vous n'êtes pas encore vieille » ? Et cinq ans plus tard ?

Elle frissonna à l'évocation de toutes ces années, s'imaginant âgée, seule et abandonnée, travaillant vingt-quatre heures sur vingt-quatre pour conserver un semblant de vie sociale et oublier une vie privée désertique.

Elle sécha ses yeux. Ses sanglots s'étaient calmés. Et même si le coin de ses paupières était encore humide, cela ne se remarquerait pas trop.

— Cela ne se verra pas, confirma Alain Lambert comme s'il avait lu dans ses pensées.

Elle acquiesça et il se leva avec une dernière pression sur son bras.

# 5

Carole avait suivi le conseil du psychiatre et, dès qu'elle s'était sentie en état d'affronter le regard des autres, elle avait quitté la cafétéria pour récupérer ses affaires au vestiaire et prendre le chemin de son domicile. À peine venait-elle de poser son sac sur la table que son portable vibra dans sa poche. Elle le sortit et le porta à son oreille.

— Carole ?

Une voix de femme, vaguement familière.

— C'est moi.

— Bonjour, c'est Sophie Landier. Tu te souviens de moi ? Je suis journaliste et nous nous étions rencontrées au collectif d'infirmières...

Le nom suffit à Carole pour se remémorer un petit bout de femme aux cheveux frisés qui avançait d'un pas énergique, comme si les obstacles dressés sur son chemin allaient exploser à son approche. Un visage angélique et un regard faussement innocent lui permettaient de passer là où sa détermination devenait un handicap, et elle finissait généralement par obtenir ce qu'elle désirait.

Elle avait publié un bon papier sur le collectif dans *La Dépêche de Bordeaux*, offrant sans partialité un compte rendu de leur lutte. Demeurée plusieurs jours avec les infirmières en grève, Sophie Landier avait noué de solides amitiés parmi le petit groupe, laissant un bon souvenir à Carole.

— Je ne t'ai pas oubliée. J'avais trouvé ton article très bien.

— Merci. C'est un peu pour ça que je t'appelle. Je cherche des renseignements sur ce type dans le coma qui n'a plus d'empreintes. On m'a dit que tu étais la première infirmière à l'avoir vu. J'aurais aimé recueillir tes impressions, ce genre de choses...

Carole hésita. Elle n'était pas certaine que cette publicité plaise à la direction de l'hôpital. Cependant, ce serait une bonne occasion pour identifier l'inconnu, dont la famille ou l'épouse attendaient peut-être quelque part. Et puis, elle avait bien envie de discuter avec la sympathique journaliste. Hélène et le docteur Lambert avaient raison : il lui fallait voir des têtes nouvelles et cette occasion tombait à point nommé.

— D'accord, dit-elle. Quand veux-tu que l'on se rencontre ?

— Je pourrais passer à l'hôpital demain...

***

Le lendemain, la journaliste débarqua comme chez elle dans le service des soins intensifs et prit quelques photos de l'inconnu sans que quiconque s'inquiétât de sa présence. Après quoi elle se mit en quête de Carole, qu'elle trouva sans difficulté. L'infirmière lui sourit et les deux jeunes femmes, après un instant d'hésitation, s'embrassèrent telles deux vieilles amies.

— Tu n'as pas l'air en grande forme, dit Sophie en détaillant Carole d'un œil inquiet.

— J'ai quelques soucis en ce moment. Je ne peux pas te parler tout de suite, mais ma pause est dans une demi-heure. Si tu veux...

— Parfait ! Je t'attends dehors.

Carole la regarda partir à grands pas. En deux ans, la journaliste avait changé. Elle avait mûri, ses gestes étaient plus fermes et son attitude générale plus décidée. Elle avait abandonné ses longues boucles brunes pour une coupe à la garçonne qui lui durcissait le visage sans pour autant lui ôter son charme. Carole aurait aimé montrer autant d'assurance que cette jeune femme à qui rien ne semblait pouvoir résister. Elle se demanda s'il lui arrivait de douter, de s'interroger sur son rôle dans la vie... et décida que non. Sophie Landier ne paraissait pas du genre à s'encombrer de questions métaphysiques. C'était blanc ou noir. Il y avait des problèmes et des solutions.

Elle sourit sans en avoir conscience et Nathalie, qui était enfin rentrée, lui en fit la remarque.

— Ça a l'air d'aller mieux !

— Aujourd'hui, ça va.

Carole songea qu'il existait des gens ayant le don de rendre leur prochain heureux, comme d'autres avaient celui de saper leur énergie. Manifestement, Sophie appartenait à la première catégorie. Le simple fait de la voir suffisait à lui remonter le moral ! Elle espéra que cette fois la journaliste ne disparaîtrait pas trop vite et qu'elles auraient le temps de faire plus ample connaissance et, pourquoi pas, de devenir amies.

Carole se hâta de remplir sa paperasse, après quoi elle se rendit à son rendez-vous d'un pas léger. Sophie l'attendait sur un banc, à la sortie de l'hôpital. Comme Carole ne disposait que d'une heure pour déjeuner, elles choisirent une petite brasserie à deux pas de là, où elles commandèrent le plat du jour afin de gagner du temps. Dès qu'elles furent seules, la journaliste adressa un grand sourire à Carole :

— Je suis contente de te revoir. Qu'est-ce que tu deviens ?

En quelques phrases, Carole la mit au courant de ses déboires dans son ancien poste et lui dit sa satisfaction d'avoir trouvé cet emploi.

— Bien, mais tu parais fatiguée. Sur le plan personnel, ça va ?

Carole haussa les épaules.

— Je le croyais jusqu'au mois dernier. L'homme avec qui je vivais depuis deux ans en a eu assez. Il m'a laissé un mot et il est parti.

— Tu tenais beaucoup à lui ?

— J'avais fini par croire que ça durerait... Mais bon, c'est la vie. Je suppose qu'on ne peut pas faire grand-chose... Et toi ?

— Je suis un peu dans la même situation, sauf que c'est moi qui suis partie. Cela fait trois mois.

— On devrait fonder un club !

— Tu vois, tu vas déjà mieux. Rien de tel qu'une

copine pour te remonter le moral dans ces cas-là. Attends quelques jours encore et tu vas avoir le coup de foudre, et ce sera pour de bon cette fois.

Carole sourit. Présentée comme cela, la vie paraissait tellement plus facile.

— Tu lis l'avenir maintenant ?

— À mon avis, on a ce qu'on mérite. Et tu mérites mieux qu'un pauvre type qui a eu le tort de te larguer ! Reste en éveil, tout va s'arranger.

— J'aimerais partager ta vision de la vie.

— C'est une question de volonté. Si tu veux, je t'aiderai.

— C'est gentil.

— Mais non, c'est mon côté bonne sœur. De toute façon, j'ai intérêt à ce que tu ailles bien. Si je dois enquêter sur ton mystérieux accidenté, nous allons être amenées à nous revoir. J'aime autant avoir affaire à quelqu'un de souriant.

— Je ne suis pas certaine de pouvoir t'être d'un grand secours...

— On verra. Allez ! Raconte-moi tout. Comment est-il arrivé chez vous ?

## 6

« Le mystère du patient 127 », titrait *La Dépêche de Bordeaux* le lendemain matin. À l'hôpital, tout le monde ne parlait que de cela. Carole parcourut l'article et constata que Sophie avait fidèlement retranscrit ses propos. Le texte tenait la moitié de la première page, avec deux photos en grand format. L'une montrait l'inconnu dans son lit, les yeux clos sur son secret. L'autre avait été prise à l'endroit où on l'avait retrouvé. La légende mettait l'accent sur le mystère de cette nuit-là et posait la question : accident ou tentative de meurtre ? On n'avait pas identifié la voiture coupable et le témoin n'avait pu dire si le choc avait été volontaire ou accidentel.

Carole était en train de relire l'article quand elle entendit approcher un pas pressé. Elle releva la tête et reconnut Roland Laville. Elle lui adressa un sourire de bienvenue, mais il ne le lui retourna pas.

— Qu'est-ce que c'est que ces conneries ? demanda-t-il en brandissant le journal.

Les deux collègues avec qui Carole discutait avant son arrivée se découvrirent soudain des tâches urgentes à accomplir et s'éclipsèrent. Laville ne parut pas les remarquer.

— Juste un article. La journaliste est venue hier. Elle voulait des détails sur notre inconnu.

— Ça va foutre notre enquête en l'air !

Il paraissait vraiment furieux, et Carole se demanda si elle n'avait pas commis une erreur en répondant aux questions de Sophie Landier.

— C'est vous qui lui avez parlé ?

Le nom de Carole n'était pas cité dans l'article, mais Sophie avait mentionné une infirmière présente au moment où les pompiers avaient amené le blessé.

— Je lui ai parlé. Mais elle connaissait déjà pratiquement toute l'histoire.

— Bon sang, vous auriez dû me demander l'autorisation avant ! Et qui lui a donné ces photos ? C'est vous ?

Carole sentit le rouge lui monter aux joues. Elle n'appréciait pas du tout l'attitude du lieutenant. Pour qui se prenait-il ?

— Je ne suis pas à vos ordres. Si vous ne vouliez pas qu'on parle de lui, vous auriez dû le signaler. Quant à l'origine de ces photos, je n'en ai aucune idée. Je ne me promène pas avec un appareil. Je suppose qu'en tant que journaliste elle en avait un et les a prises elle-même !

Le ton était assez glacial pour faire baisser la température de deux ou trois degrés dans la pièce. Cela suffit à calmer le policier.

— Ok, ok. Excusez-moi. Je m'emporte alors que ce n'est pas votre faute, vous ne pouviez pas savoir. Mais cet article risque de nous gêner et de retarder l'identification de ce type.

— Sa photo dans le journal pourrait susciter quelques témoignages...

— Oui. Ou attirer son meurtrier, si on a tenté de le tuer.

Carole se mordit la lèvre. Elle n'avait pas pensé à ça.

— Je suis désolée, dit-elle.

— Bah ! Laissez tomber. De toute façon, le mal est fait. Et puis, je connais cette fouineuse, elle n'abandonne jamais l'affaire et ne regarde pas sur les moyens. Même sans vous, elle aurait fini par obtenir ces informations.

— Je ne suis pas la seule à lui avoir parlé. Elle a réussi à savoir où on a retrouvé cet homme et ce n'est pas moi qui le lui ai appris : je l'ignorais. Quelqu'un de la police l'aura informée.

Il haussa les épaules sans répondre, mais elle vit que

l'argument avait porté et n'en fut pas mécontente. Cet éclat l'avait surprise et blessée. Le policier, qu'elle considérait comme sympathique jusque-là, venait de lui révéler une facette de lui-même qu'elle n'appréciait pas. Elle se sentait attirée vers lui depuis leur première rencontre et le découvrait à présent sous un jour nouveau. *Peut-être ne peut-il éviter de se comporter comme un flic*, songea-t-elle. Si tel était le cas, il devait comprendre qu'elle-même se conduisait comme une infirmière en pensant en priorité à l'intérêt du patient.

Le lieutenant Laville réfléchit, puis eut un geste de la main pour écarter tout ce qui venait d'être dit.

— D'accord. N'en parlons plus. Comment va-t-il ce matin ?

— Rien de nouveau. On soigne ses escarres et ses fractures. Il est en voie de guérison mais n'a pas repris conscience.

— Bien. Si jamais il se réveille, je veux être averti immédiatement.

— Si je suis de service à ce moment-là, je n'y manquerai pas.

— Ok, dit-il. Excusez-moi si j'ai été un peu brutal. Vous voulez le sauver, et moi je veux résoudre cette affaire. Nous poursuivons pratiquement le même but. Essayons de ne pas nous gêner. D'accord ?

Elle acquiesça et il lui fit un clin d'œil.

— Bon. On garde le contact. À bientôt.

Elle le regarda partir de sa démarche chaloupée et ne put s'empêcher de le comparer à Thierry. Il était plus grand, sensiblement du même âge, mais ce n'était pas du tout le même genre d'homme. Thierry était plus posé. Informaticien, il pouvait rester des heures durant devant un programme récalcitrant, tandis qu'elle devinait chez Laville une impatience, un bouillonnement qui lui interdisaient de demeurer très longtemps immobile. Elle se demanda si elle le reverrait une fois cette affaire résolue. Cette question la ramena au mystère du patient inconnu. Qui était-il ? Ses traits portaient les traces de la chirurgie esthétique mais, sous cette barbe qu'elle n'aimait pas, elle le devinait plutôt bel homme. Elle avait essayé de l'imaginer imberbe et le visage ainsi évoqué lui avait paru vaguement familier. Bien sûr, il ne s'agissait sans doute que d'une illusion et elle n'en avait pas fait état auprès de la police, ni même dans son entourage proche. Elle aurait été incapable de dire qui exactement il lui rappelait. Et elle avait beau creuser sa mémoire depuis plusieurs jours pour résoudre ce mystère, rien n'y faisait. Plus elle pensait à cet homme, plus le mystère qui l'entourait semblait s'épaissir.

## 7

Le commissaire Maillard leva la tête lorsque Roland Laville entra, mais il ne fit aucun commentaire sur son retard. Roland s'assit sur la dernière chaise disponible, à droite de ses collègues.

— Nous venons de commencer, reprit Maillard. Je disais à vos collègues que vous allez tous les quatre vous joindre à l'équipe de Gauthier. Ils sont sur l'affaire des braqueurs de supermarchés et ne s'en sortent pas. Vous allez leur donner un coup de main. On a eu trois braquages en un mois, ça commence à faire du bruit. Il faut retrouver ces gars-là, et vite. Pour vos autres affaires, vous les suivrez en parallèle dans la mesure du possible. Vous aviez des trucs urgents à boucler ?

Ils secouèrent la tête. Leurs dossiers pouvaient attendre. Et si le commissaire avait décidé de les affecter à d'autres tâches, mieux valait ne pas trop discuter.

— Bien. Le type de l'hôpital. Le comateux. On a du nouveau ?

— On a tout essayé depuis une semaine, impossible de l'identifier, répondit Moreno.

— Ok. Personne n'a rien vu, et rien ne prouve qu'il ne s'agissait pas d'un banal accident, même si le blessé peut susciter la curiosité. Manifestement, il n'y a pas d'urgence. Laissez tomber pour le moment. Gardez juste le contact avec l'hôpital, au cas où il se réveillerait. Qui s'en charge ?

Laville leva la main, ce qui lui attira les regards ironiques de ses collègues. Peu lui importait. Ce blessé était son seul lien avec Carole, il ne tenait pas à le rompre.

— Au moins, je suis sûr que le contact sera maintenu, soupira le commissaire. Bon, si vous n'avez pas de questions...

Laville se levait pour sortir derrière les autres lorsqu'un regard de Maillard lui fit comprendre qu'il désirait s'entretenir seul avec lui. Il patienta donc, sachant déjà quel serait leur sujet de conversation.

— Vous étiez avec l'IGPN ? lui demanda Maillard sitôt la porte fermée.

— Vous êtes de la police ?

— Très drôle. Qu'est-ce qu'ils vous veulent ?

— Toujours la même histoire.

— Vous êtes sûr que vous n'avez rien à vous reprocher ?

Laville soupira.

— Je vous l'ai dit ! Je ne connais rien de cette histoire de trafic de faux papiers ! Ce n'est pas ma faute si des collègues faisaient un peu de perruque sur le côté !

Maillard le fixait.

— J'espère que vous ne me racontez pas de conneries. Sinon...

Laville se contenta d'acquiescer et quitta le bureau. Il était loin d'éprouver la belle assurance affichée devant le commissaire Maillard. En fait, l'IGPN le serrait de beaucoup trop près pour qu'il se sente à l'aise. Il aurait du mal à se tirer d'affaire. Il n'avait pas grand-chose à se reprocher, mais comme toujours les gros s'en sortiraient en faisant plonger les petits. Il rejoignit les autres qui l'attendaient près de la machine à café et se demanda à quoi ressemblerait l'existence en dehors de la police. Non. C'était impensable. Il ne connaissait que cette vie et ne pouvait se permettre de perdre ce boulot. Un flic n'était pas comparable à un employé de banque ou à un maçon ! Impossible de traverser la rue pour aller accomplir les mêmes tâches chez un concurrent.

Sa seule chance était d'obtenir l'appui de Maillard. Pour cela, il devait lui montrer de quoi il était capable avant que les bœufs-carottes ne le fassent plonger. Mais en aurait-il le temps ? Ces salauds lui collaient aux basques et s'ils découvraient de quoi l'épingler il était foutu. Auquel cas il ferait bien de commencer dès maintenant à préparer son reclassement à l'extérieur de la grande maison. Il jura.

— Quelque chose ne va pas ? demanda Moreno d'un ton doucereux.

— Non. C'est ce foutu café qui m'a brûlé les doigts.

Moreno hocha la tête, semblant croire à son histoire. Quant aux deux autres, ils échangèrent un regard entendu. Roland faillit jurer à nouveau.

# Deuxième partie

# 1

Carole entra dans la chambre baignée de soleil.

— Bonjour ! dit-elle gaiement. Nous allons avoir du beau temps aujourd'hui. Nous sommes en mars, le printemps est là...

Sur le lit, l'inconnu ne répondit pas. Il n'avait pas bougé depuis qu'on l'avait amené, trois semaines plus tôt. L'enquête pour l'identifier n'avait rien donné, personne ne s'étant manifesté à la suite de l'article de Sophie Landier...

Sophie...

Carole sourit en pensant à la journaliste. L'irruption de l'inconnu dans sa vie avait décidément entraîné quelques bouleversements annexes qui modifiaient sa perception du monde. Elle avait retrouvé Sophie, tout d'abord, avec qui elle avait sympathisé au point de fixer un nouveau rendez-vous pour la semaine suivante. Et puis il y avait Roland Laville. Le lieutenant avait tenu à garder le contact, officiellement pour s'enquérir de la santé du patient 127 – ainsi que tout le monde l'appelait depuis la parution de l'article –, mais en réalité parce qu'il désirait la revoir. Elle en avait bien conscience, même si la blessure causée par l'abandon de Thierry n'était pas encore refermée. Cela faisait maintenant plus de deux mois qu'il était parti et elle s'était laissé dire qu'il avait déjà trouvé quelqu'un d'autre. Il aurait été stupide de sa part de continuer à espérer son retour. Et cela lui faisait du bien de savoir qu'un homme était là, tout proche, n'attendant qu'un geste de sa part. Un geste qu'elle hésitait encore à faire. Elle ne voulait pas s'engager dans une nouvelle aventure, pas tout de suite, pas tant que le souvenir de Thierry était encore vivace dans son esprit. Voilà pourquoi elle était heureuse des heures qu'elle partageait avec Sophie ou des moments en compagnie de Roland. Chacun à sa manière lui donnait des arguments pour se convaincre, une fois de retour dans son appartement vide, qu'elle n'était pas vraiment malheureuse, que des gens pensaient à elle et que bientôt elle retrouverait une vie normale.

— Qui êtes-vous ?

Une voix chuintante, déformée par le masque à oxygène. Elle sursauta et se retourna. Les appareils autour du lit commençaient à s'emballer. Elle courut au téléphone.

— Chambre 127. Appelez le docteur Michalet ! Le patient s'est réveillé.

Elle raccrocha, se pencha vers lui en souriant. Elle l'examinait d'un œil exercé, en quête d'un signe annonçant quelque catastrophe imminente, mais les appareils, après avoir enregistré son réveil, se turent et le patient lui-même ne semblait pas sur le point de succomber à une crise quelconque.

— Vous êtes à l'hôpital, lui répondit-elle enfin. Vous

avez eu un accident. Je suis Carole, une des infirmières qui ont veillé sur vous... Et vous, qui êtes-vous ?

— Je... je ne sais pas...

Il l'examinait avec perplexité, comme s'il allait lire son propre nom sur le visage de la jeune femme. Elle continua de sourire. Elle aurait voulu hurler de joie. Combien de fois en trois semaines avait-elle craint de voir les machines reliées au patient se mettre soudain en état d'alerte pour signaler que son cœur avait lâché ou qu'une complication venait de survenir ? À présent il était éveillé, et tout irait pour le mieux. Comme chaque fois qu'une telle chose se produisait, Carole était bouleversée, éperdue de reconnaissance envers la force, quelle qu'elle fût, qui avait tiré le comateux du puits sans fond où il stagnait pour le ramener au monde des vivants, et elle ressentait une bouffée de fierté à l'idée que son action avait été pour quelque chose dans ce miracle.

Elle l'observa avec soulagement. Il était amaigri, presque aussi pâle que les draps qui le couvraient. Des tuyaux lui entraient dans le nez et des sondes étaient placées partout sur son corps. Il était si vulnérable en cet instant, perdu, dépendant totalement d'elle...

— Ne vous inquiétez pas, dit-elle. Votre nom va vous revenir. Vous avez subi un choc et vous êtes resté dans le coma. Il est normal que le réveil soit un peu difficile...

Il tourna vers elle un regard terrifié.

— Vous ne comprenez pas, souffla-t-il. Je ne me souviens de rien du tout !

# 2

Roland Laville entra dans la chambre, suivi de Philippe Moreno. Les appareils auxquels était connecté l'homme dans le lit paraissaient moins nombreux que la fois précédente, mais leurs écrans lui étaient toujours aussi incompréhensibles. Le lieutenant grimaça à cause de l'odeur qui régnait dans la pièce. Il ne se ferait jamais aux hôpitaux, il le savait, seulement là c'était particulier. Sans doute les produits utilisés pour soigner les escarres du blessé.

Lorsque Carole l'avait appelé, il avait d'abord cru que c'était à titre personnel et s'en était réjoui. Mais quand elle lui avait annoncé le réveil du patient 127, il avait aussitôt déclaré à ses collègues qu'il ne pourrait pas participer à la planque prévue pour l'après-midi. L'affaire des braqueurs de supermarchés n'avançait pas et, sur la foi d'un tuyau sans doute aussi percé que les autres, Gauthier avait décidé qu'ils allaient attendre devant une grande surface. Laville n'y croyait pas plus que les membres de l'équipe, et la perspective de rester des heures dissimulé dans une camionnette banalisée ne l'attirait pas. Il n'était pas mécontent d'avoir une excuse pour échapper à cette corvée. Quand il avait annoncé la nouvelle au commissaire Maillard, celui-ci lui avait donné son accord pour foncer à l'hôpital.

Seule ombre au tableau, il avait dû emmener Moreno. Il ne connaissait pas encore suffisamment son coéquipier, dont il savait seulement que, bien que méridional, il n'avait aucun sens de l'humour. À part ça, rigoureux et le petit doigt en permanence sur la couture du pantalon. Ce type avait raté sa vocation : il aurait dû être gendarme.

Malgré son plaisir à l'idée de revoir Carole, lorsqu'il était arrivé à l'hôpital, le principal souci de Laville était de bien mener cette affaire. L'IGPN commençait à lui tourner sérieusement autour et, comme il n'aurait pas les moyens d'accomplir des prouesses dans l'équipe supervisée par Gauthier, il ne lui restait que l'histoire de ce demi-cadavre pour se rattraper.

Ils s'approchèrent du lit.

— Bonjour. Je suis le lieutenant Laville, et voici le lieutenant Moreno. Nous sommes chargés de votre affaire.

L'homme cligna des yeux pour montrer qu'il avait compris. Il était toujours sous assistance respiratoire, et les deux tubes sortant de son nez perturbaient Laville, qui ne parvenait pas à empêcher son regard de s'attarder sur ces excroissances étranges.

— Vous êtes enfin réveillé, dit-il avec un sourire. Nous sommes heureux de voir que vous allez mieux. Comment vous sentez-vous ?

— Faible.

La réponse n'avait été qu'un souffle et Moreno quitta le mur contre lequel il s'était adossé pour se rapprocher du lit. Laville agrippa une chaise et s'assit près du blessé pour se mettre à sa hauteur.

— Ça, je veux bien le croire. Mais maintenant que vous êtes sorti du coma, vous allez pouvoir recommencer à vous alimenter normalement. Quelques bons steaks et vous pourrez bientôt vous lever. Vos blessures ne vous font pas trop souffrir ?

Le blessé tenta de sourire, mais ce ne fut guère convaincant.

— D'après ce qu'on m'a dit, je suis resté trois semaines dans le coma. Je dois donc m'estimer heureux de ressentir quelque chose.

Laville opina.

— Si vous nous racontiez ce qui vous est arrivé ?

Le blessé ferma les yeux et demeura silencieux un moment. Roland se demanda s'il ne s'était pas rendormi et s'apprêtait à le toucher pour s'en assurer quand l'autre parut se réveiller.

— Je ne sais pas. Je ne me souviens de rien.

Laville lui adressa un sourire rassurant. L'amnésie partielle était chose fréquente après une blessure à la tête et les victimes d'agressions avaient quelquefois du mal à s'en souvenir.

— Bien, dit-il. Ça va sans doute vous revenir bientôt. On va attaquer sous un autre angle.

Il sortit un bloc et un crayon de sa poche.

— D'abord, les questions fondamentales : nom, prénom, adresse...

— Vous ne comprenez pas ? Je ne me souviens de rien. Ni de mon nom, ni de mon adresse, ni de ce que j'étais avant de me réveiller ici. Mes seuls souvenirs remontent à ce matin !

Laville fit la moue avant de se tourner vers Moreno. Son collègue était imperturbable, comme s'il rencontrait des amnésiques tous les jours et n'y voyait rien que de très naturel.

— Rien du tout ? insista Laville. Vous savez ce qu'est la chirurgie esthétique ?

— Oui.

— Votre visage a été refait. Cela vous rappelle quelque chose ?

L'homme parut surpris par cette affirmation.

— Mon visage? refait? Qu'est-ce que vous voulez dire?

— Il porte des traces de chirurgie esthétique. Peut-être qu'on n'a presque rien touché. Ou peut-être qu'on a tout changé. Difficile de savoir.

— Mais pourquoi?

— À vous de nous l'apprendre. Je vous écoute.

— Non, aucune idée.

— Bien sûr. Vous avez vu vos mains?

L'inconnu les leva comme si chacune pesait une tonne et les observa.

— Qu'est-ce qu'elles ont?

— Les empreintes ont disparu.

Il examina plus attentivement les traces de brûlures sur ses doigts.

— Et alors?

— Et alors, des empreintes effacées, un visage refait... Chez nous, on assimile ça au grand banditisme. Vous savez ce que c'est?

Le blessé leva les yeux au plafond et s'abstint de répondre.

— Ok. Vous ne voyez rien à ajouter? En ce cas, nous n'avons plus rien à faire ici pour le moment.

Laville remit la chaise sous la table roulante.

— Mais nous reviendrons. Nous finirons par découvrir qui vous êtes, comptez sur nous.

L'inconnu ne leur accorda pas même un regard. Il semblait perdu dans un monde à part.

— Tu crois à son histoire? demanda Laville à son collègue dès qu'ils furent sortis.

Moreno haussa les épaules.

— Je ne sais pas. C'est possible...

— Possible, mais vachement commode. On a un type qui pue le grand banditisme à plein nez, et quand il se réveille et voit deux flics au pied de son lit il joue le coup de l'amnésie.

— J'en conclus que toi tu n'y crois pas.

— Ce type est aussi faux qu'un billet de vingt-cinq euros ! J'ignore qui c'est et si on l'a mis volontairement dans cet état. Mais tout concorde pour en faire un suspect plutôt qu'une victime. Et va falloir qu'on l'identifie par nous-mêmes s'il refuse de nous aider. En tout cas, on a un élément nouveau : il est français. Pas de trace d'accent. Ça restreint le champ des possibilités.

Moreno eut une moue éloquente quant à son appréciation de la situation. Pourtant il n'ajouta rien parce que Carole les avait vus sortir de la chambre et quittait la salle des infirmières pour venir aux nouvelles. Laville retourna son sourire à la jeune femme en songeant que son métier avait tout de même des avantages, tandis que Moreno soupirait et murmurait :

— Grouille-toi, on n'a pas toute la journée.

## 3

Alain Lambert pesait soigneusement ses réponses. Sans doute était-ce dû à sa formation de psychiatre, mais parfois cela avait le don d'agacer Carole, qui aurait aimé un peu plus de rapidité dans leurs discussions. Il s'était appuyé contre le bureau où elle consultait une feuille de soins. Elle se trouvait seule dans la salle des infirmières lorsqu'il était passé et il en avait profité pour venir bavarder quelques minutes. Leur conversation avait très vite dérivé sur leur patient commun.

— Il n'a repris conscience que depuis vingt-quatre heures, dit-il enfin. Ce genre d'amnésie peut durer plusieurs jours, ou plusieurs semaines. Vous êtes suffisamment ancienne dans le métier pour savoir qu'on ne peut se hasarder à aucun pronostic dans ce domaine.

Elle attendait de lui qu'il la rassure, qu'il lui jure que l'amnésie dont souffrait le blessé n'était que passagère, que la mémoire allait lui revenir par morceaux au fil des jours jusqu'à sa guérison totale, mais il ne pouvait pas être aussi affirmatif.

— Le lieutenant Laville pense qu'il simule. À votre avis, c'est le cas ?

— Je ne crois pas. Il sort du coma. Il est faible, désemparé... Je doute qu'il ait été en mesure de monter toute cette histoire dès son réveil. Or, ce sont les premiers mots qu'il a prononcés, n'est-ce pas ? Vous étiez là ?

— Oui. Il a dit qu'il ne se souvenait plus de son nom, et quand je lui ai demandé de quoi il se souvenait, il m'a répondu : « De rien ! »

— Cela me paraît un délai extrêmement court pour analyser la situation et décider de jouer les amnésiques. À moins qu'il n'ait été éveillé beaucoup plus tôt et n'ait eu le temps de concocter son plan en réalisant qu'il se trouvait à l'hôpital et qu'il allait être interrogé par la police...

— Non. Les enregistrements ne relèvent pas la moindre trace d'activité cérébrale avant mon arrivée dans la chambre. Donc, il ne simule pas ?

— Tout est possible, mais dans ce cas je dirais que je n'y crois pas.

— Ce n'est pas l'avis de la police.

— Laissez la police croire ce qu'elle veut. Ce n'est pas votre affaire.

Il se tourna vers elle, soucieux.

— Carole, vous prenez cette affaire trop à cœur.

— C'est mon métier, de soigner les gens et de veiller à ce que leur état s'améliore.

— Certes, mais votre métier devrait s'arrêter lorsque vous ôtez votre blouse. Et visiblement ce n'est pas le cas.

— Vous connaissez une autre manière de vivre ?

— Carole ! Je n'appelle pas ça vivre. Vous vivez par procuration. Vous vous impliquez trop dans toutes ces histoires. Vous êtes là pour soigner les gens, pas pour les adopter !

— Je n'ai pas l'intention d'adopter qui que ce soit !

— C'est pourtant l'impression que vous donnez. Que diable, vous avez tout de même une vie en dehors de l'hôpital !

Comme elle ne répondait pas, il parut soudain saisir les implications de ce silence.

— Où en êtes-vous avec votre compagnon ? Il est revenu ?

— Non. Pas d'appel, rien.

En disant cela, elle eut l'impression de fermer un pan de son histoire personnelle. Après neuf semaines, elle commençait à s'habituer à l'idée, au point de pouvoir en parler sans pleurer. Presque. Elle essuya la larme qui perlait.

— Ce n'est rien, c'est nerveux.

— Carole, vous m'inquiétez. Vous n'êtes plus sous antidépresseurs ?

Elle secoua la tête.

— Non. Cela va beaucoup mieux. C'est de l'histoire ancienne, tout ça.

— Vous devez vous distraire. Ne vous impliquez pas trop dans cette affaire. Vous ignorez qui est cet homme. La police semble croire qu'il s'agit d'un gangster... Même s'il ne simule pas, c'est une possibilité.

— Ils n'en savent rien !

— Ils ont tout de même de fortes présomptions. Et vous-même n'avez rien qui permette d'affirmer le contraire.

— Il est charmant ! Depuis son réveil, il n'a pas eu un mot plus haut que l'autre malgré ses souffrances et ses problèmes psychologiques...

— Il a besoin de vous ! Comment traiteriez-vous la personne dont vous dépendez, si vous étiez à sa place ?

Le psychiatre avait raison, mais elle ne pouvait croire que ce patient alité et sans défense, cet homme qui se perdait dans de longues songeries, puisse être un gangster assoiffé de sang et prêt à sortir de l'hôpital pistolet au poing.

Il lui prit le poignet.

— Carole, je m'inquiète pour vous. Vous savez que vous m'êtes très sympathique.

Elle le regarda, surprise par son geste, et dégagea sa main sans brusquerie.

— Il ne faut pas, je vais bien.

Ils restèrent quelques secondes silencieux. Carole était troublée. Que cherchait le psychiatre ? Venait-il de lui faire une avance ou son acte était-il innocent ? Il était marié et, pour autant qu'elle le sache, fidèle à sa femme. Désirait-il faire une entorse à ce comportement, ou bien se méprenait-elle ? En tout cas, en ce qui la concernait, elle n'éprouvait nulle envie de se lancer dans une aventure avec un homme marié ! Sa vie était bien assez compliquée sans y introduire les affres d'une relation extraconjugale.

Il s'écarta du bureau sur lequel il s'était tenu appuyé et Carole se leva. Ils se retrouvèrent face à face, comme deux professionnels traitant du cas d'un malade. L'instant était passé et elle se demandait presque si elle avait rêvé. Il lui avait pris le poignet. De cela elle était certaine. Et ce alors qu'elle venait de lui confirmer sa rupture... À moins qu'elle ne se fasse des illusions et soit tellement frustrée – même inconsciemment – depuis l'abandon de Thierry qu'elle en venait à supposer des allusions sexuelles là où il n'y avait rien ?

— Carole.

Il avait la voix rauque et jeta un regard autour d'eux pour s'assurer qu'ils étaient bien seuls. *Non !* songea Carole. Trop tard. Il lui saisit à nouveau la main. Sa respiration s'était accélérée et elle sentait son souffle sur son front. Ses doigts cherchaient à se mêler à ceux de la jeune femme en une étreinte qui était bien plus qu'amicale.

*Nous y voilà*, se dit-elle avec résignation.

— Carole, vous me plaisez, murmura-t-il. Un seul mot de votre part et...

Dans d'autres circonstances, elle aurait pu se laisser séduire. Il était bel homme, cultivé, intelligent, amusant... mais marié. Elle se dégagea en douceur et leva la main entre eux pour l'interrompre.

— Chut. S'il vous plaît. J'apprécie vos paroles. Vraiment. Mais s'il est une chose dont je n'ai pas besoin, c'est bien d'une liaison avec un homme marié et père de famille !

Il sembla avoir reçu une gifle et recula d'un pas. La tension qu'elle avait perçue entre eux reflua comme une vague et elle vit son regard se durcir.

— Je vous en prie, ne le prenez pas mal. Je vous apprécie, j'aime discuter avec vous... mais pas au point de... Enfin, vous comprenez ? Restons amis, voulez-vous ?

Le rouge était monté aux joues du psychiatre et un tic nerveux agitait le haut de sa mâchoire, juste sous l'oreille. Carole fit un effort pour ne pas croiser son regard.

— Bien sûr. Excusez-moi. J'ai été idiot de penser que...

Carole lui adressa un sourire rassurant, mais elle devinait que cela ne suffisait pas.

— Oublions cet incident, d'accord ? Il ne s'est rien passé.

Il opina, passa devant elle et sortit de la salle sans se retourner. Hélène, qui entrait sur ces entrefaites, s'étonna :

— Qu'est-ce qui lui prend ? D'habitude il me salue. J'ai fait quelque chose ?

— Oh, il a des soucis en ce moment...

Mais Hélène ne fut pas dupe. Elle perçut le trouble de la jeune femme et grimaça.

— On avait bien besoin de ça ! s'exclama-t-elle.

— De quoi parles-tu ? Il ne s'est rien passé...

— Oui. Eh bien, ma fille, fais attention. Lambert n'est pas un tendre. Et sous ses airs bon enfant, il est assez susceptible. J'espère que tu ne t'en es pas fait un ennemi.

— Qu'est-ce que tu vas chercher ?

L'avertissement d'Hélène perturbait Carole. Elle observa le psychiatre qui s'éloignait dans le couloir, marchant d'un pas rapide comme s'il craignait d'être rattrapé par quelque chose. Elle aurait voulu le rejoindre, discuter calmement avec lui, mais savait que c'était inutile. Soit il était vraiment amoureux d'elle et chaque mot qu'elle prononcerait serait une épine dans son cœur, soit il avait juste tenté sa chance pour l'ajouter à un tableau de chasse peut-être déjà conséquent, et son refus l'avait atteint dans son amour-propre. Dans un cas comme dans l'autre, les jeux étaient faits.

## 4

Deux jours plus tard, Carole était en train d'examiner le planning de la semaine dans la salle des infirmières lorsqu'elle vit une ombre passer dans le couloir. Elle se retourna et reconnut Roland Laville, qui se rendait d'une allure décidée à la chambre 127. Le lieutenant Moreno le suivait, taciturne comme toujours. Abandonnant son planning, Carole se lança derrière les deux hommes et les rejoignit au moment où Moreno allait refermer la porte de la chambre.

— Je dois vérifier la perfusion, dit-elle.

Le policier hésita mais la laissa finalement entrer avant d'aller s'appuyer contre le mur.

— C'est encore nous ! lança Laville en même temps.

Surpris, le patient 127 détourna les yeux du programme de télévision qu'il suivait. Sans plus de cérémonie, Laville attira vers le lit la chaise qu'il avait utilisée lors de sa dernière visite et s'assit. Ce faisant, il remarqua la présence de Carole et leva un sourcil surpris.

— Il va être l'heure des soins, se justifia Carole.

— Nous devons parler à monsieur.

Carole se tourna vers l'inconnu, qui paraissait encore plus pâle que d'habitude dans son lit blanc.

— Est-ce que ça ira ?

Il lui adressa un faible sourire.

— Je pense, oui. Ces messieurs ne sont pas venus pour me débrancher. N'est-ce pas ?

Laville ignora l'ironie de la question et jeta un regard ennuyé à Carole.

— Si vous voulez bien nous laisser...

— Ne le fatiguez pas trop, il est encore faible...

— Ne vous inquiétez pas.

— Quant à vous, n'hésitez pas à sonner si vous ne vous sentez pas bien...

— Promis.

Elle sortit, inquiète. L'attitude des deux policiers était franchement hostile et le blessé l'avait bien senti, qui leur jetait des regards chargés d'appréhension. Elle piocha un papier dans sa poche et fit semblant de le lire en restant près de la porte pour écouter la conversation.

— Bien, disait Laville. Nous avons repris l'enquête sous un nouvel angle, depuis deux jours. Sans grand succès. Nous savons à présent que vous êtes français, mais c'est tout. Si vous nous en appreniez un peu plus ?

— Je vous ai dit tout ce que je savais. Je ne me souviens de rien.

— Conneries !

— Je vous jure...

— Arrêtez ça, on est entre nous. À mon avis, voilà ce qu'il en est : vous êtes un truand en cavale. Plus d'empreintes digitales, les traits du visage remodelés... Difficile de faire plus clair.

— C'est possible. Vous avez certainement raison. Vous êtes de grands professionnels, non ? Même vous, qui restez là, appuyé contre le mur pour l'empêcher de tomber...

Moreno poussa un grognement indistinct et Carole retint son souffle pour mieux entendre. Une collègue approchait et elle fit mine de s'absorber dans sa lecture.

— Vous oubliez quand même une chose, poursuivait l'inconnu. Dans cette histoire, c'est moi la victime ! C'est moi qu'on a renversé ! Et si vous faisiez vraiment votre boulot, vous auriez déjà retrouvé la voiture. Vous n'auriez pas besoin de venir ici pour tenter de m'arracher une vérité que je ne connais pas ! Seulement ça, bien sûr, c'est moins facile que de poser son cul sur une chaise pour interroger un type sous assistance médicale !

— Ne jouez pas à ce petit jeu-là avec...

— Ce que j'essaie de vous faire comprendre, c'est que je n'ai aucun souvenir. Vous pourriez rester des heures sur cette chaise sans rien tirer de moi. Vous perdez votre temps ici. Et vous me faites perdre le mien ! Encore que j'en aie à revendre en ce moment.

— Vous simulez, nous le savons.

— Vous êtes médecin, maintenant ? Interrogez le docteur Lambert. Il vous dira ce qu'il en pense.

Carole tendait l'oreille pour saisir chaque bribe de la conversation et en percevoir toutes les nuances. Ces deux hommes ne s'aimaient pas, c'était évident. Et pourtant elle était convaincue que chacun était sincère. Le policier voulait tirer cette affaire au clair, même si ses méthodes paraissaient brutales, et le blessé était amnésique ainsi que le lui avait confirmé le docteur Lambert.

— Il y aurait peut-être un moyen de m'aider à recouvrer la mémoire.

Le silence qui se fit dans la chambre trahit l'intérêt soudain des policiers.

— Mes vêtements. Vous les avez emportés, paraît-il. Il faudrait me les rendre. Vous avez eu le temps de les analyser, non ? Qu'est-ce que ça a donné ?

— Rien.

— Tiens ! C'est curieux, je m'y attendais. Alors, puis-je les récupérer, ainsi que mes affaires ?

— Cela ne dépend pas de nous, c'est le procureur qui...

— Eh bien, demandez au procureur !

Il avait parlé sur un tel ton de commandement que Carole se demanda si c'était bien le même homme qu'elle côtoyait journellement. Depuis son réveil, elle ne l'avait jamais entendu élever la voix.

Il y eut un bruit de chaise quand Laville se leva.

— Vous ne voyez rien de plus à nous dire ?

Carole s'éloigna en hâte et arriva à la salle des infirmières avant que la porte de la chambre ne s'ouvre. Elle adressa son sourire le plus innocent aux deux policiers lorsqu'ils approchèrent, mais ils ne semblèrent pas y faire attention.

— Voilà, déclara Laville. On vous le rend. Et on ne l'a pas frappé ni passé à la gégène, ne vous inquiétez pas.

Que lui reprochait-il ? Elle s'était simplement souciée

de la santé de son patient, ce qui relevait de son devoir le plus élémentaire.

— Votre enquête n'avance pas ? interrogea-t-elle pour détourner la conversation.

— Elle piétine, et ce type en est la cause. C'est un simulateur.

— Ce n'est pas l'avis du psychiatre...

— Des psychiatres, on en voit plein les tribunaux. Selon qu'ils viennent pour l'accusation ou pour la défense, ils affirment que l'accusé est dingue ou sain d'esprit. Tout dépend de ce que désire entendre celui qui signe le chèque. Alors, l'avis d'un psychiatre...

Mortifiée que l'on accuse ainsi la profession médicale, Carole devait cependant reconnaître que l'argument n'était pas sans fondement.

— Qu'est-ce que vous allez faire ?

— Lui rapporter ses fringues. S'il est vraiment amnésique, cela pourrait lui rappeler quelques souvenirs. Sinon, il se sera foutu un peu plus de nous et on sera juste un peu plus ridicules.

Carole lui posa la main sur le bras et sourit.

— Ne dites pas ça. Vous voulez découvrir la vérité, c'est peut-être le moyen.

Il haussa les épaules et lui sourit à son tour. Enfin ! Elle n'y croyait plus.

— Vous avez raison. Inutile de se mettre martel en tête à l'avance. Et puis, ça me donnera l'occasion de vous revoir.

Il lui adressa un clin d'œil et repartit avec Moreno. Carole sentit son cœur battre plus vite. L'allusion était directe. Les paroles d'Hélène lui revinrent en mémoire et elle songea que son conseil avait peut-être du bon, après tout. Que diable, elle n'allait pas devenir bonne sœur ! Trois mois seraient bientôt écoulés depuis le départ de Thierry, il était temps de tourner définitivement la page.

# 5

Le procureur n'avait pas vu d'objection à la restitution des effets personnels. Le laboratoire n'en avait rien tiré de toute façon et, cette affaire ne progressant pas, ce pourrait être un moyen de dissiper les brumes de l'amnésie.

Roland Laville, qui s'était chargé de les récupérer, avait quelque peu intrigué pour revenir seul à l'hôpital. Lassé d'avoir dans les jambes un Moreno décidément trop soumis au règlement, il lui avait suggéré de repartir sur l'affaire des braqueurs. Par ailleurs, ce n'était pas une mission dangereuse. Le commissaire Maillard avait admis l'argument sans problème.

Mais si Laville avait suggéré ce bouleversement dans les procédures, c'était avant tout pour revoir Carole seul à seule. Moreno, qui s'empressait de tenir les autres informés des progrès de sa relation avec l'infirmière, lui donnait l'impression d'être en liberté surveillée.

Il avait pris soin, la veille, de s'enquérir de l'emploi du temps de Carole et ne fut donc pas surpris de la trouver là.

— Voilà ! dit-il en montrant le sac qui contenait les vêtements de l'inconnu.

— Vous avez pu les obtenir ? Il va être content. Il m'en a parlé ce matin. Il espérait que vous y arriveriez !

— Heureux de pouvoir lui faire plaisir.

Ils se dirigèrent de concert vers la chambre et Carole poussa doucement le battant.

— Il dort, chuchota-t-elle en montrant le patient, les yeux fermés devant le téléviseur allumé.

— Eh bien, on va le réveiller ! répondit le policier à haute voix.

Il était venu rapporter les affaires demandées, il tenait à être là pour juger de l'effet qu'elles produiraient sur leur propriétaire. Il ne pouvait certes pas négliger la possibilité d'une amnésie véritable, même s'il persistait à le considérer comme un simulateur. Quelque chose dans ce type lui déplaisait. C'était viscéral. Et le fait que Carole semblait éprouver un faible pour lui n'arrangeait pas les choses.

Le patient bougea et les moniteurs qui l'entouraient s'en firent l'écho. Il ouvrit les yeux et vit le policier penché sur lui.

— Bonjour, Belle au bois dormant. Je ne vous embrasse pas, c'est pas mon style. Par contre, je suis venu les bras chargés de cadeaux. Regardez ça !

Le patient semblait avoir du mal à émerger, sans doute sous l'effet des drogues dont on l'abreuvait pour atténuer la douleur.

— Vous n'avez pas l'air en très grande forme. Cela fait pourtant près d'un mois qu'on vous a amené ici. On ne s'occupe pas bien de vous ?

— On le sort des soins intensifs demain, précisa Carole.

L'homme acquiesça. Laville nota l'absence de tuyaux dans son nez et songea que l'on aurait sans doute pu le trouver presque beau, avec sa grande barbe à la

Jésus-Christ. À condition d'aimer le genre efflanqué et grabataire, évidemment.

— Qu'est-ce que c'est ? s'enquit le blessé d'une voix pâteuse.

Laville posa le sac sur la table roulante et y plongea le bras, suspendant son geste avec une ampleur dramatique.

— Ce que vous m'avez demandé. La clé de votre passé. Les vêtements que vous portiez lorsqu'on vous a trouvé. Et tout d'abord... une chemise blanche, de marque Cardin !

Il la sortit du sac et la brandit devant lui. Le blessé tendit la main et il la lui donna.

Carole observait avec anxiété le visage de cet homme sans passé, guettant le moindre signe de souvenir. Il lui adressa un regard désespéré et secoua la tête.

Laville, qui le surveillait étroitement, sortit le pantalon. L'amnésique saisit ce vêtement maculé de terre, le palpa, glissa les mains dans les poches.

— Vous fatiguez pas, elles ne contenaient rien.

Laville acheva de vider le sac, dévoilant un slip, deux chaussettes et une paire de chaussures.

— Voilà tout le reste. Et ça.

Une petite pochette en plastique contenait un trousseau auquel trois clés étaient accrochées. Le blessé les prit, les sortit et les examina.

— Vous avez trouvé d'où elles proviennent ?

— La petite est une clé de contact. Les deux autres correspondent à des verrous de porte. Ce sont des clés minute. Impossible de déterminer leur origine ni même la marque de la voiture. Quant au porte-clés, on en a distribué des milliers comme celui-ci voici une dizaine d'années.

Le blessé soupira et rejeta les vêtements sur son lit. Il avait conservé les clés dans sa main, comme s'il espérait que, par quelque pouvoir magique, elles ouvriraient les chaînes emprisonnant ses souvenirs.

Laville se sentit soudain pris de compassion pour ce type. S'il était sincère, découvrir que ses seuls liens avec son passé ne lui apprenaient rien devait lui porter un coup terrible. Il essaya de s'imaginer lui-même amnésique et frissonna. Même s'il est parfois des choses que l'on préférerait oublier, il ne pouvait nier que ne pas savoir qui l'on est devait être terrifiant.

Si l'homme était sincère...

Sinon, il les menait bien en bateau. Mais, en ce cas, c'était un sacré comédien : les larmes coulant sur ses joues ne semblaient pas forcées. Laville fut gêné pour lui. Il pleurait sans retenue, à tel point que Carole se précipita pour le prendre dans ses bras. Laville en ressentit aussitôt une pointe de jalousie et la sympathie qu'il commençait à éprouver envers le blessé disparut d'un coup.

— Allons, murmurait Carole en le berçant comme un enfant. Ne vous inquiétez pas, c'est normal, ça va revenir... Vous savez ce qu'a dit le docteur Lambert : il n'y a pas de miracle et cela peut être très long. Ce n'était qu'une tentative. D'autres possibilités vont survenir qui...

— Oui, oui, je sais. Excusez-moi. Laissez-moi, voulez-vous ?

Il se dégagea. Carole le relâcha et s'écarta. Il fixait les clés dans sa paume ouverte, mais elles ne lui apportaient nulle réponse.

— Je crois qu'il vaudrait mieux sortir, murmura Carole.

Laville la suivit à regret. Perdu dans ses réflexions, l'homme dans le lit semblait avoir oublié leur présence.

— Vous avez le temps de prendre un café ? demanda Roland dès qu'ils furent dans le couloir.

Carole adressa un signe à une infirmière dans la salle de garde et l'autre acquiesça.

— On peut y aller, ma collègue m'appellera si besoin est.

Ils s'installèrent à la cafétéria, à l'écart d'un groupe de quatre infirmiers qui faisaient suffisamment de bruit pour couvrir leur conversation.

— Vous ne devriez pas trop vous attacher à ce type, fit-il dès qu'ils furent installés.

Il fut désarçonné par le sourire ironique qu'elle lui adressa.

— Qu'est-ce qu'il y a ? J'ai dit quelque chose de drôle ?

— Non, c'est juste qu'Alain Lambert, le psychiatre qui s'occupe de lui, m'a conseillé la même chose hier !

— Vous voyez ! Sur quoi fonde-t-il cet avis ?

— Oh, rien que de très banal. Le patient 127 est perturbé, et il craint que cela ne me perturbe également. J'ai eu quelques problèmes de dépression il y a un moment, il a peur que je replonge.

Laville la regarda. Elle ne donnait pas l'image d'une femme dépressive.

— Et vous ? demanda-t-elle avant qu'il ait eu le temps d'extrapoler sur cette révélation. Pourquoi me donner ce conseil ?

— Vous le savez. Ce type est suspect. On ignore qui il est, d'où il vient... C'est peut-être un tueur en série spécialisé dans les infirmières ! Non, je plaisante. Mais le fait est qu'on ignore tout de lui et qu'il peut s'agir de quelqu'un de pas recommandable. Pour ma part, je suis persuadé que c'est un simulateur. Et sa petite comédie d'aujourd'hui ne me fera pas changer d'avis ! S'il simule, c'est qu'il a quelque chose à cacher. Même si vous ne courez pas un risque physique, ce que je n'exclus pas *a priori*, vous attacher à un tel homme ne pourrait que vous attirer des problèmes.

— Qu'est-ce qui vous fait croire que je pourrais m'attacher à lui ?

— Vous le surprotégez. Dès que nous arrivons pour l'interroger, vous débarquez comme une mère poule.

Elle avala une gorgée de son café brûlant et il sut qu'il l'avait touchée.

— Je ferais ça pour n'importe quel patient, dit-elle en reposant le gobelet.

— Peut-être. Seulement, dans ce cas précis, vous prenez des risques.

— Et... en quoi le fait que je prenne des risques vous gêne-t-il ?

Il hésita, mais l'occasion était trop bonne. Et peut-être était-ce ce qu'elle attendait ?

— Parce que je m'inquiète pour vous. J'ai eu le temps de vous apprécier depuis que nous avons fait connaissance et je vous aime bien...

Elle contempla rêveusement son café.

— Je l'avais compris.

— C'est pourquoi je serais désolé de vous voir vous amouracher d'un voyou qui ne vous mérite pas... Écoutez...

À quelques mètres d'eux, les quatre infirmiers s'étaient tus brusquement et il eut l'impression que des projecteurs venaient de se braquer sur lui, mais il était trop tard.

Il était engagé et une occasion pareille ne se représenterait peut-être pas de sitôt. Jusque-là, Carole avait bien accueilli ses paroles. Il décida que le moment était venu.

— ... ce n'est peut-être pas le meilleur endroit pour discuter de ça. Vous êtes libre à dîner ce soir ?

Elle marqua une infime hésitation.

— Non, pas ce soir. Je suis de service. Et je vais être coincée toute la semaine. Mais la semaine prochaine, pourquoi pas ?

Il se leva.

— Ok. Je vois mon planning et on arrange quelque chose.

Elle opina et ils se quittèrent en souriant, aussi heureux l'un que l'autre à la perspective de ce dîner.

## 6

Immobilisé dans le lit par ses perfusions et les témoins qui le reliaient encore aux machines, le patient 127 vit entrer Carole avec plaisir. De toutes les infirmières, c'était elle sa préférée.

Sorti du service des soins intensifs le matin même, il se trouvait à présent dans une chambre classique qu'il aurait en principe dû partager avec un autre malade. Cependant, du fait de son état mental et des allées et venues de la police, la direction de l'hôpital avait jugé préférable de le laisser seul. Le décor différait de ce qu'il avait connu jusque-là : la plupart des machines destinées à assurer sa survie avaient disparu et il redevenait presque un patient comme les autres. Sa fenêtre donnait sur les jardins de l'hôpital et, lorsqu'il redressait le haut de son lit, il pouvait voir les convalescents se promener, seuls ou avec leurs visiteurs. De visiteurs, lui-même n'en avait pas. Au début, les journalistes s'étaient pressés en nombre. Le mystère qui l'entourait avait éveillé leur intérêt. Mais bien vite leur curiosité était retombée, et la nouvelle qu'il était sorti amnésique de son coma n'avait pas suscité grand bruit parmi les médias. Même la journaliste de *La Dépêche de Bordeaux*, avec qui Carole disait avoir dîné quelques jours plus tôt, s'était contentée de lui téléphoner pour prendre des nouvelles.

— Comment vous sentez-vous aujourd'hui ?

Il eut un mouvement des mains pour signifier « comme ci, comme ça », sans trop bouger les bras, dont le gauche était toujours immobilisé par une perfusion. Les douleurs finissaient par s'estomper. Ses fractures s'étaient bien remises et il pourrait bientôt marcher normalement. Sur le plan physique, son état s'améliorait. Il ne pouvait en dire autant du mental. Ses nuits étaient peuplées de rêves qui le laissaient trempé de sueur au réveil et, lorsqu'il en gardait quelque souvenir, ce n'étaient qu'images de violence et de torture. Mais ça, il ne voulait pas en parler tant qu'il n'en aurait pas compris le sens. Comme si elle avait suivi le cours de ses pensées, Carole demanda :

— Rien de nouveau ? Pas de souvenir fulgurant au milieu de la nuit ?

Il prit la télécommande qui se trouvait près de sa main pour baisser le son de la télévision. Un animateur gominé et une jeune femme à la beauté artificielle présentaient une rediffusion de succès de la chanson de la décennie passée.

Comme à chacune de ses visites, Carole lui adressait quelques paroles gentilles en veillant à ne pas le blesser par un mot malheureux. Il l'aimait bien. Elle était mignonne, ce qui ne gâtait rien, mais ce n'était pas le plus important. Ce qu'il appréciait par-dessus tout chez elle, c'était sa compassion exempte de cette condescendance propre aux autres membres du corps médical, pour lesquels il semblait n'être qu'un cas d'étude. Il répondit à son bavardage avec bonne humeur tandis qu'elle redressait son oreiller et vérifiait ses perfusions. Sans sa présence, sa situation lui serait apparue sous un angle beaucoup plus sombre. En fait, il lui arrivait parfois de remercier la chance d'avoir atterri ici et de lui avoir permis de rencontrer Carole.

Bien sûr, il s'abstenait de montrer ce qu'il ressentait. Nombre de malades devaient s'accrocher à leurs infirmières, projetant sur elles leur gratitude jusqu'à se persuader qu'ils en étaient amoureux. Du moins supposait-il que cela devait se passer ainsi ; il reconnaissait qu'il manquait singulièrement d'expérience pour étayer son raisonnement. Une fois de plus, le gouffre noir de son passé l'effraya. Qui était-il avant ce soir funeste où on l'avait retrouvé sur la route ? Que faisait-il là ? Il savait que les policiers ne croyaient pas à son amnésie et le prenaient pour un simulateur. Que n'aurait-il donné pour qu'ils aient raison ! Il aurait au moins su à quoi s'en tenir. Dommage qu'il ne puisse leur accorder ce plaisir.

Carole disait quelque chose, mais il la fit taire d'un geste et elle s'interrompit, choquée.

— Mesdames et messieurs, annonçait le présentateur, voici Luigi Belladone !

Carole l'observait sans comprendre et suivit la

direction de son regard jusqu'à l'écran sur lequel apparaissait un chanteur dans un costume de cuir noir.

— Qu'est-ce que… ? demanda-t-elle.

— Silence !

Elle se figea tandis que le chanteur entamait un air qui réveilla en lui une foule de souvenirs. Des larmes coulaient sur ses joues, il ne pouvait les retenir et ne le voulait pas : c'étaient des larmes de joie.

Ils restèrent à fixer l'écran jusqu'à la fin du numéro. Le chanteur disparu, les présentateurs enchaînèrent sur un groupe anglais et Carole se tourna vers lui.

— C'est moi, dit-il.

Elle ne répondait pas.

— Ce chanteur. Luigi Belladone. C'était moi ! Je suis Luigi Belladone.

Elle secoua doucement la tête.

— Non.

— Non ? Pourquoi non ? Je me souviens. C'était moi.

— Ce n'est pas possible. Luigi Belladone est mort. Il s'est tué il y a cinq ou six ans.

Il reçut cette nouvelle comme un coup de poing. Impossible. Il savait qu'il était cet homme. Il se revoyait endossant ce costume. Il se remémorait l'émission… Il eut la vision d'une grande maison blanche. Il balança un coup de poing rageur sur les draps et grimaça quand la douleur irradia son bras.

— Je vous dis que c'est moi ! Je le sais ! Je lui ressemble, non ?

Carole l'observait. Le doute glissa sur son visage tandis qu'elle prenait conscience de la ressemblance. Elle plissait les yeux pour mieux la voir… Il amena la main à son menton... Cette barbe dissimulait ses traits, sinon elle aurait bien dû se rendre à l'évidence.

— Je veux me raser, décida-t-il.

Elle ouvrit la bouche mais ne répondit rien et se contenta de hocher la tête. Elle quitta la chambre, en quête d'un rasoir.

Resté seul, il s'interrogea. S'il se trompait ? Non, ce n'était pas possible. Il savait qu'il était ce Luigi Belladone. Il le sentait jusque dans sa moelle. Mais quel nom étrange ! Sans doute un pseudonyme. Bien sûr ! Il s'en souvenait. C'était ça. Un nom inventé. Son vrai nom était... était...

Il serra les dents sous l'effet de la rage. Son véritable patronyme ne lui revenait pas. Il ne retrouvait que des lambeaux, comme les fragments d'une photo déchirée sur lesquels il reconnaissait un bout de paysage ou une maison, sans pouvoir décrire ce que représentaient les morceaux manquants. Cette maison blanche. Il la voyait bien. Arrondie sur l'avant, en retrait de la rue et protégée par une haute grille d'entrée et un mur d'enceinte impossible à franchir, et derrière... derrière... Il ne savait plus.

Ces souvenirs étaient-ils réels ou simplement le produit d'un cerveau épuisé par les médicaments et la commotion ? Sans parler de ces substances dont on avait trouvé la trace dans son sang. S'il était le chanteur Luigi Belladone, elles s'expliquaient : dans ce milieu, la drogue circulait presque librement. Du moins croyait-il le savoir.

Mais pourquoi ses empreintes avaient-elles été brûlées ? Et son visage refait ? Autant de questions auxquelles il ne pouvait toujours pas répondre. Cette fenêtre soudain ouverte sur son passé ne faisait finalement qu'augmenter ses incertitudes. D'autant que, d'après

Carole, Luigi Belladone était mort. Il retrouvait les souvenirs d'un mort ! L'idée qu'il pouvait être Luigi Belladone, avoir simulé sa mort et se cacher l'effleura. Mais de qui se serait-il caché ? De celui qui avait voulu le tuer ? Ridicule. Pas au point de faire disparaître ses empreintes digitales. C'était le genre de mesure que l'on prenait pour échapper à la police, non à un ennemi ordinaire. Et puis, il n'était même pas certain qu'on ait tenté de le tuer. Les policiers penchaient à présent pour un banal accident de la route et ne s'intéressaient encore à lui que parce que ses particularités physiques évoquaient le grand banditisme.

Justement, il ne pensait pas être un homme ordinaire. Les rêves entachés de violence qui déchiraient ses nuits l'effrayaient. Il lui arrivait de se voir, tel un témoin extérieur, penché sur un homme attaché à une chaise et le frappant. Qu'il s'agisse de véritables souvenirs ou simplement du travail de son subconscient, ces évocations le terrifiaient par ce qu'elles laissaient supposer de sa personnalité antérieure.

Carole revint avec un miroir et un nécessaire de rasage.

— Voulez-vous que je le fasse ?

— Merci. Je vais y arriver.

Il s'assit dans son lit au prix d'un gros effort. Ses forces revenaient mais il était encore loin de pouvoir prétendre à des exploits sportifs. Même si la kiné qu'il rencontrait chaque matin pour une heure d'exercices sur ses engins de torture lui jurait que dans quelques semaines il n'y paraîtrait plus. Pour le moment, le moindre effort le laissait pantelant.

Carole avait rempli une cuvette d'eau tiède, qu'elle

posa sur la tablette près de lui avant d'étaler une grande serviette sur ses genoux.

— Je vais vous la tenir, dit-elle alors qu'il éprouvait quelques difficultés à caler la glace dans les draps.

Elle la leva à hauteur de son visage et il fut surpris par ce qu'il vit. Plusieurs jours s'étaient écoulés depuis qu'il s'était vu et il avait bien changé entretemps. Ses joues s'étaient remplies, et les cernes sous ses yeux avaient presque disparu. Son regard bleu clair n'avait plus ce reflet hagard et il se serait presque attendu à y découvrir une étincelle de malice. Mais pour l'instant il était grave.

Il prit la bombe de gel et en couvrit sa barbe. Le rasoir jetable tailla dans cette broussaille sans coup férir et une large tranchée apparut. Tout en se rasant, il ne pouvait s'empêcher de ressentir une crainte obscure à l'idée de ce que serait le visage qu'il allait découvrir dans quelques minutes. Ces traits appelleraient-ils d'autres souvenirs ? Ressusciteraient-ils d'autres pans de son passé ?

Et surtout, l'homme qui allait apparaître plairait-il à Carole ? La jeune femme avait pris beaucoup d'importance dans sa vie ces derniers jours et il craignait de la décevoir. Il ne lui avait pas parlé de ses rêves de violence. Il n'avait abordé le sujet avec le psy que par un biais détourné, ne voulant surtout pas qu'on le considère comme fou, ni que l'on puisse penser qu'il était dangereux.

Il ne voulait pas que Carole ait peur de lui, même s'il se faisait peur à lui-même. Il se demandait parfois si recouvrer cette mémoire perdue en valait vraiment la peine. Que gagnerait-il si sa vie antérieure était celle d'un voyou ou d'un assassin ? Ne valait-il pas mieux tout ignorer, pour se rebâtir une personnalité ?

Il avait terminé une joue et son visage lui paraissait familier. Sans doute n'avait-il jamais porté la barbe auparavant. Carole le regardait par-dessus le miroir, qu'elle tenait à bout de bras.

— Posez-le un instant si vous êtes fatiguée, dit-il.

Elle le laissa retomber.

— Merci.

Il se tourna de côté pour lui faire admirer le profil qu'il venait de raser. Il s'était coupé et une estafilade sanglante marquait sa joue.

— Alors ? Qu'est-ce que vous en dites ?

— Il y a effectivement une certaine ressemblance. Mais je crois que Luigi Belladone s'est tué dans un accident de voiture.

Il grogna. Elle se trompait, il en avait la certitude. C'était la première fois que des souvenirs lui revenaient. Il *fallait* qu'ils soient authentiques. Il fit pivoter la glace.

— Restez comme ça, ça ira très bien.

Le rasoir attaqua la seconde joue.

— Est-ce que vous pourriez vous renseigner ? s'enquit-il.

— Bien sûr. Je vais demander au lieutenant Laville...

— Non. Pas lui. Je n'ai pas confiance.

Carole se mordit la lèvre mais ne répondit rien, il se demanda ce qu'elle avait failli dire. Qu'elle faisait confiance au policier ? Sans doute. Mais elle n'était pas dans sa position. Il avait bien remarqué les regards que ces deux-là échangeaient. Il aurait fallu être aveugle pour ne pas voir que le policier lui plaisait. Quant à lui, l'hostilité du lieutenant Laville lui était apparue dès le début. Convaincu qu'il était plus coupable que victime, le policier n'aurait de cesse qu'il l'ait prouvé. S'il était vraiment

Belladone, ce dont il était persuadé, il tenait à en obtenir la preuve et à comprendre comment il était arrivé ici avant d'en faire état. Il n'avait nulle envie de se livrer pieds et poings liés à un flic qui voulait sa perte.

— Et j'aimerais que vous n'en parliez pas non plus au docteur Lambert...

L'infirmière hésita. Sa demande allait sans doute à l'encontre de centaines de règlements, mais il lui fallait gagner du temps pour y voir clair. Avec le retour de ses souvenirs épars, la crainte diffuse qu'il éprouvait depuis quelque temps s'était précisée. Il ignorait de quoi il avait peur mais ne tenait pas à s'avancer dans l'obscurité sans avoir mis toutes les chances de son côté. Et, pour l'instant, son seul avantage était de garder secret ce qu'il avait découvert.

— Juste le temps que l'on s'assure de mon identité, insista-t-il. Je ne voudrais pas passer pour un idiot si je me trompe. Selon vous, Belladone est mort. Si c'est vrai, je ne peux pas être lui. Il est donc inutile d'alerter tout le monde tant qu'on n'a pas creusé la question. D'accord ?

Il lui adressa son sourire le plus charmeur. Tiens, c'était un truc qu'il avait oublié et qui resurgissait brusquement. Un truc à la Belladone. Une confirmation de plus qu'il *était* Belladone !

— D'accord ?

Et le vieux truc fonctionnait encore. Carole était en train de céder.

— Faites-moi plaisir. Juste pour quelques jours...

— D'accord ! Mais pas plus. Je devrais le signaler tout de suite. C'est bien parce que vous insistez...

Il lui sourit. Il avait gagné.

# 7

Carole remporta le nécessaire de rasage à la salle des infirmières. Elle jeta le rasoir et rangea la bombe de gel tout en réfléchissant. Elle avait commis une faute en acceptant de se taire. Si cela venait à se savoir, elle risquait de se faire sérieusement réprimander. Cependant, s'il se trompait, toute cette histoire s'effacerait d'elle-même et personne n'en saurait jamais rien. Ce serait toujours un argument à employer pour sa défense si les choses tournaient mal, mais elle doutait qu'on en tienne beaucoup compte.

Cet homme ne voulait pas avoir affaire à la police. Elle ne pouvait lui en vouloir, car Roland semblait l'avoir pris en grippe et mettait en doute tout ce qu'il disait. Il accueillerait avec le plus grand scepticisme la nouvelle selon laquelle le patient amnésique se souvenait avoir été un chanteur à succès dans les années quatre-vingt-dix !

Mais elle ne pouvait demeurer éternellement dans l'expectative et attendre que d'autres souvenirs corroborent ceux qui, à en croire le patient, venaient de faire surface. Elle devait creuser cette piste et en avoir fait le tour avant que la vérité éclate. Roland n'était pas le seul à pouvoir la renseigner. Elle récupéra son portable dans le vestiaire et fit signe à une collègue qu'elle s'absentait pour téléphoner. Elle descendit au jardin, où quelques malades déambulaient sous les premiers rayons de soleil du printemps, et consulta son répertoire. Sophie répondit à la deuxième sonnerie.

— Carole ! Quel plaisir de t'entendre ! Qu'est-ce que tu deviens ?

Carole avait réfléchi en attendant l'ascenseur. Elle ne devait pas oublier que la jeune femme était journaliste et que le « mystère du patient 127 », comme elle avait intitulé son article, l'intéressait. Lui révéler que l'amnésique affirmait être un chanteur autrefois célèbre risquait de lui valoir la une dès le lendemain, et il lui faudrait s'expliquer devant ses supérieurs. Elle usa donc de moyens détournés pour lui demander de se documenter sur Luigi Belladone.

— Pour autant que je me souvienne, ce type a quitté le métier depuis plusieurs années à la suite d'un accident.

— Il n'est pas mort ?

— Je ne crois pas. Pourquoi ? Tu t'intéresses aux *has been*, maintenant ?

— Pas moi, ma nièce. Elle a vu une émission à la télé et s'est mis en tête de faire un exposé sur le destin des chanteurs disparus. Elle n'a rien trouvé sur lui, alors j'ai pensé à toi.

Il y eut un silence à l'autre bout du fil.

— Je vois, dit finalement Sophie.

Au ton de sa voix, il paraissait évident qu'elle ne gobait pas son histoire. Carole s'en voulut de lui mentir, mais Sophie était journaliste : son intérêt prévaudrait sans doute sur leur amitié naissante si elle flairait un scoop.

— D'accord, concéda-t-elle. Ça tombe bien, je suis à Paris pour quelque temps, en formation sur les nouvelles technologies. J'ai tout de même un peu de temps libre et je devrais pouvoir faire un saut au musée de la Presse ou contacter un *people* où j'ai mes entrées. Je te rapporterai tout ça à Bordeaux. On dîne ensemble ?

Carole la remercia et elles se quittèrent sur cette

promesse. En revenant à pas lents vers l'hôpital, Carole se demanda tout de même si elle n'avait pas commis une erreur en faisant appel à Sophie.

⁂

La journaliste raccrocha et resta un instant les yeux dans le vide. Carole avait eu une voix bizarre. Elle paraissait gênée. Perplexe, elle rangea son téléphone tout en réfléchissant à cet appel. Au bout du couloir, Patrick, un journaliste de *La Manche* avec qui elle avait sympathisé, lui faisait signe que le cours allait reprendre mais, perdue dans ses pensées, elle ne le vit pas. À supposer que l'histoire de la nièce soit un prétexte, c'était Carole qui avait besoin de renseignements sur ce chanteur. Quel rapport pouvait-il exister entre Luigi Belladone et elle ?

Sophie revint à pas lents vers ses collègues en examinant le problème sous tous les angles. Deux axes se dessinèrent. Carole pouvait avoir besoin de ces renseignements à titre personnel ou à titre professionnel. Avait-elle rencontré le chanteur et voulait-elle se renseigner avant de s'engager dans une relation plus poussée ? Mais alors elle n'aurait pas été si mystérieuse. Si on éliminait la piste sentimentale, restait sa profession. Le chanteur avait-il été admis à l'hôpital ? Peut-être ; en ce cas la demande de Carole était absurde. Elle n'avait rien d'une groupie et ne semblait pas du genre à découper des photos dans de vieux articles pour se les faire dédicacer par un *has been*...

À moins que les photos ne lui servent à identifier quelqu'un. Sophie s'arrêta au milieu du couloir. Elle venait d'avoir une révélation et n'aurait pas été étonnée d'entendre un coup de tonnerre ébranler les cieux. L'affaire remontait à plus d'un mois mais à sa connaissance le mystère demeurait entier. L'accidenté s'était réveillé sans le moindre souvenir. Pouvait-il s'agir du chanteur ? L'âge correspondait à peu près, de même que la silhouette. L'inconnu avait dû maigrir ces derniers temps, à en juger par le triste état dans lequel on l'avait trouvé, mais il était peu probable qu'il ait un jour été gros. Et dans son souvenir, Luigi Belladone était grand et mince, avec quelque chose de chevalin dans le visage. Comme l'amnésique.

Sophie rejoignit le groupe à l'instant où il regagnait la salle.

— Hé ! lui lança Patrick, qu'est-ce qui t'arrive ? On dirait que tu as gagné le gros lot !

Elle hocha la tête.

— Il y a un peu de ça.

Et elle y songeait en reprenant sa place. Si l'inconnu se révélait être Luigi Belladone, elle se trouvait en première ligne. Sa copie vaudrait son pesant d'or. Certes, elle ne voulait rien faire qui puisse nuire à Carole mais, par ailleurs, celle-ci ne lui avait pas vraiment fait de révélation fracassante sous le sceau du secret. Tout ce qu'elle croyait savoir, elle l'avait deviné seule, lisant entre les lignes pour en tirer ses conclusions.

En temps normal, elle s'en serait tenue là et aurait fait son article sans se préoccuper des « dommages collatéraux ». Mais elle résolut d'attendre un peu avant de se lancer, et d'étudier la tournure que prendraient les événements. Pour l'instant, elle avait un scoop. Le tout serait de ne pas se faire coiffer au poteau par un collègue. Il lui faudrait manœuvrer en douceur.

Le cours lui avait paru intéressant jusqu'ici, mais soudain elle eut hâte que la journée se termine afin d'aller écumer les archives.

## 8

Les deux amies se retrouvèrent pour dîner le lendemain soir à Bordeaux. Carole portait un petit tailleur qu'elle n'avait pas mis depuis un an, pour une soirée cinéma-restaurant avec Thierry. À la réflexion, c'était sans doute la dernière fois qu'ils étaient sortis sans autre raison que de passer un bon moment ensemble. Elle se demanda ce qu'il faisait à cet instant, s'il pensait parfois à elle ou l'avait déjà oubliée, puis s'efforça de chasser cette idée. Elle voulait juste passer une soirée agréable avec son amie ; évoquer Thierry ne pourrait que la gâcher. Elle vit une Twingo verte s'arrêter près de sa Peugeot, et la journaliste en descendre. Pour l'occasion, Sophie avait adopté un ensemble pantalon et blouson en jean recouvert d'un manteau de cuir noir qui lui arrivait à mi-mollet. Sa coupe à la garçonne, qui ne parvenait pas à effacer sa féminité, lui donnait une allure décidée que ces vêtements venaient renforcer. Elle tenait à la main une grande enveloppe et souriait en contournant son véhicule tandis que Carole descendait du sien. Carole éprouvait un peu de culpabilité à l'idée de son mensonge. Elle tenait bien sûr à protéger son patient mais, même si cela excusait bien des choses, elle s'en voulait de cette petite trahison.

Elles s'étaient donné rendez-vous devant un petit restaurant, suffisamment tôt pour être tranquilles. Elles s'embrassèrent et Sophie lui prit le bras pour traverser la rue.

— J'ai tes renseignements, fit-elle en agitant l'enveloppe. On en parlera en dînant.

Elles entrèrent dans la salle encore déserte et furent accueillies par un maître d'hôtel qui les débarrassa de leurs manteaux avant de les guider jusqu'à une table. Elles avaient choisi un établissement réputé pour ses poissons et discutèrent de choses et d'autres en regardant le grand aquarium où s'ébattaient doucement quelques écrevisses inconscientes du sort qui les attendait. Sophie attendit que le garçon ait noté leur commande et posé deux kirs devant elles pour tendre son enveloppe à Carole.

— Voilà le dossier. Pour ta nièce.

Carole le prit et ne put résister à l'envie qui la tenaillait depuis la veille. Elle sortit les documents.

— Elle va être contente, dit-elle en les examinant.

Il s'agissait de photocopies d'articles remontant à la fin des années quatre-vingt-dix. Tout de suite elle s'intéressa aux photos. Il existait une certaine ressemblance. Le patient 127 aurait pu être Luigi Belladone ou son frère. Elle les feuilleta rapidement, mais sans trouver de nécrologie. Comme si elle avait lu dans ses pensées, Sophie précisa aussitôt :

— Luigi Belladone a disparu à la suite d'un accident de voiture. J'ai eu le temps de lire tous ces articles dans le TGV. Si tu veux, je peux te les résumer. Pour ta nièce...

Carole acquiesça en reposant les photocopies sur la table.

— Luigi Belladone. De son vrai nom Alexandre

Morvan. Trente-trois ans aujourd'hui. Poète maudit, il écume les terrasses des cafés en grattant sa guitare. Ça dure quelques années. Puis, en 1996, il parvient à enregistrer un disque, *Le Présent éternel*, qui reprend toutes les chansons qu'il avait eu tant de mal à placer jusque-là. Succès foudroyant. Dans la foulée, il sort deux autres CD. Même succès. Et puis, accident de voiture. Il subit de la chirurgie esthétique et se retire près de Bordeaux. Depuis, plus de nouvelles.

Donc il était encore vivant ! Carole sentit son cœur manquer un battement. Son patient avait peut-être raison ! Il pouvait bien être Luigi Belladone. Ou plutôt, comment avait dit Sophie ? Alexandre Morvan. Alexandre. Elle devrait s'habituer à ce nom, cesser de penser à lui en tant que « patient 127 ».

Un couple vint s'installer près d'elles et elle referma le dossier comme s'il s'était agi d'un document ultrasecret. Un peu plus de la cinquantaine tous les deux, ils ne leur prêtaient pas attention. Ils semblaient très amoureux et se tinrent la main en attendant que le serveur leur apporte la carte. Avec un pincement au cœur, Carole se demanda si elle ressemblerait à cette femme dans quelques années, avec un homme aimant pour lui tenir la main.

— Carole...

Elle sursauta et reporta son attention sur Sophie, qui l'examinait avec inquiétude.

— Fais attention. Ce type n'est pas quelqu'un de recommandable.

— Pourquoi me dis-tu ça ?

— J'ai compris pourquoi tu cherchais ces articles. Ton histoire de nièce n'a pas passé le premier examen. Désolée. Et quand j'ai vu ces photos, j'ai eu la confirmation que tu cherchais : ton fameux amnésique n'est autre que Luigi Belladone. C'est bien ce que tu espérais ?

Carole acquiesça avec un sourire d'excuse.

— Je ne voulais pas profiter de toi mais...

— ... mais tu n'avais pas le choix. Tu voulais ces renseignements, et il te les fallait discrètement. Et c'est bien ce qui m'inquiète, car si tu as eu recours à moi, cela signifie que ton patient n'a pas voulu en parler à la police. Tu ne le ferais pas pour quelqu'un envers qui tu n'éprouverais aucune sympathie. Je crains que ta confiance ne soit mal placée. Ce type risque de te faire du mal. Depuis qu'il s'est retiré, on n'en a plus entendu parler. Ou presque. Des bruits courent selon lesquels il serait devenu plus ou moins fou à la suite de son accident. Il vit reclus, entouré d'une gouvernante et de son ancien imprésario qui fait office de secrétaire. Et il ne sort jamais. Un peu comme Howard Hughes. C'est quelqu'un de totalement égocentrique. Il doit être cinglé.

Sophie lui prit la main à travers la table et la pressa doucement.

— J'ai peur pour toi. Si ton patient est bien Luigi Belladone, tu n'as rien de bon à espérer de lui.

Carole se dégagea de façon un peu sèche.

— Je te remercie de t'inquiéter pour moi, mais qui te dit que j'espère quelque chose de lui ?

— C'est évident, voyons. Il suffit de voir comment tu en parles...

— C'est ridicule ! Ce type est dans le potage le plus complet ! Il ne savait même pas qui il était jusqu'à hier !

— Justement. C'est pour ça qu'il t'intéresse. Tu as une âme de Samaritain, il faut que tu sauves tout le monde. Il t'intéresse d'autant plus que son cas est désespéré.

Carole haussa les épaules sans répondre.

— D'accord. Moi, ce que j'en dis, c'est pour ton bien. Qu'est-ce que tu comptes faire ? Je suppose que tu n'as pas non plus prévenu la direction de l'hôpital ?

— Je sais que je fais une bêtise, mais c'est important pour lui, tu comprends ? Il a besoin de reprendre confiance. Il ne veut pas être déçu. Il s'est vu à la télé et il est persuadé d'être Belladone. Il veut juste en avoir confirmation avant de déclencher la procédure officielle.

Une famille avec trois enfants entra bruyamment dans le restaurant, détournant leur attention. Elles craignirent de la voir s'installer près d'elles, mais les gamins voulaient s'asseoir près de l'aquarium à l'autre bout de la salle et le garçon les mena dans cette direction. Sophie reprit :

— Connaissant Maillard, ça m'étonnerait qu'il apprécie d'avoir été laissé sur la touche trop longtemps...

— Maillard ?

— Le commissaire Maillard. C'est lui qui a hérité du dossier. Tu n'as pas entendu parler de lui ?

— Non, je n'ai vu que des inspecteurs. Des lieutenants, comme on dit maintenant...

— Bien, en tout cas, ne te laisse pas enferrer là-dedans. Tu es une chic fille, ce serait dommage que tu souffres pour avoir aidé un type qui n'en vaut pas la peine.

Carole fut choquée par ce jugement définitif mais ne répondit rien. Elle ne comprenait pas l'animosité dont Sophie faisait preuve à l'égard de ce pauvre homme qu'elle n'avait vu qu'une fois.

— Je vais devoir retourner à Paris pour mon stage. Je suis venue en coup de vent. En fait, je repars ce soir, sitôt fini de dîner avec toi.

Carole sentit une bouffée de reconnaissance l'envahir. Qu'avait-elle fait pour mériter une telle amitié ?

— C'est vraiment très gentil de ta part...

— Bah ! N'oublie pas que je suis journaliste : je veux l'histoire. Je passerai voir ton mystérieux patient à mon retour. Entre-temps, si l'affaire éclate, préviens-moi aussitôt. Je veux bien suspendre mon papier quelques jours, mais je n'aimerais pas qu'un collègue me coupe l'herbe sous le pied simplement parce que je t'ai rendu service.

— Je comprends. Crois bien que j'apprécie. Je te revaudrai ça...

— Tu parles !

Mais son sourire démentait ses paroles, et elle lui adressa un clin d'œil qui soulignait leur complicité.

## 9

Le lendemain, comme Carole ne prenait son service qu'en début d'après-midi, elle passa toute la matinée à éplucher les articles. Elle les lut et les relut, s'imprégnant de la vie de ce chanteur qui avait traversé la scène française tel un météore, le temps de trois disques et d'autant de succès.

Puis était survenu l'accident et il s'était retiré dans sa villa. Un dernier article le montrait, deux ans plus tôt, figé par l'objectif d'un paparazzi. Prise de trop loin, la photo était floue. Et Luigi Belladone n'était déjà plus que de l'histoire ancienne. On lui avait accordé une toute petite colonne en bas de page dans un magazine *people*, et ensuite plus rien.

Elle arriva à l'hôpital avec son dossier sous le bras, un peu en avance afin de pouvoir discuter tranquillement avec le patient 127. *Avec Alexandre Morvan*, se reprit-elle intérieurement. Elle entra dans sa chambre, posa l'enveloppe sur la table et en sortit les premiers articles.

— Oui ! dit-il en voyant les photos. Je me souviens de celle-ci. C'était un gala de charité. Et là ! Je connais cette fille. Elle chantait dans un groupe...

Ils passèrent près d'une heure à examiner tous les articles, à éplucher les photos en quête de détails révélateurs, et il en reconnut plusieurs.

Carole était heureuse de le voir progresser et se flattait d'avoir fait du bon travail. Pourtant, quelque chose la chagrinait encore et, lorsque la vérité lui apparut, elle sentit son bel optimisme s'effondrer : l'homme devant elle ne se souvenait que de ce qu'elle lui montrait. Chaque nouvelle photo était comme une petite fenêtre dans un calendrier de l'avent. En l'ouvrant, il découvrait une image et pouvait lui dire ce qu'elle représentait. Mais elle aurait pu en faire autant en se contentant de lire les légendes et les articles. À aucun moment il n'extrapola à partir d'une de ces photos, pour lui expliquer ce qui s'était passé avant ou après, ou à côté. Il lui décrivait uniquement ce qu'il voyait, comme s'il ne faisait que réinventer ses souvenirs en les voyant ainsi représentés. Après le fol espoir qu'elle avait conçu en tenant entre les mains ces morceaux de son passé, c'était déprimant. Elle regarda cet homme sans souvenirs, submergée par la compassion. Il leva les yeux vers elle et elle y perçut soudain son malaise. Il connaissait les mêmes doutes qu'elle !

— Pourquoi, demanda-t-il, ne puis-je voir au-delà de ces images ?

— Cela va venir... Vous vous êtes déjà souvenu de beaucoup de choses, c'est un grand progrès...

— Tu parles !

Il avait rejeté le dossier sur le lit d'un mouvement rageur et Carole le rassembla pour le remettre dans l'enveloppe.

— Bon, constata-t-elle. Il ne vous reste plus qu'à retrouver votre adresse et à vous y rendre pour voir si cela suscite d'autres souvenirs.

— Non !

Il avait presque crié et elle sursauta.

— Non, répéta-t-il d'un ton plus calme. Il ne faut pas. Pas tout de suite. Je veux d'abord... faire le point. Réfléchir.

— Il va falloir que j'en parle au lieutenant Laville...

— Pas encore. Attendez un peu. S'il vous plaît...

Il la regardait avec tant de détresse qu'elle n'eut pas le courage d'insister. Cet homme avait besoin d'elle. Elle était la seule personne à manifester de la pitié à son égard et il s'accrochait à elle tel un naufragé à sa bouée. Elle savait que cette situation n'était pas saine, mais que pouvait-elle faire d'autre ? Tout en se maudissant pour sa faiblesse, qui finirait par lui attirer des ennuis, elle acquiesça.

— Merci.

Elle haussa les épaules et ramassa l'enveloppe contenant les articles.

— Je remporte ça, dit-elle. Inutile que mes collègues tombent dessus par hasard. Je vous les rendrai quand vous aurez décidé d'en parler.

— Non !

Il lui avait saisi le poignet avec une force dont elle ne l'aurait pas cru capable.

— Non, reprit-il plus doucement. Je veux les garder. Je dois les examiner. Avec ce trousseau de clés, c'est le seul lien qui me relie à mon passé.

Elle eut un regard pour le trousseau sur la table de chevet, près de la pile des livres empruntés à la bibliothèque. Des romans, pour la plupart, et quelques ouvrages médicaux sur l'amnésie. Quand il ne lisait pas, il passait des heures à observer ces trois clés, à les tourner et les retourner entre ses doigts, à les manipuler et à faire le geste d'ouvrir... guettant l'éclair qui illuminerait d'un coup son passé.

— D'accord, concéda-t-elle. Mais ne les laissez pas traîner.

Il marqua son assentiment d'un hochement de tête, et elle le quitta avec un petit signe encourageant pour aller prendre son service.

## 10

La tache noire sur la feuille blanche avait des contours mal définis, comme s'ils se perdaient dans le brouillard. Malgré cela, ou peut-être à cause de cela, il y discernait une menace. Il releva la tête. Le docteur Lambert l'observait. Le test de Rorschach était son idée et il devait être anxieux d'en découvrir les résultats, mais son visage ne trahissait rien. Sur le bureau, un dossier médical était posé. En travers de la couverture, à l'endroit du nom, on avait simplement indiqué « Patient 127 ».

Il se demanda combien de temps encore il pourrait dissimuler qu'il savait s'appeler Alexandre Morvan, alias Luigi Belladone. Que dirait le psychiatre s'il lui avouait s'en être souvenu trois jours plus tôt ? Nul doute qu'il n'apprécierait pas d'avoir été ainsi tenu à l'écart ! Il n'était cependant pas décidé à dévoiler ses cartes pour le moment. Il avait fait de grands progrès depuis la révélation devant l'écran de télévision, mais surtout, d'autres souvenirs lui étaient revenus – indépendamment des photos que Carole lui avait procurées –, dans lesquels il se voyait agir de l'extérieur. C'était lui et ce n'était pas lui tout à la fois. Il ne comprenait pas. Ses cauchemars avaient empiré également, comme si le retour de sa mémoire entraînait un flot souterrain de pensées troubles et de pulsions inquiétantes. Ces déferlements de violence qui hantaient ses nuits le laissaient pantelant et effrayé, au point qu'il ne savait plus s'il s'agissait seulement de cauchemars ou d'images issues du passé qui luttaient pour se frayer un chemin jusqu'à sa conscience. Cette perspective le terrifiait. À en croire la presse, Morvan vivait replié sur lui-même depuis son accident. Une question lui revenait sans cesse : était-il fou ? Et redeviendrait-il fou s'il retrouvait la mémoire ?

Avait-il fait ce qu'il se voyait faire ou ne s'agissait-il que de fantasmes ? Dans ce dernier cas, ces fantasmes devaient exprimer une bien sombre personnalité, qu'il n'était pas certain de souhaiter récupérer. Bien sûr, il aurait pu parler de ses craintes au docteur Lambert, mais celui-ci paraissait déjà suffisamment fasciné par son cas, inutile de lui suggérer qu'il avait peut-être devant lui un dédoublement de personnalité, l'émergence d'un Mr. Hyde derrière le bon Jekyll !

Voilà pourquoi il ne voulait pas épiloguer sur ce que lui suggérait cette tache noire sur une feuille blanche. Les scènes que lui rappelait le test s'étaient le plus souvent révélées violentes et il pensait qu'être catalogué comme malade mental suffisait, sans en rajouter en leur donnant l'impression qu'il pouvait être dangereux.

— Non, commenta-t-il. Cela n'évoque rien.

— Vous en êtes sûr ?

Le psy ne semblait pas convaincu. Il haussa les épaules et détourna la tête pour échapper à son regard.

— Puisque je vous le dis...

— Cela n'évoque rien, ou bien avez-vous peur de ce que cela évoque ?

Le psy lisait en lui avec une facilité effrayante. Jusqu'à quel point pouvait-il discerner le vrai du faux ? Pourquoi avait-il mentionné la peur ? Que savait-il des pensées qui tourbillonnaient sous son crâne ?

— De quoi aurais-je peur ?

— Je ne sais pas. D'images de votre passé qui reviendraient, de flashs dont vous ne comprendriez pas la signification... Vous voulez qu'on en discute ?

— Des flashs... À part ceux des paparazzis, je ne vois pas...

L'œil du docteur Lambert s'alluma et le patient comprit son erreur.

— Que voulez-vous dire ?

— Rien, c'est juste une manière de parler...

— Je ne crois pas... Je suis là pour vous aider, vous savez. Si vous me cachez quelque chose, cela ne peut que se retourner contre vous. Vous êtes affaibli, désorienté.

Vous ne devez pas garder pour vous ce qui vous traverse l'esprit.

— Je vous assure...

— Parlez-moi des paparazzis.

— Oh, laissez tomber...

— C'est vous qui avez introduit ce mot dans la conversation. Même si c'était pour plaisanter, il doit avoir une signification pour vous. Faites-moi plaisir, d'accord ? D'après vous, qu'est-ce qu'un paparazzi ?

Le patient se tortilla dans son fauteuil roulant. Refuser de répondre ne ferait que renforcer les soupçons du psy.

— Un salaud, dit-il. Un type qui vous traque pour vous prendre en flagrant délit de n'importe quoi.

Le médecin jeta deux ou trois notes sur son bloc.

— Bien. C'est un homme ou une femme ?

— Je n'ai vu que des hommes.

Il se mordit la lèvre mais il était trop tard. Lambert le fixait avec un sourire compréhensif.

— Si vous me disiez la vérité, maintenant ?

— Quelle vérité ? Je ne comprends pas...

— Ce que vous évoquez là, ce sont des souvenirs. Pourquoi ne voulez-vous pas en parler ? Je suis là pour vous aider, mais vous devez vouloir progresser, sinon nous perdons notre temps tous les deux. C'est mon métier de faire le tri dans ce qui peut vous revenir. Seul, vous êtes perdu. Vos idées sont confuses, vous vous dissimulez certaines choses parce que vous craignez ce qu'elles pourraient vous apprendre. Je me trompe ?

Il haussa les épaules, mais cela n'interrompit pas le psy.

— Je ne vous juge pas. Ces murs ont entendu des histoires terribles. Rien n'a transpiré. Vous n'avez rien à redouter sur ce plan. Quoi que vous puissiez dire, cela peut aider à votre guérison. Et nous sommes là pour ça tous les deux, n'est-ce pas ?

Le patient 127 fulminait, mais il s'était trahi et persister à nier ne servirait à rien. Le psychiatre aurait tôt fait de découvrir la vérité.

— D'accord, reconnut-il. Je sais qui je suis.

Le docteur Lambert soupira et se laissa aller dans son fauteuil. Il se cala sur ses accoudoirs et joignit les mains comme pour une prière.

— Et qui êtes-vous ?

— Je m'appelle Alexandre Morvan. J'ai été connu sous le nom de Luigi Belladone voici quelques années.

Le psychiatre ne parut pas reconnaître ce nom.

— Comment l'avez-vous su ?

Il lui raconta la scène devant la télévision et vit le médecin se crisper. Le psy écarquilla les yeux et l'examina comme s'il le voyait pour la première fois.

— Carole Masson était au courant ?

Il s'agita dans son fauteuil. Il s'était pourtant juré de ne pas la mêler à ça et voilà qu'il la trahissait.

— Ce n'est pas sa faute. Je lui ai fait promettre de ne rien révéler. J'ai vu cette rediffusion, un chanteur est passé et c'était moi. Luigi Belladone.

— C'est la raison pour laquelle vous vous êtes rasé ?

— Oui. Carole ne croyait pas que c'était moi. Je devais lui montrer.

— Et maintenant, elle est convaincue ?

— Pas complètement. Elle a retrouvé des articles de presse et on voit bien la ressemblance – moi, en tout cas, je la vois ! – mais elle doute encore.

— Des articles de presse. Rien que ça !

— Elle a une amie journaliste.
— Ben voyons !
— Écoutez, il ne faut pas lui en vouloir, elle a fait ça pour moi.
— Bien sûr ! Elle a juste oublié de le signaler au médecin traitant, moi en l'occurrence. Et elle a interféré avec votre traitement. J'aurais dû être là quand vous avez vu ces photos. Elle n'a absolument aucune compétence pour vous soigner, vous entendez ? Ce n'est qu'une infirmière ! Nous avons peut-être laissé passer une magnifique occasion de vous faire faire de grands progrès ! Tout ça parce qu'une infirmière a décidé de jouer les psychiatres à la petite semaine !

Le médecin tapa du poing sur la table. Son geste eut apparemment le don de le surprendre lui-même et il se força à inspirer et à expirer lentement.

— Excusez-moi. Ce n'est pas après vous que j'en ai. Nous allons en rester là pour aujourd'hui. Nous nous reverrons demain. J'espère que d'ici là vous aurez décidé de jouer franc jeu avec moi. Si votre infirmière personnelle n'y voit pas d'inconvénient, naturellement !

## 11

En arrivant à la salle des infirmières, Carole fut surprise de constater qu'elle était attendue.

— Dépêche-toi, lui dit Hélène. Teranier veut nous voir à quinze heures.

Teranier était le directeur de l'hôpital. Carole n'avait pas souvent eu l'occasion de lui parler.

— Qu'est-ce qu'il nous veut ?

— J'espérais que tu le saurais.

Hélène la scrutait, mais Carole haussa les épaules.

— Comment veux-tu que je le sache ?

— En ce cas...

Elles s'y rendirent donc quelques minutes avant l'heure indiquée. La secrétaire, qui ignorait tout du motif de cette convocation, ne put les renseigner et elles discutaient de choses et d'autres en attendant lorsque Alain Lambert fit son apparition. Carole lui adressa un sourire de bienvenue.

— Professeur Lambert ! Vous êtes encore là ? Je croyais que vous n'étiez pas de service cet après-midi.

Il la regarda avec une froideur qu'elle ne lui connaissait pas.

— J'ai dû rester pour régler un problème.

Puis il se pencha vers la secrétaire :

— Pouvez-vous avertir M. Teranier que je suis là ? Il m'attend.

Étonnée, la secrétaire décrocha son téléphone pour l'annoncer.

— Bien, monsieur, dit-elle avant de raccrocher pour se tourner vers les trois visiteurs. Il vous attend. Tous les trois.

Carole ne fut qu'à demi surprise. Depuis l'arrivée du psychiatre, elle croyait savoir ce qu'on lui voulait. Serrant les dents, elle entra la dernière à la suite du médecin, qui s'était effacé pour laisser passer Hélène mais ne fit pas mine de s'écarter devant Carole. Cela ne fit que confirmer ses appréhensions. Où était l'homme qui lui tenait le poignet quelques jours plus tôt ? La porte capitonnée se referma derrière elle avec un chuintement et elle se retrouva dans l'antre de celui qui régnait sur l'hôpital. Carole n'avait pas souvent eu l'occasion de pénétrer dans ce bureau. Elle fut impressionnée de voir autant d'espace occupé par une seule personne. De nombreuses chambres de l'établissement étaient exiguës et certaines salles de réanimation étaient si encombrées de machines que l'on peinait à approcher le malade, mais là, près de quarante mètres carrés étaient consacrés au confort d'un seul homme. Une épaisse moquette blanche couvrait le sol. Sur la droite, une table entourée de six chaises servait pour les réunions ; sur la gauche, un canapé et deux fauteuils cernaient une table basse, près d'un petit meuble qui devait renfermer un bar. Et tout au fond, tournant le dos à une large baie vitrée donnant sur l'entrée de l'hôpital, siégeait Michel Teranier.

La cinquantaine, le teint hâlé par une pratique régulière du golf, il avait la réputation d'être un homme juste, mais supportant mal la contradiction, et un bon gestionnaire.

— Asseyez-vous, leur dit-il dès qu'ils furent entrés.

Il désignait la table de réunion et non le coin plus convivial des fauteuils et du canapé. Carole obtempéra, imitée par le psychiatre qui l'ignorait superbement. Elle se plaça près d'Hélène et nota que le directeur rejoignait le médecin de l'autre côté de la table. Elle n'aimait guère l'allure de tribunal que prenait cette réunion. Teranier confirma ses craintes :

— Madame Masson, le docteur Lambert affirme que vous avez assisté à une évolution importante de l'état d'un malade, cet amnésique dont la presse a parlé sous le nom de « patient 127 », et que vous n'en avez pas fait mention. Est-ce exact ?

Carole prit une profonde inspiration. Elle sentait qu'Alain Lambert s'était raidi sur sa chaise et évita de le regarder.

— En partie.

— Vous étiez au courant ? demanda-t-il à l'adresse d'Hélène.

— Non, mais...

Il ne la laissa pas terminer et se tourna à nouveau vers Carole :

— Si vous nous expliquiez ?

— C'est arrivé voici trois jours.

En quelques mots, elle résuma la façon dont son patient avait soudain semblé recouvrer une partie de sa mémoire et parla des efforts des deux derniers jours pour le faire progresser.

— Donc, vous reconnaissez avoir dissimulé un fait important au médecin attitré de ce malade ?

— Non ! Ils devaient se voir aujourd'hui ! Le patient m'avait demandé de n'en rien dire jusque-là parce qu'il voulait d'abord faire le tri dans ces souvenirs qui réapparaissaient... Il n'y avait pas d'urgence.

— Ce n'était pas à vous d'en décider ! coupa le docteur Lambert avec une telle sécheresse que Carole en fut surprise.

Elle se tourna vers lui et vit son regard furieux, totalement hors de proportion avec l'intérêt qu'il avait manifesté pour le malade jusqu'à présent.

— En vous interposant dans le traitement de ce patient, vous avez peut-être compromis gravement ses chances de guérison !

— Mais il retrouve des souvenirs...

— Des souvenirs fragmentaires, éparpillés, sans lien ni logique. C'était à moi de juger quand et comment lui montrer ces articles et ces photos. À moi d'organiser une progression qui irait dans le sens d'une amélioration de son état ! Pas à vous ! Je vous rappelle que vous n'êtes qu'une infirmière !

Carole fut blessée par cette remarque, jetée comme une insulte.

— Je suis désolée, dit-elle en se tournant vers le directeur. Je ne croyais pas mal agir. Le patient s'est souvenu de quelque chose, je lui ai fourni des documents susceptibles de l'aider à progresser, le docteur Lambert était de repos... Je n'ai pas attendu son retour, il m'a semblé qu'il fallait battre le fer tant qu'il était chaud.

— Vous auriez tout de même pu en parler à votre hiérarchie ! Mme Perier vient de nous dire qu'elle-même n'était pas au courant !

— Il m'avait demandé de n'en rien faire. Et je n'étais pas certaine qu'il s'agissait de vrais souvenirs. Je pensais qu'il ferait le tri avec le docteur Lambert. Et apparemment, c'est ce qui s'est passé !

Elle se tourna vers Lambert avec un regard innocent.

— Je suis désolée si vous avez eu l'impression que j'empiétais sur votre territoire, ce n'était pas mon intention.

— Vous avez tout de même fait preuve de légèreté, constata Teranier.

— Selon moi, Carole n'a pas bien mesuré la portée de ses actes, intervint Hélène. Elle est un peu surmenée en ce moment. Vous connaissez nos problèmes d'effectifs...

— Nous n'allons pas reprendre cette discussion ! Vous savez que je ne peux pas...

Hélène leva la main en un geste d'apaisement.

— J'essaie seulement de remettre les choses dans leur contexte. Tout le monde est fatigué, et Carole plus que toutes les autres, parce qu'elle n'a pas ménagé sa peine ces dernières semaines. Si vous consultez les feuilles de présence, vous constaterez qu'elle a fait plus que son quota en remplaçant souvent des collègues absentes. C'est une infirmière dévouée, compétente, et dotée d'une grande conscience professionnelle.

Hélène se tourna vers Carole et la regarda avec sévérité.

— J'aurais cependant apprécié que tu m'en parles !

Carole haussa les épaules en signe d'impuissance et de contrition.

— Bien, commenta le directeur. Apparemment, vous avez un bon avocat ! Je veux bien admettre que les conditions de travail soient difficiles, mais nous n'avons pas le choix, nous devons faire avec. Je passe l'éponge pour cette fois, mais que cela ne se reproduise pas !

— Je vous le promets, monsieur le directeur.

Teranier acquiesça, apparemment satisfait par la docilité dont faisait preuve Carole, et ignora les regards furibonds du psychiatre, qui ne semblait pas vouloir se contenter de cette simple remontrance.

— Je suppose que vous n'avez pas non plus prévenu la police ?

Carole secoua la tête.

— Il m'avait...

— Je sais, il vous avait demandé de ne rien dire. Mais ce monsieur devra comprendre qu'il n'est pas seul sur terre. Nous avons un règlement intérieur ici, et il existe des lois à l'extérieur de l'hôpital. En l'occurrence, il est dans le collimateur de la police. Je vais donc prévenir le commissaire.

Carole voulut protester mais se ravisa. Il était trop tard, elle ne pouvait plus rien faire. Toute opposition de sa part serait déplacée et ne ferait que renforcer l'hostilité de Teranier à son égard. Elle semblait s'être assez bien sortie de ce mauvais pas, inutile de s'enferrer dans un combat perdu d'avance.

— Très bien, opina-t-elle.

— Par ailleurs, j'ai cru comprendre que vous teniez ces articles d'une amie journaliste.

Carole se sentit pâlir.

— Vous lui avez dit que cet homme croit avoir retrouvé son identité ?

— Pas encore, j'attendais d'être sûre.

— Bien. En ce cas, je vous interdis de communiquer la nouvelle à cette femme, c'est compris ?

Elle acquiesça.

— Si vous contreveniez à cette interdiction, je considérerais cela comme une violation du secret professionnel.

La menace était claire.

Mais Lambert n'entendait pas en rester là. Il se pencha en avant :

— Compte tenu de ce manquement grave à la déontologie, et puisque apparemment Mme Masson va s'en sortir malgré ce que j'estime être une faute professionnelle...

— Cela, docteur Lambert, c'est à moi d'en juger.

— Certes, monsieur le directeur, néanmoins, vous devez convenir que l'attitude de Mme Masson n'a pas été à la hauteur de ce que l'on attend d'une infirmière confirmée. Je suggère qu'on lui retire ce malade afin d'éviter de tels débordements à l'avenir.

Carole le regardait sans y croire, certaine que la requête du docteur Lambert avait des motivations plus personnelles que professionnelles. Il était jaloux et tentait de la séparer de celui qu'il voyait en rival ! Une fois encore, Hélène vint à son secours.

— Je pense, fit-elle d'un ton posé, que ce serait contraire à l'intérêt du malade. Il a confiance en Carole ; la preuve : elle est la seule personne à qui il a voulu confier qu'il retrouvait la mémoire. Dans le contexte actuel, si on l'éloigne, il risque de le prendre comme une punition pour avoir retrouvé une partie de sa mémoire, et sa guérison en serait perturbée.

— Tout de même, protesta le docteur Lambert, nous avons affaire à un adulte !

— Un adulte faible et désemparé. Mme Masson constitue actuellement l'un de ses points d'ancrage. Il serait dangereux de lui ôter ce soutien. Par ailleurs, cela reviendrait à désorganiser mon service et, croyez-moi, je n'ai pas les moyens en ce moment de perdre un élément de la valeur de Carole !

Le directeur hocha la tête.

— Je pense que Mme Perier a raison sur ce point. Il existe un risque thérapeutique, nous ne pouvons le nier et, par ailleurs, j'aimerais autant éviter de perturber le fonctionnement de l'hôpital.

Sentant que le vent tournait, le psy jugea plus prudent de se ranger à cet avis.

— Certes. Mais peut-être conviendrait-il alors de lui trouver d'autres « points d'ancrage » ? Nous ne pouvons laisser une telle responsabilité peser sur une seule personne, aussi dévouée soit-elle.

— Je pense que Mme Perier fera en sorte que ce malade voie un peu plus de monde.

Sur ce, il se leva, leur signifiant que l'entretien était terminé. Carole baissa la tête pour dissimuler sa joie : on ne la séparait pas de son malade.

Hélène attendit qu'elles soient seules dans l'ascenseur pour laisser éclater sa colère :

— Qu'est-ce que c'est que cette histoire ? Tu te rends compte de la situation dans laquelle tu m'as mise ?

— Il m'avait demandé de ne rien dire...

— Je sais ! Ce n'est pas une raison. Et moi je t'avais avertie de te méfier de Lambert ! Je veux savoir ce qui se passe dans mon service, je déteste être mise devant le fait accompli. Ensuite...

Sa voix se radoucit et, comme les portes de l'ascenseur s'ouvraient, elle l'entraîna en direction de la cafétéria.

— ... ensuite, je suis attristée que tu m'aies caché quelque chose. Qu'est-ce qui te pousse dans cette histoire ? Qu'y cherches-tu ?

Après qu'elles eurent pris leurs cafés et trouvé une table dans un coin tranquille, Carole répondit :

— Je ne sais pas vraiment. Cet homme est désemparé, il a besoin qu'on l'aide. Personne ne vient jamais le voir...

— Et tu l'as adopté !

Carole haussa les épaules.

— C'est plus compliqué que ça.

— Tu n'es pas amoureuse de lui, quand même ?

— Non !

Mais la dénégation était venue bien trop vite et une lueur soupçonneuse s'alluma dans le regard d'Hélène.

— Non, mais j'aime bien discuter avec lui. Il est amusant, spirituel, même. Je suis sûr que s'il retrouvait la mémoire ce serait quelqu'un de formidable.

— Mais tu ne sais même pas qui il est !

— C'est pour ça que je dois l'aider à le découvrir.

Hélène allait objecter quelque chose quand son bipeur se signala à son attention.

— Bon, constata-t-elle en lisant le message. Le quart d'heure de récréation est terminé. On a besoin de nous.

## 12

Fatigué par la station assise, il avait sonné pour qu'une infirmière vienne basculer son lit en position allongée. Aussi son sourire se figea-t-il lorsque la porte de sa chambre s'ouvrit sur les deux policiers. À leurs visages, il comprit qu'il ne s'agissait pas d'une visite de courtoisie.

— Alors ? fit Laville en sortant un calepin et un stylo de sa poche tandis que son collègue reprenait sa place contre le mur. On a retrouvé la mémoire, paraît-il ? On sait qui on est ? Bon. On va commencer par le plus simple. Nom, prénom, date de naissance, adresse... la routine, quoi. Je vous écoute.

— Je m'appelle Alexandre Morvan et j'ai été connu sous le nom de Luigi Belladone.

— Bon, on vérifiera ça. Votre adresse ?

— Je ne m'en souviens pas. Je revois une grande maison blanche, c'est tout.

— Ça va être facile ! Des grandes maisons blanches,

dans la région, il ne doit pas y en avoir plus de quelques dizaines de milliers.

— Avec mon nom et le fait que j'ai été célèbre, vous devriez pouvoir la trouver, non ?

— Bien sûr. Votre date de naissance ?

— Je l'ignore. Je dois avoir environ trente-trois ans.

Laville soupira et s'assit.

— Bon, nous voilà bien avancés. Si j'ai bien compris, tous ces renseignements que vous venez de me donner, vous les avez lus dans la presse ?

— Pas exactement...

Il tenta de leur expliquer le flash qu'il avait eu en voyant cette émission de télévision, puis ce qui se produisait quand il regardait des photos de l'époque, mais il sentait bien que les deux policiers étaient sceptiques.

— Et pourquoi ne pas nous avoir prévenus tout de suite ? On aurait gagné quelques jours, cela peut être précieux...

Il hésita. Comment leur avouer qu'il redoutait ce qu'il risquait de découvrir ? Ces deux hommes le soupçonnaient déjà quand ils ignoraient son identité. S'il leur avait parlé des images de violence qui hantaient ses rêves, ils en auraient tiré Dieu sait quoi. Peut-être avait-il commis des actes susceptibles de lui valoir quelques ennuis avec la justice. Et nul doute que ces deux-là se feraient un plaisir de le faire plonger.

— Je voulais faire le point, répondit-il. Je n'étais pas certain de pouvoir affronter tout de suite mon ancienne vie.

— Bien sûr ! Ça ne vous gêne pas que nous perdions notre temps. Il y a tout de même une chose que j'ai du mal à comprendre.

— Oui ?

— Si vous êtes ce Belladone, vous avez du pognon, ce dont on se doutait déjà. Qui dit pognon dit sans doute personnel, ne serait-ce qu'une femme de ménage. Ou une femme tout court, d'ailleurs. Comment se fait-il que personne ne se soit précipité pour vous identifier lorsque votre portrait est passé dans le journal ?

Contre le mur, l'autre policier hochait la tête pour marquer son approbation. Il semblait détaché de cette enquête, qu'il ne suivait que de loin, comme si elle ne l'intéressait pas vraiment. Inutile de se faire des illusions, il n'y avait aucun secours à attendre de ce côté.

Il haussa les épaules, ce qui lui arracha une grimace de douleur.

— C'est une question que je me suis posée aussi. C'est pourquoi je voulais en savoir plus avant de vous faire appeler et j'ai demandé à Carole de ne rien dire.

— Carole ?

— Une des infirmières. J'ignore son nom de famille. Elle était là quand j'ai eu le premier flash et c'est elle qui m'a aidé à retrouver la mémoire, grâce à des articles de presse qu'elle a pu me procurer...

Laville applaudit.

— Fantastique.

— Vous ne me croyez pas ?

Le policier haussa les épaules. Son regard froid était posé sur lui.

— Oh, moi, je crois tout ce qu'on me dit, je suis le roi des crédules. Je demande juste des preuves. Ça ne vous ennuie pas si on procède à quelques vérifications ?

— Allez-y...

Laville se pencha vers lui en une attitude vaguement

menaçante et le patient se demanda ce que l'infirmière attendait pour venir régler son lit. L'idée qu'il se trouvait seul à la merci de ces deux flics convaincus de sa culpabilité l'inquiétait. Il était en position de faiblesse et ils le savaient tous les trois.

— Vous ne paraissez pas très enthousiaste. Auriez-vous peur de ce que nous risquons de découvrir ?

Il se força à redresser la tête pour regarder le flic droit dans les yeux. Son dos le faisait souffrir, mais il ne voulait rien laisser paraître.

— De quoi aurais-je peur ? Je vous affirme que je ne me souviens de rien, ou presque.

— C'est ce que nous verrons.

Sur cette promesse, les deux policiers l'abandonnèrent. Ils sortirent si vite qu'il en fut surpris. Un instant plus tôt il s'attendait presque à être frappé, et voilà qu'ils quittaient la chambre comme si on les avait appelés d'urgence. Il ne savait s'il devait s'en réjouir ou s'en inquiéter.

Resté seul, il réexamina leur entretien, se demandant quelle mouche avait piqué le lieutenant Laville. Il se comportait au début à l'instar de tout bon policier interrogeant un témoin suspecté de mentir, et brusquement avait surgi une animosité qui n'existait pas l'instant précédent. Cela s'était produit quand il avait mentionné Carole... Et soudain il comprit : Roland Laville avait des vues sur Carole et il était jaloux de l'attention qu'elle lui portait.

Penser qu'un homme doté de tous ses moyens, jeune et séduisant, pouvait le considérer comme une menace avait quelque chose d'hilarant et de rassurant à la fois. Bien sûr, Carole ne le laissait pas indifférent. Il songeait souvent à elle, mais jamais il n'avait envisagé qu'il puisse l'intéresser dans un cadre autre que professionnel. Sans doute ne voyait-elle en lui qu'un cas d'étude intéressant, un mystère que son esprit examinait. Il ne pensait pas que Carole puisse être amoureuse de lui. Il ne connaissait rien de sa vie, mais y supposait un petit ami, quelqu'un de bien qui la rendait heureuse. Quelqu'un contre qui il n'avait aucune chance.

Était-ce si sûr ? Peut-être aurait-il vu les choses différemment lorsqu'il était encore Luigi Belladone. Nul doute qu'alors la question était non pas de savoir si une femme pourrait tomber amoureuse de lui, mais simplement de déterminer quand elle serait à point ! Même si cette façon de penser lui paraissait insultante pour les femmes, il l'avait très certainement adoptée à un moment ou à un autre. Il lui fallait juste retrouver un peu de son ancienne assurance.

Et les craintes du flic lui prouvaient que son cas n'était peut-être pas aussi désespéré qu'il le croyait. Il guetta l'arrivée de Carole avec une impatience nouvelle.

## 13

— Je l'ai ! dit Moreno.

Roland Laville détourna son attention de l'écran qu'il était en train de consulter pour la reporter sur son collègue.

— L'adresse de Belladone, alias Morvan ! précisa ce dernier en posant un papier sur le bureau. Bon, je file.

Maillard veut que je rejoigne dare-dare l'équipe de Gauthier.

Laville le regarda s'éloigner comme s'il s'enfuyait. Moreno piaffait d'impatience à l'idée de travailler à nouveau sur l'affaire des braqueurs de supermarchés. Un dossier beaucoup plus prometteur pour un jeune flic plein d'ambition qu'une banale affaire d'amnésique comme celle qui les occupait. Laville ramassa le papier.

*Alexandre Morvan, 15, allée des Bénédictins, Goursac.*

Un patelin dont il n'avait jamais entendu parler, mais l'adresse était suivie d'un numéro de téléphone.

Il décrocha et composa le numéro. Un homme répondit aussitôt.

— Bonjour. Je suis le lieutenant Laville, de la police judiciaire. Nous enquêtons actuellement sur le cas d'un homme que nous avons retrouvé le mois dernier dans la campagne en état d'amnésie. Cela vous dit peut-être quelque chose ?

— Rien du tout, pourquoi serais-je concerné ?

— Parce que ce monsieur vient de se souvenir de son identité. Il prétend être un certain Alexandre Morvan, autrefois connu sous le nom de Luigi Belladone.

Un éclat de rire à l'autre bout du fil salua cette déclaration.

— Excellent ! C'est qui ? RTL ? Europe ? Allez, les gars, c'est raté. Mais c'est bien d'avoir essayé ! À la prochaine !

Mortifié d'avoir été pris pour un plaisantin, Roland Laville durcit le ton.

— Attendez ! lança-t-il au moment où l'autre allait raccrocher. Ce n'est pas une blague ! Je vous répète que je suis le lieutenant Laville, de la police judiciaire, et que j'enquête sur une affaire. Nous avons un homme qui prétend être Alexandre Morvan, dit Luigi Belladone. Qu'est-ce que vous trouvez de risible là-dedans ? Vous êtes Alexandre Morvan ?

— Non, non. Je suis Lionel Shark, son imprésario. Vous dites que vous avez retrouvé ce type errant dans la campagne sans savoir qui il était ? Cela se passait quand ?

— Il y a presque un mois... La mémoire lui est revenue ces jours-ci.

— Alors c'est impossible. Luigi n'a pas quitté la propriété depuis plusieurs semaines. Nous avons dîné ensemble pas plus tard qu'hier soir. J'ignore qui est votre bonhomme, mais ce n'est pas Luigi.

Laville secoua la tête. Cela confirmait ses soupçons : le patient 127 les menait en bateau. Ou il était complètement dingue. Il insista néanmoins :

— Si ce monsieur est près de vous en ce moment, pourriez-vous me le passer, s'il vous plaît ?

— C'est que je ne sais pas s'il va être levé...

— En ce cas, pourriez-vous le réveiller ? C'est une affaire importante.

— Ok. Je vais voir ce que je peux faire...

Le policier entendit que l'on posait le combiné et il resta seul quelques minutes, contemplant pensivement l'écran de son ordinateur qui venait de se mettre en veille. Des formes géométriques rebondissaient d'un bord à l'autre, à l'image des pensées qui circulaient sous son crâne. Il n'était pas plus avancé. Morvan-Belladone allait prendre l'appareil dans une minute, lui affirmer qu'il allait bien et ne comprenait rien à cette histoire. À la suite de quoi l'amnésique en inventerait une nouvelle, derrière laquelle ils courraient comme des chiens après un lapin jusqu'à ce qu'ils s'aperçoivent de la supercherie. Et dire que Carole s'était entichée de ce type ! Bon sang, c'était bien les femmes. Toujours prêtes à s'apitoyer sur le sort des voyous et des paumés en tout genre.

— Allô ?

Il sursauta. L'attente avait été beaucoup moins longue que prévu.

— Alexandre Morvan à l'appareil. Qu'est-ce que c'est que cette histoire ?

Laville répéta ce qu'il venait de raconter à l'imprésario, résumant en quelques mots plusieurs semaines d'enquête. Lorsqu'il se tut, son interlocuteur resta quelques instants silencieux avant de pousser un soupir.

— Dites donc, c'est une sacrée histoire. Et ce type affirme qu'il est moi ?

— C'est ce qu'il prétend.

— Eh bien, dites-lui que je suis désolé de le décevoir, et peut-être de vous décevoir aussi, mais j'ignore complètement qui il est. Quant à moi, je suis chez moi et si besoin est je peux vous présenter mes papiers et divers témoins qui confirmeront mon identité.

— Merci. Nous vous le demanderons peut-être, s'il persiste.

— Ce type, il n'est pas dangereux, au moins ?

— Pas dans son état actuel. Il est cloué au lit.

— Tant mieux. Surveillez-le bien quand même ! Vous savez, j'ai été célèbre autrefois et la célébrité attire toujours de drôles d'oiseaux. Le monde est rempli de cinglés.

— À qui le dites-vous !

Ils échangèrent encore quelques mots, le policier consignant au fur et à mesure les informations que lui donnait son interlocuteur, et lui demandant pour finir de ne pas quitter la région sans le prévenir, au cas où il aurait besoin de renseignements complémentaires. Puis ils se quittèrent, et Laville considéra son téléphone avec perplexité. Encore une piste qui s'achevait en cul-de-sac. Il avait eu raison de se méfier des déclarations de ce malade ! Il consulta sa montre. Dix heures treize. Encore trois quarts d'heure avant sa rencontre avec les bœufs-carottes. Ils commençaient à lui tourner sérieusement autour et cela le rendait nerveux. Il avait fait sa déposition, ils s'étaient quittés en bons termes... Le fait qu'ils reviennent indiquait qu'ils le pensaient compromis dans cette affaire de trafic d'influence. Mais bon sang ! Ils avaient dû éplucher ses comptes, ils avaient bien vu qu'aucun mouvement d'argent suspect n'y avait été enregistré ! Que leur fallait-il de plus ? Tout ça à cause d'une salope qui était venue fourrer son nez où il ne fallait pas ! Une journaliste qui voulait se faire un nom en faisant plonger quelques flics, un sport à la mode !

Il lui fallait se sortir de ce guêpier, et vite. Une action d'éclat serait le meilleur moyen. Il ne pouvait pas compter sur l'affaire des braqueurs : ses collègues étaient une dizaine sur le coup et, quoi qu'il fasse, ce serait perdu dans la masse du travail collectif. Il n'allait quand même pas se ramasser une bastos uniquement pour faire joli dans son dossier !

Quoique...

Non. Trop dangereux. En revanche, s'il pouvait débrouiller l'histoire de l'amnésique... La piste du chanteur se révélait foireuse, soit, mais le mystère n'était pas résolu pour autant. S'il parvenait à élucider cette affaire sans ses collègues, Maillard ne pourrait que lui tirer son chapeau et l'épauler face à l'IGPN en témoignant de son efficacité. Une personne pouvait l'aider dans cette entreprise. Une personne en contact quasi permanent avec cet escroc, qui en savait plus que n'importe qui sur lui et ne lui avait sans doute pas tout dit. Qui plus est, cette personne était charmante et il ne voulait perdre aucune occasion de lui parler. Il composa le numéro du portable de Carole.

Elle décrocha presque immédiatement et parut heureuse de l'entendre.

— J'ai un problème, dit-il. J'ai enquêté sur la piste du chanteur et découvert certaines choses...

— C'est bien lui ?

Il y avait tant d'espoir dans la voix de la jeune femme qu'il en ressentit un pincement au cœur. Qu'est-ce qu'elle trouvait à cet impotent, bon Dieu ?

— Écoutez, je n'ai pas le temps de discuter maintenant, on m'attend. Vous vous souvenez qu'on avait projeté de dîner ensemble ? Pourquoi pas ce soir ?

Elle réfléchit un instant.

— Je vais terminer tard. Et je ne suis pas en très grande forme. Je n'ai pas très envie de sortir. Ce que je vous propose, c'est de dîner chez moi. Cela vous va ? Ce sera très simple, mais plus détendu qu'au restaurant et nous pourrons bavarder tranquillement.

— Aucun problème, dit-il en essayant de dissimuler son excitation.

Elle lui donna son adresse et ils raccrochèrent sur la promesse de se voir à vingt et une heures chez elle.

— Bingo ! s'écria-t-il en reposant le combiné.

À l'autre bout de la grande salle commune, un flic en uniforme qui tapait péniblement sur un ordinateur leva vers lui des yeux surpris, mais Laville le fusilla du regard et l'autre replongea le nez dans son clavier.

## 14

Carole vérifia une dernière fois que son appartement était propre. Elle avait fait le ménage le week-end précédent, et la poussière n'avait pas encore eu le temps de se redéposer sur les meubles. Pour le reste, habitant seule à présent, elle n'avait pas beaucoup l'occasion de mettre du désordre. Le dernier passage de Thierry avait laissé quelques trous dans la bibliothèque ; des bibelots qui faisaient partie intégrante de l'appartement ne se trouvaient plus à leur place, des tableaux avaient disparu... Elle avait dû revoir la décoration. Ne pouvant se permettre d'excès avec son maigre salaire, elle s'était contentée de répartir différemment les objets dont elle disposait. Le résultat était un appartement moins chargé, qui lui paraissait un peu plus grand. Elle avait songé à mettre des fleurs çà et là, mais elle rentrait si peu chez elle que c'eût été peine perdue.

Elle avait vérifié le bar, qui lui semblait assez garni pour satisfaire son invité s'il n'avait pas des goûts trop exotiques. Il sonna à vingt heures cinquante-cinq et lorsqu'elle lui ouvrit elle ne vit qu'un énorme bouquet.

— Il ne fallait pas, dit-elle en le prenant.

Il entra et, tandis qu'elle préparait un vase, il examina le salon où une petite table avait été dressée avec deux couverts.

— Mettez-vous à l'aise, dit Carole en posant le vase sur un buffet bas.

— Merci.

Il installa sa veste sur le dossier d'une chaise et elle aperçut son arme. Un gros revolver nickelé à canon court, qu'il portait dans un étui à la hanche. Elle grimaça. Elle n'avait jamais aimé les armes, et ses dix années d'hôpital lui avaient donné trop souvent l'occasion de voir des blessures par balles pour la faire changer d'avis.

— Besoin d'un coup de main ?

— C'est en train de cuire. Nous avons le temps de prendre un apéritif. Mais si vous pouviez d'abord déboucher le vin...

Il la suivit dans la petite cuisine, où elle lui tendit un tire-bouchon avec lequel il eut tôt fait d'ouvrir une bouteille de bordeaux 1995.

— Un reste de mon ex, précisa-t-elle.

— Manifestement, cet homme était idiot. Il a laissé tout ce que la vie pouvait lui offrir de meilleur !

— Que désirez-vous comme apéritif ? demanda-t-elle pour changer de conversation.

— Vous avez du whisky ?

Elle en avait. Elle opta quant à elle pour un pineau des Charentes et ils s'installèrent sur le canapé. Roland se tortilla un instant pour trouver une position confortable avec son revolver qui lui entrait dans les reins, et Carole ne put attendre plus longtemps :

— Alors ? Vous disiez avoir du neuf du côté de Belladone...

— Oui. Et ça ne va pas vous faire plaisir. J'ai son adresse. Il habite Goursac, un petit village dont je n'ai jamais entendu parler, dans la banlieue de Bordeaux. Le problème est qu'il n'a pas disparu. Il est toujours chez lui et j'ai même pu lui parler au téléphone, ainsi qu'à son secrétaire.

Carole se figea au moment où elle saisissait son verre. Elle hésita à le soulever, de crainte de voir sa main trembler.

— C'est impossible, souffla-t-elle. Alexandre était tellement convaincu...

Elle se tut, consciente qu'elle venait d'appeler son patient par son prénom et que Roland Laville avait tressailli. Il n'allait tout de même pas être lui aussi jaloux d'un de ses malades ?

— Eh bien, *Alexandre* nous a raconté des craques, répondit-il finalement. Soit volontairement, auquel cas il nous cache des choses et j'aimerais bien savoir quoi, soit involontairement, et ça signifie qu'il est en train de se bercer d'illusions et qu'il est pour le moins dérangé. Dans les deux cas, ce n'est pas quelqu'un que je qualifierais de recommandable.

— C'est pour moi que vous dites ça ?

— Oui, c'est pour vous. Écoutez, Carole, vous m'avez l'air d'une chic fille et ce type pue l'arnaque à plein nez !

La sonnette de son four la dispensa de chercher une réponse.

— Je reviens, fit-elle en se levant.

Seule dans sa cuisine, elle vérifia que la cuisson se déroulait normalement.

— Vous pouvez mettre de la musique ! cria-t-elle alors qu'elle arrosait la viande.

Lorsqu'elle le rejoignit, il reprenait place dans le canapé tandis que la voix de Ray Charles montait dans la pièce.

— Vous pourriez peut-être poser ça, proposa-t-elle en désignant l'arme du policier. Je ne vais pas vous attaquer.

— Dommage !

Il obtempéra, dégageant le clip qui maintenait l'étui accroché à sa ceinture. De près, l'arme paraissait encore plus grosse. C'était un objet court, avec un canon minuscule et un énorme barillet. Il vit que Carole l'observait.

— Manurhin 357 Magnum, dit-il en le sortant de son étui pour le lui faire admirer. Le meilleur des revolvers. Une seule balle peut arrêter une voiture.

— Le canon n'est pas très long.

— Ce n'est pas la longueur qui compte, c'est le savoir-faire de celui qui s'en sert.

Il se tut un instant, avant d'ajouter :

— Et puis il y a six coups en réserve.

— Autant ?

Il la regarda, un sourire effleurant ses lèvres. Il hésita un instant avant de répondre.

— Je suis bon tireur, et en général un coup suffit. Mais il m'est arrivé de tirer à plusieurs reprises.

Elle rougit.

— Vous n'avez jamais vidé tout le barillet ?

— Je n'ai jamais eu d'adversaire qui le justifie. Maintenant, tout est question de circonstances...

Elle reposa son verre, se sentant devenir cramoisie.

— Nous allons passer à table, décida-t-elle.

La viande n'était pas tout à fait prête, mais elle ferait durer l'entrée. Elle tenait à ce qu'ils quittent le terrain glissant sur lequel ils venaient de s'engager. Ignorant l'arme qui brillait sur le bahut comme un rappel explicite, elle alla chercher la bouteille de vin dans la cuisine. En entrée, elle avait prévu une salade de cœurs de palmiers et fonds d'artichauts avec des œufs durs. Simple, mais Laville parut s'en satisfaire et mangea de bon appétit, ce qui fit plaisir à Carole. Thierry l'avait habituée à laisser la moitié de son assiette, au point qu'elle avait fini par douter de ses talents de cuisinière. Mais elle ne devait pas se laisser attendrir et oublier le motif principal de la présence du policier chez elle.

— Vous allez abandonner la piste Belladone, alors ?

— Cela semble évident.

— Il va être déçu.

— Je le suis aussi. J'aimerais boucler cette affaire, sincèrement, en finir une bonne fois. Cela ne veut pas dire que je n'ai plus envie de vous revoir...

Elle sourit, mais le cœur n'y était pas. Elle continuait de se faire du souci pour son patient et tout ce que le psy ou la police pouvaient penser ne parvenait pas à la convaincre qu'elle avait tort de s'intéresser à lui.

— Vous n'allez pas les voir ? Ces gens qui vous ont répondu au téléphone...

— À quoi cela servirait-il ? Morvan m'a proposé de me montrer ses papiers et il a des témoins prêts à jurer qu'il s'agit bien de lui. En face de ça, nous avons les divagations d'un inconnu qui, voici quelques jours à peine, prétendait avoir oublié son nom et qui brusquement jette son dévolu sur le premier chanteur aperçu à la télé ! Moi aussi, si j'étais dans son cas, je préférerais me réveiller dans la peau d'un type plein aux as plutôt que dans celle d'un clochard...

— Il n'était pas clochard, ses vêtements...

— D'accord, mais n'exagérons rien. On ne l'a pas

retrouvé avec une valise pleine de billets. Même s'il n'était pas vêtu comme un quidam quelconque, il n'avait tout de même sur le dos rien qu'on ne puisse s'offrir au prix de quelques sacrifices. Voire ne pas payer du tout ! Quand vous voyez tous ces voyous de banlieue arborer du Lacoste ou du Benetton, combien croyez-vous qu'ils ont payé ces fringues, et d'où proviennent-elles à votre avis ?

— Ce n'est pas un voyou...

— D'accord, pas un voyou de banlieue. Pour le reste...

Elle se leva et alla chercher le plat principal. Laville la regarda avec des yeux gourmands.

— Je ne sais pas ce que vous avez préparé, mais ça sent rudement bon !

— Un rôti, tout simplement. Je n'ai pas eu beaucoup le temps de cuisiner...

— Eh bien, qu'est-ce que ce doit être quand vous avez le temps !

Elle le servit tandis qu'il remplissait leurs verres, et il poussa un soupir de satisfaction après avoir goûté au plat.

— Merveilleux ! Il y a longtemps que je n'ai rien mangé d'aussi bon.

— Merci. Mais les flatteries ne vous mèneront nulle part.

Il lui adressa un clin d'œil.

— Je vais essayer autre chose, alors.

Le repas se déroula tranquillement. Ils parlèrent de toutes sortes de sujets, cinéma, littérature, musique...

Ils avaient des goûts communs sur bien des points et Carole évita de ramener la conversation sur ce qui la préoccupait. Laville était un allié, pourtant elle sentait en lui une antipathie profonde à l'égard de celui qu'elle tenait par-dessus tout à aider. Aussi devait-elle procéder avec prudence afin d'éviter de le brusquer, si elle voulait obtenir son aide.

— Je n'ai pas eu le temps de préparer un dessert, dit-elle finalement. J'espère que vous aimez la glace ?

Il la regarda comme si elle venait de proférer une énormité.

— J'adore la glace, assura-t-il d'un ton grave. Toutes les glaces.

Il se leva pour l'aider à débarrasser les assiettes et les porta dans la cuisine. Il les empila sur l'évier tandis qu'elle ouvrait le congélateur pour sortir la glace et la poser dans une assiette.

— J'aurais dû la sortir plus tôt, dit Carole. Elle va être trop dure, il va falloir attendre.

— Nous avons tout notre temps.

Soudain elle le sentit juste derrière et il posait les mains sur ses hanches. Elle se raidit. Bien sûr, en l'invitant chez elle, elle devait s'attendre à tout, mais à présent qu'il se lançait elle se demandait si c'était ce dont elle avait envie. Il lui plaisait, il était beau garçon et on sentait en lui une espèce de sauvagerie latente plutôt attirante. Mais avait-elle vraiment envie de nouer une relation amoureuse avec lui ? D'un autre côté, l'avertissement d'Hélène résonnait encore à ses oreilles : « Dépêche-toi avant qu'il ne soit trop tard », lui avait-elle dit en substance. Devait-elle pour autant succomber au charme du premier homme passant à sa portée ? Il lui déposa un baiser sur la nuque et elle se sentit frissonner de la tête aux pieds.

Elle en avait la chair de poule. Elle se dégagea sans brusquerie, d'un mouvement souple du bassin.

— Voulez-vous du fromage, en attendant ?

Il la regardait narquoisement.

— Va pour le fromage.

Ils regagnèrent le salon et il se rassit tandis qu'elle déposait le plateau sur la table.

— Qu'est-ce qui te motive dans cette affaire ?

Il l'avait tutoyée. Sans doute le baiser dans le cou était-il le sésame qui faisait basculer leur relation sur un nouveau plan.

— C'est l'idée que ce pauvre homme est complètement perdu. Tu comprends, il est blessé, seul. Et il ne sait même pas qui il est...

— Tu es comme ça avec tous tes patients ? Tu t'impliques toujours autant ?

— Non, pas toujours. Mais je fais tout ce que je peux pour les aider. Ils ont besoin de ça. Ils sont tellement désemparés...

— Tu sais que tu ne peux pas sauver le monde ?

— Toi non plus, et pourtant tu es dans la police. C'est un peu pareil, non ?

— Pas vraiment. Moi je suis plutôt à l'opposé : tu soignes des gens, j'en punis d'autres. Nous voyons les deux côtés des mêmes affaires, toi les victimes, moi les coupables. Et quand je réussis à en envoyer un en prison, je suis content. Aussi satisfait que tu peux l'être quand tu as guéri quelqu'un.

Ils mangèrent leur fromage sans ajouter un mot puis Carole alla chercher la glace.

— Pourquoi ? demanda-t-il.

Elle releva les yeux vers lui, surprise. Elle venait de le servir et ne comprenait pas le sens de sa question.

— Pourquoi quoi ?

— Pourquoi ce dévouement ? Pourquoi ce besoin de sauver le monde ?

Elle connaissait la réponse mais ne tenait pas à en parler. À la suite de sa dépression, quelques séances de psychanalyse lui avaient vite permis de cerner la source de ses problèmes et de son comportement actuel. Quand elle avait six ans, son frère s'était noyé dans la piscine familiale. Il avait quatre ans et ne savait pas nager. Il était tombé à l'eau alors qu'ils étaient seuls tous les deux dans le jardin et avait coulé à pic. Carole avait couru chercher sa mère, hurlant de pièce en pièce, jusqu'à ce qu'elle pense à la cave. Le temps que sa mère apparaisse, comprenne et se précipite, il était trop tard. On n'avait pas pu ranimer l'enfant.

Sa mère n'avait plus jamais été la même. De cette époque datait la fracture dans leur relation. Refusant de se considérer comme responsable, elle avait préféré rejeter la culpabilité sur la fillette, l'accusant implicitement de ne pas avoir fait le nécessaire pour sauver son frère, de l'avoir abandonné ! Pendant des années, Carole avait dû supporter le poids de cette accusation. Elle avait tout fait pour regagner l'amour et l'estime de sa mère, en pure perte. Son père, lui, s'était enfoncé dans la boisson pour oublier la perte de son fils et supporter le climat qui régnait dans la maison depuis lors.

Au cours de sa psychanalyse, Carole avait mis au jour ces motivations. Elle avait compris également qu'elle ne devait pas se reprocher la mort de son frère : à six ans, elle n'était pas assez âgée pour porter une quelconque responsabilité dans l'accident. Si quelqu'un devait être désigné coupable, c'était sa mère, qui les avait laissés jouer sans surveillance dans un endroit dangereux et n'avait rien fait par la suite pour décharger sa fille du fardeau qui l'accablait. Mais c'était une chose de le savoir, c'en était une autre de l'accepter. Et le pli était pris depuis tant d'années que Carole continuait de mener sa vie comme elle le faisait avant de recevoir cet éclairage nouveau sur sa motivation profonde. Quant à révéler tout cela à Roland Laville... Ils n'étaient pas encore suffisamment intimes.

— Il faut bien que quelqu'un s'en occupe, répondit-elle d'un ton léger, puisque les superhéros n'existent pas.

Il acquiesça, apparemment conscient qu'elle ne lui révélait pas tout, et n'insista pas.

Elle avait prévu qu'ils s'installent sur le canapé pour le café et il s'y laissa glisser sitôt qu'elle le lui suggéra. Il paraissait bien tenir l'alcool, elle lui offrit donc d'accompagner son café d'un cognac, ce qu'il accepta avec un grand sourire.

— Il ne manque rien à mon bonheur ! affirma-t-il dès qu'elle eut posé la bouteille et un verre devant lui.

Avant de le rejoindre, elle eut soudain une idée et se mit à fouiller dans le secrétaire tandis qu'il l'observait d'un œil intéressé.

— Je viens de penser à quelque chose, expliqua-t-elle en rapportant une carte Michelin. Belladone habite Goursac, c'est ça ?

— C'est ça, oui. Sans doute un petit patelin.

Elle déplia la carte et il écarta son verre et les deux tasses pour lui faire de la place.

— Où veux-tu en venir ?

— Montre-moi où on a trouvé Alexandre.

Elle l'avait à nouveau appelé Alexandre et s'en fit

aussitôt le reproche, mais cette fois Laville paraissait n'avoir pas entendu ; du moins ne fit-il aucune remarque.

— Là, dit-il en pointant le doigt sur une départementale.

Carole eut un sourire de triomphe. Juste au-dessus du doigt, elle découvrait ce qu'elle avait espéré y voir.

— Et là, montra-t-elle, c'est Goursac. À vol d'oiseau, ça doit faire moins de dix kilomètres.

Il attira la carte à lui pour l'examiner.

— Tu as raison.

— Sacrée coïncidence, non ?

— Sauf si ton patient savait que Belladone habitait là et que ça l'ait incité à brouiller les cartes en se faisant passer pour lui.

— Arrête ! Tu ne peux pas croire ça !

— J'avoue, ça paraît tiré par les cheveux.

— Alors, qu'est-ce que tu vas faire ?

— La coïncidence est trop belle. Ça mérite une enquête plus approfondie.

— Tu vas aller voir chez Belladone ?

— Bien sûr, je n'ai plus le choix !

Il repoussa la carte et se tourna vers elle. Elle arborait un sourire victorieux.

— Tu as raté ta vocation, c'est dans la police que tu aurais dû entrer.

— Chacun son métier. Le mien est de faire en sorte que les gens aillent mieux.

— Justement, j'aurais besoin d'un traitement...

Il se pencha vers elle et lorsqu'il prit ses lèvres elle le laissa faire avec un petit frisson d'excitation.

La carte routière glissa de la table et tomba sur la

moquette, mais elle l'ignora. Elle avait assez œuvré pour autrui ce soir, il était temps qu'elle pense un peu à elle.

Roland avait entouré ses épaules de son bras et, tout en continuant à l'embrasser, jouait avec les boutons de son corsage. Alors que sa main partait en exploration dans son soutien-gorge, elle eut un soudain accès de panique. Tout allait trop vite.

Son téléphone sonna brusquement et leurs dents s'entrechoquèrent. Elle se dégagea.

— Laisse sonner, murmura-t-il en tentant de la retenir.

— Non, c'est peut-être important.

Elle se leva, se rajustant dans le même mouvement, et agrippa son sac. Le numéro qui s'affichait sur son portable était celui de l'hôpital.

— Allô ?

— Ah ! Carole ! s'exclama Hélène. Dieu merci ! Nous avons besoin de toi. Nous appelons tout le monde mais je n'ai pas réussi à joindre Monique ni Gisèle.

— Qu'est-ce qui se passe ?

— Un carambolage sur l'autoroute, plus de cinquante voitures. Tous les hôpitaux de la région sont submergés et c'est nous qui allons en récupérer le plus. Il faut que tu viennes.

— J'arrive.

Elle raccrocha et remisa son téléphone dans son sac.

— Où vas-tu ? demanda Roland.

Il était à demi couché sur le canapé, attendant qu'elle le rejoigne, et elle sentit une bouffée de chaleur lui monter du ventre à l'idée de ce à quoi elle renonçait. Mais elle n'avait pas le choix, on avait besoin d'elle.

— Je vais sauver le monde, répondit-elle.

Il poussa un soupir qui faillit la faire changer d'avis.

— Je suis désolée.

Elle avait reboutonné son chemisier, dont elle rentrait les pans dans sa jupe.

— Ce n'est rien, je comprends.

Il se leva avec un sourire contraint et elle fit mine de ne pas voir sa gêne. Il récupéra son arme, qu'il remit à la ceinture. Carole retint un sourire. Elle commençait à reprendre son calme. Avec le recul, elle n'était pas mécontente que la soirée s'achève ainsi. Elle voulait encore réfléchir avant de s'engager dans une nouvelle liaison, fût-ce avec celui que Hélène lui avait désigné comme un bon parti !

## 15

La maison était presque invisible de la rue. Une tourelle émergeait au-dessus de la haie de thuyas, percée d'une unique fenêtre. Pour le reste, on ne distinguait depuis la grille d'entrée qu'un grand mur d'angle, blanc et sans aspérités, bordant une allée qui menait à l'arrière.

Roland Laville avait dû parlementer dans l'interphone – et rappeler que Moreno et lui étaient policiers – pour obtenir l'ouverture de la grille. Ils avaient remonté la grande allée, devinant une pelouse de l'autre côté de la haie, pour déboucher à l'arrière de la villa. Une rangée de six garages fermés s'étendait devant eux. Sur la droite, une longue piscine où se reflétait la lumière du soleil s'étendait jusqu'au pied de la maison. Une terrasse la surplombait.

Une femme d'une soixantaine d'années à l'aspect revêche se tenait sur l'escalier menant à la terrasse. Elle était petite et maigre, et Roland se fit la réflexion qu'elle aurait été plus à sa place dans le château de Frankenstein que dans une grande villa moderne. Les deux policiers s'engagèrent sur les marches pour la rejoindre.

— M. Shark vous attend.

Ils la suivirent à l'intérieur. À l'autre extrémité d'un salon immense aux murs clairs, une large baie vitrée ouvrait sur une seconde terrasse. Ils traversèrent cette pièce qui pouvait accueillir une quarantaine de personnes dans un luxe de bon aloi, puis ils suivirent un couloir aux murs ornés de tableaux. Laville ne connaissait rien à la peinture, mais son instinct lui soufflait que la moindre de ces toiles devait valoir plusieurs mois de son salaire.

Au bout du couloir, la femme s'effaça pour les laisser pénétrer dans un grand bureau circulaire aux murs blancs. La pièce occupait tout le rez-de-chaussée de la tourelle que l'on apercevait de la rue. Deux portes vitrées donnaient l'une sur la pelouse à l'avant de la maison, l'autre sur la terrasse qu'ils avaient traversée pour entrer.

— Les messieurs de la police, annonça-t-elle.

— Bien sûr ! Entrez donc.

L'homme qui se trouvait derrière le bureau se leva et vint à leur rencontre, la main tendue. Âgé d'une bonne quarantaine d'années, il ne devait pas mesurer plus d'un mètre soixante et souffrait d'une légère obésité qui altérait quelque peu sa démarche.

— Lionel Shark, se présenta-t-il. Je suis l'imprésario de Luigi. Et je fais aussi office de secrétaire, ce qui est devenu ma tâche principale, car, ainsi que vous le savez sans doute, Luigi ne se produit plus depuis plusieurs années. Mais, je vous en prie, asseyez-vous...

Les deux policiers prirent place dans les fauteuils qu'il leur désignait et il retourna s'installer derrière son grand bureau.

— Désirez-vous un café ? Non ? Vous êtes sûrs ? Autre chose ? En ce cas, je vous écoute.

Laville se pencha en avant. Ils étaient convenus en venant qu'il se chargerait de mener la discussion, Moreno ne devant intervenir que s'il oubliait un point important. Il résuma l'histoire en quelques mots. Lorsqu'il eut terminé, l'imprésario croisa les doigts sur son bureau et les regarda avec candeur.

— Et alors ? En quoi sommes-nous concernés ? Je vous ai dit au téléphone que Luigi était bien là. Vous lui avez parlé... Que voulez-vous de plus ?

— Nous souhaiterions le voir.

— Je crains que ce ne soit difficile. Vous savez, depuis qu'il s'est retiré Luigi est devenu un peu... sauvage. Il n'aime guère rencontrer du monde. C'est pour ça que je suis là, je fais écran entre le monde et lui.

— Bien, nous verrons cela. Mais puisque c'est principalement sur votre témoignage que nous pourrons identifier ce monsieur, si vous nous parliez un peu de vous, justement ? Lionel Shark, c'est votre vrai nom ?

— Qu'est-ce que vous en pensez ?

— *Shark,* en anglais, ça veut dire requin. Pour un imprésario, cela semble un peu trop coller à la légende.

— Bravo ! J'ignorais qu'on parlait anglais dans la police. Je m'appelle Lionel Senard. J'étais jeune et un peu idiot et j'ai choisi ce pseudonyme quand j'ai voulu devenir imprésario. Je pensais que ça impressionnerait mes interlocuteurs.

— Ça a marché ?

— Pas vraiment, mais le temps que je m'en rende compte il était trop tard. Je commençais à être connu dans le milieu et je ne voulais pas perdre cet acquis.

— Depuis combien de temps connaissez-vous Luigi Belladone ?

L'imprésario se laissa aller en arrière dans son fauteuil de cuir.

— Voyons... dix ans, à peu près. Quand je l'ai rencontré c'était un va-nu-pieds, un chanteur des rues sans succès. Je l'ai fait travailler, je l'ai introduit dans le milieu...

— C'était votre seul client ?

— J'en ai eu d'autres, mais aucun qui ait si bien réussi. Et quand il s'est retiré, il lui a fallu quelqu'un à plein temps. J'étais là...

— Très bien. Maintenant que vous nous avez raconté votre vie, nous aimerions vraiment le voir...

— C'est qu'à cette heure-ci il dort encore et je ne peux pas...

Roland se pencha en avant avec un petit sourire. Il était venu pour rencontrer Luigi Belladone, ou Alexandre Morvan, quel que soit le nom que cet individu avait choisi de porter depuis qu'il s'était retiré de la scène, et il ne comptait pas repartir bredouille. Si cet homme espérait l'emberlificoter avec ses histoires, il se mettait le doigt dans l'œil et allait l'apprendre très vite.

— Monsieur Shark, commença-t-il d'un ton cassant, je crois que vous ne comprenez pas bien...

— Qu'est-ce que c'est ?

Roland sursauta et se retourna en même temps que Moreno tandis que l'imprésario relevait la tête. La porte du bureau n'avait pas été refermée derrière eux et un homme se tenait dans l'embrasure. Grand, les cheveux ébouriffés, il paraissait surpris de découvrir des inconnus. Laville aperçut derrière lui la gouvernante qui traversait le couloir, ombre noire et silencieuse.

— Ah ! Luigi ! Je croyais que tu dormais encore. Ces messieurs sont de la police. Ils enquêtent sur l'histoire invraisemblable de cet amnésique qui prétend être toi.

Luigi Belladone entra dans la pièce. Les deux policiers se levèrent pour le détailler, conscients que leur démarche avait été inutile. L'homme qui se tenait devant eux était bien celui dont ils avaient vu les photos dans divers articles de presse. La ressemblance avec le blessé était grande, mais pas au point de les prendre l'un pour l'autre. Un peu comme des jumeaux identiques à la naissance, mais dont les physionomies divergent au fil du temps.

— Ah, oui ! Excusez-moi. Je viens tout juste de me réveiller... Alors ? Convaincus ? Vous voulez toucher ?

Il était vêtu d'un peignoir blanc à la propreté douteuse et de pantoufles usées, à des lieues de ce que ses admiratrices avaient dû imaginer au temps de sa gloire. Les années passées avaient laissé leur empreinte sur son visage, bouffi par endroits, et dans son regard fatigué. Le regard d'un homme qui avait connu la gloire avant de sombrer dans l'anonymat et ne s'en était jamais remis. Mais il y avait en lui une force qui n'existait pas chez l'imprésario. Autant ce dernier était rond et arrangeant, autant on sentait en Belladone un côté dur, une soif de vivre. Comme si sa vie n'était pas finie, mais simplement en suspens, et qu'il se tînt prêt à remonter sur scène dès que l'occasion se présenterait.

— C'est vraiment incroyable, murmura Roland. Maintenant que je vous vois, je comprends mieux l'acharnement de ce type. Il pourrait être votre frère.

— Vraiment ? Même pour ça, je suis désolé de vous décevoir, mais je n'ai pas de frère. Il paraît qu'on a tous un sosie, vous avez dû tomber sur le mien.

— Le problème est qu'il se prend pour vous.

Le chanteur eut un sourire chaleureux.

— Eh bien, je compte sur vous pour le détromper. Vous êtes convaincus ? Ou bien dois-je également demander à Émilie de venir témoigner que je suis bien moi ?

Roland leva les mains devant lui en un geste de reddition.

— Ce sera inutile. Désolé de vous avoir dérangé avec cette histoire.

Le chanteur haussa les épaules.

— Bah, vous savez, les asiles sont remplis de cinglés qui se prennent pour des gens connus. Il fallait bien que ça m'arrive un jour.

Roland acquiesça. Un cinglé. 127 n'était rien de plus qu'un cinglé. Pourtant cela ne lui disait pas qui il était vraiment, même s'ils avaient éliminé l'hypothèse Belladone. Pour sa part, l'enquête dans cette direction était terminée. Il avait fait ce que Carole demandait et s'était rendu sur place pour s'en assurer. En espérant qu'elle se contenterait de ça et le laisserait tranquille avec cette histoire.

# 16

Carole venait d'entendre le récit de la visite effectuée chez Belladone par les deux policiers, mais malgré ce que lui affirmait Roland elle ne pouvait se résoudre à accepter l'évidence et secouait la tête pour marquer son désaccord.

— Et il était là ! Tu es certain que c'était lui ?

— Aussi certain qu'on peut l'être. Bon sang ! Je l'ai touché !

Ils s'étaient retrouvés dans un petit café proche de l'hôpital, juste avant qu'elle prenne son service. Malgré l'insistance de Carole, il n'avait rien voulu lui dire par téléphone, et en se rendant à leur rendez-vous elle avait espéré qu'il lui apporterait une bonne nouvelle. Ce n'était pas le cas. Comment allait-elle expliquer cela à son patient ? De ce côté-là tout au moins, Roland se chargea de lui simplifier la tâche :

— Je vais en informer notre simulateur. Je tiens à voir la tête qu'il fera quand je lui annoncerai qu'on a démonté son histoire !

— Ce n'est pas un simulateur !

Le policier la regarda avec pitié, et elle en fut encore plus mortifiée que lorsqu'il avait affirmé que l'hypothèse Belladone venait de s'effondrer.

— Je crois à son histoire ! protesta-t-elle.

— Son histoire ne tient pas ! Bon sang, quelle preuve te faut-il de plus ? J'ai vu Belladone ! Tu veux sa tête dans un panier ?

Elle haussa les épaules.

— Ton patient est un menteur et un simulateur !

— Non. Il est possible qu'il ne soit pas Belladone...

— Merci de me faire confiance là-dessus !

— ... mais, poursuivit-elle comme si elle n'avait pas entendu l'interruption, il est sincère. J'en suis persuadée. Ces souvenirs qui lui reviennent, ou du moins ce qu'il prend pour des souvenirs, doivent avoir une explication.

— Bien sûr. Si tu le dis.

Elle vit qu'il n'avait pas envie de polémiquer plus avant et lui en voulut. Elle aurait souhaité remporter la partie de haute lutte, sans équivoque. Elle désirait convaincre Laville ! Pas le voir abonder dans son sens pour lui faire plaisir.

— Bon, conclut-il. Il va être l'heure que tu ailles travailler. Moi, je vais rendre visite à ton bel amnésique. On se voit ce soir ?

— Pas ce soir. Je ne suis pas libre.

Carole avait dit cela sans réfléchir. Elle l'avait blessé et en conçut une satisfaction perverse qu'elle se reprocha aussitôt. Mais quoi, elle n'avait pas le cœur à batifoler alors qu'elle venait d'essuyer un échec cuisant dans sa quête de la vérité.

## 17

Assis dans un fauteuil roulant qu'il avait fait pousser près de la fenêtre pour observer le jardin où les gens se promenaient, le patient dut faire un effort pour voir qui venait de pénétrer dans la chambre. Au sourire satisfait du policier il devina que celui-ci n'était pas porteur de bonnes nouvelles.

— Eh ! Ça va mieux, on dirait ! s'exclama le lieutenant Laville.

Le policier était seul, mais le patient ne savait pas s'il devait prendre cela comme un bon présage ou s'en inquiéter.

— Si on peut appeler ainsi le fait de passer d'un lit à un fauteuil roulant ! Je préférerais marcher.

— Patience, ça viendra ! Vous avez bien des séances de rééducation, non ?

Il acquiesça.

— Et en attendant, pour vous occuper, vous faites marcher les autres.

Il avait eu raison de craindre cet entretien.

— Qu'est-ce que vous voulez dire ?

— Que nous avons creusé la piste Belladone. On a même retrouvé son adresse !

Le lieutenant s'assit au pied du lit en souriant et le patient sentit sa gorge se dessécher. Ce flic jouait avec ses nerfs. Il lui révélerait bientôt quelque chose, mais dans l'intervalle il jouissait de la situation. L'attente était insupportable.

— Et alors ?

— Alors nous avons rencontré là-bas M. Luigi Belladone, alias Alexandre Morvan, en personne ! Ainsi que Lionel Shark, son secrétaire, et la gouvernante. Des gens qui le connaissent depuis des années et sont prêts à en témoigner. Qu'est-ce que vous pensez de ça ?

Il suffoquait. C'était impossible. Il était Alexandre Morvan. Il le savait, il s'en souvenait ! L'idée que ce policier lui mentait l'effleura. Non, il ne voyait pas son intérêt à jouer un tel jeu. Mais s'il disait vrai, la perspective était effrayante. Le mur blanc de sa mémoire avait cédé la place à une série de vignettes qu'il avait peu à peu identifiées et dans lesquelles il se situait, espérant reconstituer celui qu'il avait été. Et voilà qu'on lui annonçait que rien de tout cela n'était vrai, qu'il n'avait fait qu'imaginer un passé à partir de photos piochées dans des magazines, comme n'importe quelle midinette rêvant de mener la vie de son idole.

Était-il fou ? Une nouvelle fois, l'angoissante question lui revenait. Le psychiatre ne l'avait jamais suggéré, mais le lui révélerait-il si tel était le cas ? Peu probable. Et comment expliquer autrement la conviction qu'il avait eue de retrouver son identité, si une simple vérification venait soudain balayer ses certitudes et le renvoyer au néant dont il avait cru s'extirper ? Tant d'injustice réveillait en lui la rage qu'il avait tenté de contenir ces derniers temps, mais il serra les dents pour se contrôler. Le lieutenant l'observait avec attention.

Par un effort de volonté, il se retint de crisper les poings comme il en éprouvait l'envie, et le policier ne put juger à quel point sa colère était profonde et puissante. Les images de torture qui avaient caractérisé ses cauchemars ces dernières nuits lui revinrent en mémoire ; une fois de plus il se demanda quelle était la part des fantasmes et celle des souvenirs dans ces fulgurances. Il se força à sourire.

— C'est tout ? C'est pour m'annoncer cette bonne nouvelle que vous avez fait le déplacement ? Je vous en remercie.

Laville haussa les épaules. Il l'examinait avec un sourire narquois.

— Vous finirez par craquer. Je suis persuadé que vous savez parfaitement qui vous êtes et que vous nous jouez la comédie en attendant d'être suffisamment remis pour filer en douce. Mais nous trouverons. *Je* trouverai !

La suffisance de ce flic était telle qu'il avait envie de le gifler, pourtant il se contenta de secouer la tête.

— Pensez ce que vous voulez. Je m'en contrefiche.

Laville se leva.

— Bon. La prochaine fois que vous vous souviendrez d'une identité, tâchez qu'elle soit la bonne ! Le contribuable ne nous paie pas pour que nous nous promenions au gré de votre fantaisie.

Sur ce, le policier se tourna et quitta la chambre sans un mot d'adieu. Il n'avait pas disparu depuis dix secondes que la porte s'ouvrait à nouveau, livrant passage à Carole.

— Alors ? demanda-t-elle. J'ai rencontré le lieutenant Laville juste avant qu'il vienne vous voir. Il m'a appris...

— Il est persuadé que je mens. J'aimerais qu'il ait raison. Si je mentais, au moins je saurais où se situe la vérité !

Elle approcha et le regarda. Bon sang, il en avait marre de sa condescendance ! Carole ne désirait que son bien, il le savait, mais même cela l'horripilait et il avait envie de lui hurler qu'elle pouvait garder sa pitié, qu'il était assez grand pour se débrouiller seul. Que ne pouvait-il se lever, marcher comme tout le monde et s'occuper de découvrir lui-même le secret de son passé ? Il attendait avec impatience le jour où il pourrait enfin s'assumer.

— Vous vous êtes trompé...

— Non ! Je suis sûr d'avoir raison. La seule autre possibilité, c'est que je sois fou ! C'est ce que vous croyez ?

— Non ! Bien sûr que non !
— Alors comment expliquer ces souvenirs ?
— Les photos...
— Oui. Les photos. Bon, d'accord, je ne me souviens de rien d'autre. À part cette maison blanche...
— Une maison blanche ? Quelle maison blanche ?
Il ne lui avait pas encore parlé de la maison blanche.
— Je vois une grande maison blanche, cachée derrière une haie. Au fond se trouvent les garages et... je ne sais plus. Au premier, les pièces où je vis. Un grand salon aux murs blancs avec deux, non, trois ou quatre canapés. Une grande cheminée...
Carole paraissait surprise.
— C'est Roland qui vous a parlé de cette maison ? demanda-t-elle.
Ainsi, elle en était à l'appeler Roland. Ils discutaient certainement de lui dans son dos ! Il comprit qu'il lui faudrait se méfier dorénavant et faire attention à ce qu'il disait à cette femme. Sous couvert de vouloir l'aider, elle devait l'espionner pour le compte du flic qui avait juré sa perte ! Il eut l'impression de suffoquer. Tous contre lui ! Il était seul, perdu, et tout le monde complotait sa perte. Mais il ne devait rien montrer. Il lutta pour reprendre le contrôle de sa respiration et elle lui jeta un regard inquiet. Il sourit pour la rassurer. Elle ne devait surtout pas se douter qu'il avait deviné son petit jeu.
— Ce n'est rien, une bouffée de chaleur. Non, personne ne m'en a parlé. Je m'en souviens, c'est tout. Pourquoi ?
— Parce que votre description correspond à celle qu'il m'a faite de l'endroit où vit Belladone. À part la couleur des murs...

— Ah ! Vous voyez ! Quant à cette couleur... je ne sais pas. Je peux me tromper. Mais c'est bien ma maison.

— Oui. Il n'empêche qu'il y a rencontré Belladone, justement.

— C'est vrai. Mais s'il mentait ?

— D'abord je ne vois pas quel serait son intérêt, ensuite, il était accompagné du lieutenant Moreno. Lui aussi mentirait ? Pourquoi ?

— Vous avez raison, je dis n'importe quoi. Mais c'est sa faute ! Reconnaissez qu'il n'est pas impartial ! J'ignore ce que j'ai fait à ce type, mais il n'a qu'une idée en tête, c'est de me faire plonger. S'il ne parvient pas à prouver que je suis un truand en cavale, il va m'accuser de trafic de drogue en retenant mes perfusions comme pièces à conviction !

Elle sourit et il sut qu'il était en train de gagner.

— Vous exagérez...

— Je ne peux pas lui faire confiance.

— Il est là pour vous aider...

— Non. Vous êtes la seule à m'avoir aidé sans rien demander en échange. Je n'ai que vous.

Il vit qu'elle était ébranlée. C'était ce qu'il cherchait. Il devait la convaincre de basculer totalement de son côté. Elle était la seule personne dans son entourage sur laquelle il pouvait s'appuyer.

— Vous devez m'aider ! Pour lui, l'affaire est entendue. Pourtant je sais que j'ai raison. Ne m'abandonnez pas, je vous en prie !

— Bon. Mais je risque de me faire sérieusement réprimander. Le directeur m'a déjà avertie. Je ne pourrai pas faire grand-chose, et rien qui aille à l'encontre de votre traitement ou de l'enquête. Qu'est-ce que vous voulez ?

Enfin. Il soupira. Coincé qu'il était dans son fauteuil, si Carole lui avait refusé son aide, il n'aurait eu d'autre choix que d'attendre sa guérison ou les résultats de l'enquête. Et il n'était pas du tout certain que la conclusion de celle-ci joue en sa faveur. Donc, en attendant de remarcher et de pouvoir mener ses propres recherches, il devait s'en remettre à la seule bonne volonté de Carole.

— Je voudrais en savoir plus sur l'imprésario. Votre amie journaliste pourrait peut-être trouver quelque chose sur lui ?

— Mais puisque c'est une fausse piste...

— Peut-être, seulement c'est la seule que j'ai. Et avant d'abandonner les quelques souvenirs que j'ai retrouvés, je veux m'assurer qu'effectivement ce ne sont pas les miens.

Elle le regarda à nouveau avec cet air de désespérer de lui et il se retint pour ne pas hurler. Bon Dieu ! Qu'on cesse de le prendre pour un malade dont il fallait exaucer les volontés par pure complaisance !

Il se contraignit à sourire pour ne pas l'effrayer.

— S'il vous plaît, insista-t-il.

Elle soupira.

— Je vais voir ce que je peux faire.

— Merci.

## 18

Sophie composa le numéro de Carole pour la quatrième fois en espérant ne pas tomber encore sur sa boîte vocale. Elle voulait lui parler. Et comme elle-même se trouvait toujours en stage, il n'était pas évident de faire coïncider leurs emplois du temps. Cette fois, enfin, Carole décrocha.

— J'ai tes renseignements ! lança d'emblée la journaliste.

— Déjà ?

— Eh ! Je suis à Paris, ma chère ! Le royaume du *people* ! Et j'ai autour de moi quelques journalistes qui travaillent dans tous les grands magazines de la capitale. Je suis un train de me constituer un carnet d'adresses pas croyable ! Bref. Deux ou trois coups de fil en me recommandant de tel ou tel, et voilà. Luigi Belladone vit à présent à Goursac, ainsi que tu le savais. Il habite chemin des Bénédictins. Près de lui on trouve une domestique et son ancien imprésario, homme à tout faire, secrétaire. Un certain Lionel Shark. Ça doit être un pseudo, mais je n'ai pas réussi à trouver son véritable patronyme.

— Je te remercie, ces renseignements vont bien m'aider !

Ces propos, dénués du moindre enthousiasme, déroutèrent la journaliste. Assez satisfaite de son travail et ne sachant pas que ces informations étaient déjà connues de son amie, elle attribua le ton de sa réponse à la lassitude et l'oublia.

— Dis, je suis un peu loin de tout ça pour l'instant, mais tu penses à moi, hein ? J'ignore ce que tu trames exactement, mais j'aimerais bien être dans le coup si quelque chose en sort.

— Ne t'inquiète pas.

— Ah ! J'ai aussi une info sur Luigi Belladone qui devrait t'intéresser.

Sophie laissa passer une seconde. Elle sentit Carole se

crisper et sourit. Elle l'avait bien ferrée. L'infirmière était engagée jusqu'au cou dans cette histoire.

— Cela concerne ses mains, reprit-elle, il n'a plus d'empreintes digitales. Comme ton patient. Elles ont été brûlées dans son enfance. Un accident.

Carole demeurait silencieuse, assimilant la nouvelle.

— Eh ? Tu es toujours là ?

— Oui, répondit-elle finalement. C'est curieux, je n'y comprends plus rien.

Sophie luttait pour dissimuler son excitation. Elle sentait le scoop approcher à grands pas.

— Écoute, dit Carole. J'ai besoin de faire le point. Merci pour les renseignements. Je vais voir ce que je peux en tirer.

— Tu ne m'oublies pas, hein ?

— Promis. Quoi qu'il advienne, tu seras la première informée.

Sophie raccrocha, pas vraiment convaincue. Elle aurait donné cher pour se trouver à Bordeaux en ce moment.

***

Carole n'hésita pas longtemps. Dès le lendemain, elle profita de son jour de repos pour se rendre à Goursac.

Elle gara sa Peugeot non loin de la villa de Belladone, mais ne distingua rien depuis son poste d'observation. Le bâtiment était en retrait, dissimulé par un mur et une haie, de sorte que l'on n'en voyait que le toit et une façade aveugle dans le prolongement de l'allée, avec juste cette tourelle qui émergeait. Aucun point élevé ne se trouvait à proximité.

Parvenue à pied d'œuvre, Carole hésitait. Sa démarche

lui paraissait ridicule. Qu'allait-elle faire ? Sonner et se présenter, dire qu'elle venait de la part d'un amnésique qui jurait être l'homme formellement identifié par la police comme Belladone ? On la chasserait avant qu'elle ait terminé de raconter son histoire. Consciente de s'être déplacée pour rien, elle allait repartir lorsqu'elle vit le facteur déposer quelque chose dans la boîte, et ce qu'elle avait espéré sans y croire se produisit : quelqu'un sortait de la maison et descendait l'allée pour venir chercher le courrier. C'était un homme de taille moyenne, à la limite de l'obésité. Rien à voir avec Belladone, il devait donc s'agir de l'imprésario. Carole quitta sa voiture et se porta à sa rencontre. Ils parvinrent en même temps à la grille.

— Bonjour, dit-elle.

Il la regarda avec l'air de se demander ce qu'elle vendait. Elle lui adressa son sourire le plus engageant tandis qu'il ramassait le courrier.

— Je m'appelle Carole Masson, j'aurais souhaité parler à M. Morvan.

— À quel sujet ?

— C'est personnel...

— Ah oui ? C'est moi qui m'occupe du personnel, justement. Qu'est-ce que vous lui voulez ?

Carole comprit qu'elle devait montrer patte blanche pour passer cet obstacle.

— Je suis infirmière à l'hôpital de Cressac. Nous avons un patient qui affirme être Luigi Belladone...

— Je suis au courant. La police est venue. Ils ont vu Alexandre et sont repartis satisfaits. Vous participez à l'enquête ? Ils embauchent des infirmières dans la police, maintenant ?

— Non... Je fais ça pour aider mon patient... Il jure qu'il est Luigi Belladone...

— Votre patient est un fou ou un menteur, ma petite dame. Qu'est-ce que vous voulez que je vous dise de plus ? En tout cas, pas question de déranger mon patron pour ça !

— Peut-être pas si fou que ça, il donne tout de même des détails précis... Il m'a décrit cette maison et...

— Cette maison est passée dans deux ou trois magazines d'architecture et de décoration, sans compter tous les *people,* les programmes télé et les articles à droite et à gauche. Votre patient a très bien pu voir assez de photos pour être capable de la reconstruire dans son jardin si l'envie lui en prenait !

Carole ne se laissa pas démonter par l'argument. C'était une hypothèse qu'elle avait déjà envisagée, mais elle était venue pour rencontrer Alexandre Morvan et ne permettrait pas qu'on la chasse aussi facilement.

— Il y a tout de même d'autres détails troublants...

— Ah oui ?

L'imprésario repartait déjà vers la maison, mais il s'immobilisa.

— D'abord, cette ressemblance extraordinaire. Ensuite, on l'a retrouvé tout près d'ici.

— Et alors ? Peut-être qu'il rôdait dans le coin. Peut-être même qu'il est venu voir la maison, si c'est un fan un peu timbré. Ça expliquerait qu'il en sache assez pour vous impressionner.

— Et il y a l'histoire de ses mains.

— Quoi, ses mains ?

— Ses empreintes digitales sont effacées. Elles ont été brûlées. Comme celles de Luigi Belladone.

— Bravo, ce n'est pas infirmière que vous devriez être, c'est flic, effectivement. Bon, il n'a plus d'empreintes, et après ?

Après ? Carole se rendait compte tout à coup qu'elle n'avait rien, aucun argument sérieux à opposer au fait indéniable que Luigi Belladone était bien là, en chair et en os. Même si elle ne l'avait pas vu personnellement, elle ne pouvait mettre en doute le témoignage du policier.

— Si c'est tout ce que vous avez trouvé, termina Shark, je crains que ce ne soit nettement insuffisant pour vous laisser entrer. Maintenant, si vous voulez bien m'excuser, j'ai du travail.

Sur ce, il lui tourna le dos et s'éloigna. Elle eut beau l'appeler, il fit mine de ne plus l'entendre et disparut dans la maison.

## 19

Lionel Shark écarta légèrement le rideau du petit salon, au dernier étage de la tourelle.

— C'est elle, dit-il en désignant Carole qui remontait dans sa voiture.

— Juste une infirmière ? Qu'est-ce que tu veux qu'elle fasse ? Les flics sont venus, ils m'ont vu...

— Ils sont repartis convaincus. Mais cette fille est une fouineuse. Et elle est en contact avec lui en permanence. Il se souvient de suffisamment de choses pour qu'elle soit troublée.

— Eh bien, débrouille-toi. Fais intervenir quelqu'un,

qu'on la secoue un peu et qu'elle arrête de nous emmerder. Tu es payé pour ça, non ?

Shark le regarda et fit un effort pour contenir la réplique qui lui montait aux lèvres.

— Ça ne va pas être aussi simple. D'abord, je ne connais personne capable d'intervenir dans son hôpital, et ensuite j'ai l'impression qu'elle agit à titre personnel. Elle a dû s'enticher du pauvre amnésique et cherche à l'aider.

— Et alors ? On s'en fout, non ? Où est le danger ?

L'imprésario soupira. Bon sang, heureusement qu'il réfléchissait pour deux !

— Elle peut nous rendre la vie impossible, voilà le danger ! Suppose qu'elle s'adresse à la presse ? Le nom de Julien Servais te dit quelque chose ? Il se trouvera bien un journaliste pour s'en souvenir et faire le lien entre Julien Servais et Luigi Belladone !

L'argument parut enfin porter et l'autre pâlit.

— Il n'y a aucune raison...

— Tout se sait, dans ce milieu. Et tôt ou tard quelqu'un se souviendra de l'existence de Servais. Leur fameux « patient 127 » sera alors identifié.

— Bon Dieu ! J'avais pas pensé à ça ! Qu'est-ce qu'on peut faire ?

— Rien pour le moment. Espérer qu'elle se lasse, ce dont je doute. Si elle revient, il faudra sans doute la convaincre de garder ça pour elle ou acheter son silence.

Mais ça, c'était une hypothèse à laquelle Lionel Shark ne croyait pas vraiment. Et cela l'inquiétait.

# 20

Carole n'était pas très fière lorsqu'elle entra dans la chambre de celui qu'elle persistait à appeler Alexandre depuis quelques jours, bien qu'il semblât de moins en moins probable que ce fût son véritable prénom.

Il lui sourit en la voyant, mais comprit aussitôt qu'elle était soucieuse.

— Qu'est-ce qui vous arrive ? s'enquit-il.

— J'ai de mauvaises nouvelles. Vous savez que le lieutenant Laville est allé chez Luigi Belladone et l'a vu. J'ai voulu me rendre compte par moi-même et j'y suis aussi allée hier.

— Vous avez fait quoi ?

Il avait presque crié, et elle eut un mouvement de recul devant la brutalité de sa réaction.

— Je suis allée à Goursac. J'ai parlé avec l'imprésario, Lionel Shark...

— Bon sang, vous êtes dingue ou quoi ?

Il paraissait bouleversé et elle n'en comprenait pas la raison. Elle lui aurait annoncé qu'elle venait de nourrir les tigres du zoo en entrant dans la cage avec un morceau de viande crue à la main qu'il n'aurait pas réagi différemment.

— Je n'ai fait que...

— Il ne fallait pas ! Ce type est dangereux !

Carole ne comprenait plus.

— Mais enfin... C'est juste un homme et je suis restée dans la rue. Nous étions chacun d'un côté de la grille ! Et si vous êtes bien Alexandre Morvan, c'est de votre homme de confiance que nous parlons ! Vous semblez le craindre. Pourquoi serait-il dangereux ?

Il fit un effort visible pour se calmer, inspira profondément.

— Je ne sais pas, reconnut-il finalement. Quand vous m'avez dit que vous étiez allée le trouver, j'ai ressenti une bouffée d'angoisse. J'ignore pourquoi, mais j'ai associé son nom à de la souffrance... Et j'ai eu peur pour vous.

— Ne vous inquiétez pas pour moi. Je suis une grande fille et j'en ai vu d'autres.

— Je refuse que vous preniez des risques. Je vous l'interdis ! Vous m'entendez ? Je ne veux pas que vous retourniez là-bas !

— Mais de quels risques parlez-vous ? Que voulez-vous qu'il m'arrive en plein jour dans un petit village aussi tranquille que Goursac ?

Il soupira.

— Bon sang, si je le savais... j'aurais la réponse à toutes mes questions. Mais vous devez me croire ! Je sens que c'est dangereux.

Elle n'appréciait pas que quelqu'un lui donne des ordres, fût-ce pour son bien. Et même si elle était heureuse de voir qu'il s'inquiétait pour elle, elle ne devait pas se faire trop d'illusions sur les sentiments qu'il éprouvait à son égard. Il n'avait personne d'autre à proximité. La plupart des infirmières du service étaient soit trop âgées, soit mariées. Il était normal qu'il ait jeté son dévolu sur elle. Cela la flattait, cependant elle ne pouvait ignorer qu'il s'agissait d'une réaction normale dans son état. À cet instant, l'image de Roland Laville surgit dans son esprit. Comment se situait-elle, entre ces deux hommes ? Et Thierry ? Déjà bien oublié, Thierry.

— Ne vous inquiétez pas, dit-elle. Je ferai bien attention à moi.

Il parut soulagé et elle en eut chaud au cœur. C'était bon de savoir que quelqu'un pensait à elle.

## 21

Le lendemain, Sophie appela Carole pour lui dire qu'elle regagnait Bordeaux pour quelques jours. Après les problèmes rencontrés avec le docteur Lambert, Carole préférait adopter un profil bas et ne pas être vue avec la journaliste durant son service. Elles convinrent donc de se retrouver à quatorze heures dans un restaurant proche de l'hôpital. Sophie profiterait des heures de visite pour aller interroger d'abord le mystérieux patient 127.

Carole arriva la première au restaurant, où elle choisit une table en retrait. Sophie entra peu après, vêtue d'un ensemble en jean qui semblait taillé sur mesure, et Carole se demanda comment une si jolie fille pouvait avoir du mal à trouver l'homme de sa vie. Ce qui la ramena à son cas personnel et à l'indécision dans laquelle elle se trouvait. Elle avait presque réussi à oublier Thierry, en tout cas elle faisait tout son possible pour ne plus penser à lui, mais ne parvenait pas à se décider entre Roland et son malade. Le bon sens la poussait vers le policier, qui avait tout pour la sécuriser, mais elle penchait parfois du côté d'Alexandre, fragile, seul, égaré... Il avait besoin d'elle et cela le rendait plus précieux à ses yeux. Opinion que Sophie ne semblait pas partager.

— Alors ? demanda Carole lorsque la journaliste s'assit en face d'elle. De quoi avez-vous parlé ?

— De lui. Ce qui a été rapide. Et de Belladone. Là, il est plus éloquent, mais il ne m'a pas appris grand-chose que je ne sache déjà par les coupures de journaux...

— Je sais. C'est l'éternelle question. Se souvient-il vraiment ou nous ressort-il ce qu'on lui a fourni ? Sans compter la présence de Luigi Belladone chez lui, en ce moment même, qui est difficilement compatible avec ce qu'il nous a raconté !

Sophie hocha la tête.

— Mon avis est que ton patient nous mène en bateau. C'est la seule explication logique. Ce type nous ment !

— Non ! Je suis persuadée qu'il y a un fond de vérité dans ses affirmations. Peut-être qu'il interprète mal certaines choses, mais je suis certaine qu'il est sincère.

— Eh là ! Du calme. Ne te mets pas en colère.

— Je ne suis pas en colère, mais tu devrais voir sa détresse lorsque...

Elle se tut en voyant approcher le serveur. Quand il repartit avec leur commande, elle avait eu le temps de se calmer. Elle comprenait le point de vue de Sophie, qui d'ailleurs reflétait celui de Roland. C'était une attitude logique. Mais bon sang, elle vivait pratiquement avec cet homme ! Elle le lavait, le portait dans son fauteuil roulant, changeait ses draps et recueillait ses confidences. Elle refusait de croire qu'il puisse lui mentir et la manipuler, comme semblaient le penser ses amis.

Sophie lui prit la main.

— Carole, tu m'inquiètes.

Elle sursauta. Perdue dans ses pensées, elle l'avait

presque oubliée. Elle se tourna vers elle, lut une angoisse sincère dans son regard.

— Pourquoi ?

— Tu ne me sembles pas avoir une relation très saine avec ce type. C'est un malade, un amnésique dont tu ignores tout.

— Il m'a dit...

— Ce qu'il t'a dit ne repose sur rien ! On n'a pas le moindre commencement de preuve qu'il raconte la vérité, bien au contraire.

— Je sais.

— Tu ne serais pas en train de tomber amoureuse de lui, au moins ?

— Ne sois pas bête. Je ne sais rien de lui. Lui-même ignore tout de son passé !

— Le coup de foudre, ça arrive. Et on ne se connaît pas plus que ça.

— Et quand bien même ?

— Je crois que ce type ne pourrait rien t'apporter de positif.

— Mais moi, je pourrais lui apporter beaucoup...

— Bon Dieu ! On ne bâtit pas une relation amoureuse sur ce qu'on va donner à l'autre sans rien espérer en retour ! C'est du masochisme !

Carole ne répondit rien. Après l'échec de son mariage et le départ de Thierry, elle s'était parfois demandé si elle ne cherchait pas inconsciemment les situations impossibles. Cette question la mettait mal à l'aise et elle préféra détourner la conversation.

— Et toi ? À part donner des conseils, qu'est-ce que tu fais de ta vie sentimentale ?

Sophie parut désarçonnée par cette volte-face.

— Oh, moi... Toujours pareil...

— Tu n'as pas retrouvé de petit ami ? Personne en vue ?

— Si, j'ai quelqu'un en vue.

— Ah ! Qu'est-ce que tu attends ?

— C'est difficile...

— C'est un homme marié ? Si c'est le cas, tu te prépares des soirées mouchoirs.

— Non, c'est plus compliqué. Et puis je ne suis pas sur Bordeaux en ce moment...

— Dis donc, ça m'a l'air drôlement mystérieux.

— Oui. Je t'en reparlerai le moment venu.

Le serveur arriva avec les entrées, elles se turent brusquement.

— Bon, concéda Sophie dès qu'il fut parti, arrêtons là l'examen de nos vies amoureuses, qui m'ont l'air aussi perturbées l'une que l'autre. Revenons à notre mystérieux patient et tâchons de régler cette affaire. De toute façon, je ne vais pas abandonner la partie si facilement. Quelle que soit son identité, je veux la découvrir. Ta visite chez Belladone n'a rien donné, je vais voir si j'aurai plus de chance.

— Tu vas y aller ?

— Qu'est-ce que tu crois ? Que je mène toutes mes enquêtes depuis ma chambre ?

# 22

La maison était bien telle que l'avait décrite Carole. Sophie s'était garée à trois rues de là, après être passée deux fois devant à un quart d'heure d'intervalle. Elle avait envisagé de se glisser à l'intérieur mais devait reconnaître que c'était un mauvais plan. La grille décourageait toute escalade.

En fait, elle avait une bien meilleure idée. Les policiers avaient rencontré Luigi Belladone et son imprésario. Carole, quant à elle, n'avait vu que ce dernier, qui avait fait barrage. Elles n'en étaient pas plus avancées. La dernière possibilité d'en apprendre davantage sur ce qui se passait dans cette maison était d'interroger la troisième personne y vivant : Émilie Labonté, la gouvernante.

Les domestiques ayant souvent des griefs contre leurs employeurs, Sophie espérait pouvoir lui soutirer quelques informations. Elle ignorait encore comment et improviserait, mais la piste Belladone était la seule à leur disposition et la journaliste pensait qu'elle méritait d'être suivie. Il y avait trop de coïncidences.

Après son petit tour dans le quartier, elle se gara à l'angle de deux rues, dans un recoin abrité par un arrêt de bus qui la dissimulait presque complètement, mais d'où elle pouvait surveiller la grille de la villa.

Elle resta trois heures en planque et commençait à se demander si c'était une si bonne idée quand celle qu'elle attendait sortit enfin : une femme approchant la soixantaine, tout de noir vêtue, sèche comme une vieille brindille, qui portait un cabas. Sophie la laissa approcher, ne descendant de voiture qu'au dernier moment.

— Madame Labonté ?

La gouvernante lui jeta un regard soupçonneux et fit un écart pour l'éviter, sans s'arrêter. Sophie s'était attendue à cette réaction. Elle verrouilla ses portières et lui emboîta le pas.

— Bonjour. Je m'appelle Sophie Landier. Je suis journaliste à *La Dépêche de Bordeaux* et j'aimerais vous parler.

— J'ai rien à dire...

La voix revêche s'accordait bien au physique du personnage.

— Je souhaiterais vous poser quelques questions sur Luigi Belladone.

— J'ai rien à vous dire, vous entendez ! Je suis au courant de rien ! Laissez-moi passer !

— Je voulais juste...

Mais l'autre ne l'écoutait pas. Refusant même de la regarder, elle avançait d'un pas décidé, courant presque, alors qu'elles approchaient du centre du village. Sophie comprit qu'elle n'en tirerait rien.

— Comme vous voudrez, soupira-t-elle. Je vais vous laisser ma carte. Si jamais vous changez d'avis... Je peux vous garantir l'anonymat, vous savez ?

Émilie Labonté ne tourna même pas la tête et ne fit pas un geste pour prendre la carte que la journaliste lui tendait. En désespoir de cause, Sophie la laissa tomber dans son cabas, avec l'enveloppe contenant le dossier de presse de toute l'affaire.

— Vous pouvez m'appeler nuit et jour, insista-t-elle.

Mais la domestique saisit l'enveloppe et la carte et les jeta dans le caniveau. Sophie les ramassa et s'arrêta sur le bord du trottoir pour la regarder s'éloigner d'un pas précipité, tel un corbeau fuyant au ras du sol.

— Souvenez-vous, cria-t-elle, je m'appelle Sophie Landier, à *La Dépêche de Bordeaux* !

Sophie demeura perplexe. Ce n'était pas la première fois qu'un témoin ne souhaitait pas lui parler, mais jamais autant qu'aujourd'hui elle n'avait eu l'impression de s'adresser à un mur. Certaines personnes n'aimaient pas la presse, refusant même de donner les renseignements les plus élémentaires. D'autres ne désiraient pas répondre aux questions des journalistes par crainte des retombées.

Sophie avait la conviction que la gouvernante se classait dans la dernière catégorie. Mais que craignait-elle ? Ou plutôt, *qui* craignait-elle ? Revenant à pas lents vers sa voiture, elle vit le toit de la maison de Luigi Belladone au-dessus de la haie.

Elle connaissait la réponse à sa question. Mais une autre surgissait aussitôt : pourquoi ?

## 23

Carole ne put se contenir très longtemps. Sitôt après le compte rendu de Sophie, elle saisit son téléphone et appela Roland sur son portable. L'accueil qu'il lui réserva ne fut pas celui qu'elle avait escompté.

— Tu as fait quoi ?

— Je me suis rendue à Goursac.

— Mais bon sang, de quoi te mêles-tu ?

— Tu avais abandonné cette piste... Je me suis dit qu'il y avait encore quelque chose à creuser...

— Nous avons examiné tout ce qu'il y avait lieu d'examiner. C'est un cul-de-sac ! Une fausse piste ! Bon sang, si tu me laissais faire mon travail et te consacrais au tien ? Qu'est-ce qui t'intéresse autant dans cette histoire pour que tu joues les détectives amateurs ? Qu'a-t-il de si terrible, ce type ? C'est quasiment un grabataire, à l'en croire il a le cerveau comme un vieux morceau de gruyère, et si ce n'est pas le cas il est en train de nous manipuler tous dans un but qui ne doit pas être avouable ! On va finir par trouver ce qu'il cache, mais si tu nous embrouilles, tu risques de tout foutre par terre ! Tu sais que tu pourrais être inculpée pour ce genre de chose ?

— Tu vas me dénoncer ?

— Ne dis pas d'idioties ! Ce que je veux dire, c'est que tu as eu tort de t'en mêler, et ce pour deux raisons. La première est que si ces gens n'ont rien à voir avec ton bel amnésique, tu les déranges pour rien. On appelle ça du harcèlement. Ils pourraient porter plainte et cela te vaudrait de gros ennuis. La seconde est que si tu avais affaire à d'ignobles comploteurs, comme tu le suggères, une telle démarche pourrait se révéler dangereuse...

— Tu y es bien allé, toi !

— Moi je suis de la police ! Ça fait toute la différence ! Quand je vais là-bas, c'est moi le maître du jeu ! J'ai mon flingue, je suis avec mon collègue, et mon chef sait où je suis ! Il ne peut rien m'arriver ! Ou du moins les risques sont minimes. Toi, tu y vas seule et tu affrontes des gens dont tu ne sais rien. Tu es cinglée ou quoi ?

— Il y a un fait nouveau. Luigi Belladone a eu les

empreintes digitales brûlées quand il était enfant. Comme mon patient !

— D'où tiens-tu ça ?

— D'une amie journaliste.

— Une journaliste. Manquait plus que ça ! Qui c'est ?

— Elle s'appelle Sophie Landier...

Il siffla dans le téléphone, et elle s'écarta du combiné.

— Landier ! Cette fouineuse !

Le ton sur lequel il avait prononcé son nom trahissait le peu d'estime qu'il lui portait.

— Tu la connais ?

— Bien sûr ! Elle a publié un article sur une prétendue affaire de corruption dans la police, et l'IGPN s'agite comme s'ils en avaient tous des puces ! Putain ! Cette connasse est en train de ruiner la carrière d'une dizaine de bons flics ! Comment es-tu entrée en contact avec elle ?

— J'ai participé à un collectif d'infirmières qu'elle a couvert. Ensuite, elle a gardé le contact et m'a rappelée quand elle a entendu parler de cette histoire. C'est elle qui a écrit le premier article dans *La Dépêche de Bordeaux*. On a sympathisé...

— Tu m'étonnes !

— Qu'est-ce que tu veux dire ?

— Tu ne sais pas ?

— Je ne sais pas quoi ?

— Tu l'as revue souvent après sa visite à ton patient ?

— Deux ou trois fois, pourquoi ?

— Qu'est-ce qu'elle voulait ? Parler de lui, ou de toi ? Et ça se passait où ? À l'hôpital ou dans un petit restaurant aux lumières tamisées ?

— De quoi parles-tu ?

Mais Carole venait de comprendre à quoi Roland faisait allusion; des images et des bribes de conversations lui revenaient : Sophie lui prenant gentiment la main, Sophie lui expliquant qu'elle n'avait personne en ce moment, qu'elle avait des vues sur quelqu'un mais que non, il ne s'agissait pas d'un homme marié, c'était plus compliqué...

— Tu ne veux pas suggérer...

— Mais si, ma pauvre petite colombe innocente. Ta grande amie est lesbienne. C'est pas ton patient qui l'intéresse, c'est ton cul !

Carole en resta sans voix. Cette révélation lui faisait l'effet d'une gifle. Sophie était une lesbienne et l'avait peut-être – sans doute – considérée comme une partenaire potentielle.

— Tu es sûr de ce que tu avances ?

— Écoute, est-ce que je raconterais ce genre de truc simplement pour le plaisir ? Je suis surpris que tu ne t'en sois pas aperçue par toi-même ! Si vous êtes copines, elle a bien dû laisser échapper quelque chose, non ?

Une foule de souvenirs lui revenaient en mémoire, qu'elle examinait à présent sous cet éclairage nouveau. Elle avait l'impression que le monde venait de changer de couleur autour d'elle. Les repères qu'elle avait établis semblaient soudain déplacés, instables, et elle ne savait plus à quoi se raccrocher.

— Ne me dis pas que tu l'ignorais ?

— Si.

Toute l'aide que Sophie lui avait apportée, l'intérêt dont elle faisait preuve pour cette enquête... Avait-elle agi ainsi uniquement pour l'amener dans son lit ? Ces révélations lui laissaient un goût amer dans la bouche, comme si on venait de lui administrer un médicament particulièrement désagréable.

— Carole ? Ça va ?

— Oui... C'est juste que... je suis un peu surprise.

— Écoute, je suis désolé que tu l'apprennes de cette façon. Mais tu dois te méfier de cette fille. Sur le plan professionnel, elle est prête à tout et pourrait te faire beaucoup de tort. Et sur le plan privé...

— Ça va, j'ai compris. Inutile d'en rajouter.

Ils se quittèrent sur ce constat. Roland essaya bien de convenir d'un prochain rendez-vous, mais ce qu'il venait de lui apprendre l'avait tellement abasourdie qu'elle n'avait pas le cœur à sortir. Pas tout de suite. Il lui fallait le temps d'assimiler. Le temps d'accepter.

## 24

Sophie était encore à Bordeaux. Elle ne rentrerait que le lendemain à Paris pour la poursuite de son stage. Carole n'eut aucun mal à la convaincre de la retrouver le soir même, sans lui préciser le motif de cette rencontre. Carole arriva la première. Ignorant comment se terminerait leur entrevue, elle avait choisi un café où elle n'allait jamais. Elle aurait bien demandé à Sophie de passer chez elle mais, après ce que lui avait appris Roland, elle éprouvait une certaine réticence à l'idée d'y introduire cette femme dont les motivations lui apparaissaient à présent suspectes.

La journaliste entra dans le café, un grand sourire aux

lèvres. Elle était vêtue d'un tailleur qui la mettait en valeur, rehaussant sa féminité et sa grâce naturelle. Elle était très légèrement maquillée et Carole se demanda si elle avait fait ces efforts particuliers pour elle.

Sophie l'embrassa. Carole lui rendit ses baisers du bout des lèvres. La journaliste s'assit en face d'elle, commanda un café et croisa les mains sur la table.

— Alors ? Quoi de neuf ? Moi, j'ai rencontré la gouvernante, mais ça n'a rien donné. Tu as du nouveau ? Tu paraissais tendue, au téléphone.

Carole hésita. Elle ne savait pas comment amener le sujet qui la préoccupait. Le cas de son patient était maintenant le dernier de ses soucis.

— J'ai... Ce n'est pas facile. L'autre soir, tu m'as laissé entendre que tu n'avais toujours pas de petit ami mais que tu avais quelqu'un en vue.

Elle vit Sophie se raidir et sut à cet instant que Roland avait dit la vérité. La journaliste se taisait, la fixant avec une intensité qui lui fit presque renoncer à son idée. Mais elle devait en avoir le cœur net. Il lui fallait crever l'abcès.

— Quand je t'ai demandé s'il s'agissait d'un homme marié, tu m'as répondu que c'était plus compliqué, c'est bien ça ?

Sophie hocha la tête, un petit mouvement bref qui soulignait sa tension.

— Est-ce que... est-ce que c'est plus compliqué parce qu'il s'agit d'une femme ?

Sophie ne répondait toujours rien. Carole insista.

— Est-ce... est-ce qu'il s'agit de moi ?

Elle se tut, incapable de prononcer un mot de plus. Toute couleur avait déserté le visage de Sophie. Depuis qu'elle la connaissait, c'était la première fois que Carole voyait la journaliste rester sans voix.

— Qui te l'a dit ? demanda-t-elle finalement d'une voix blanche. Je comptais t'en parler...

— Alors c'est vrai ?

Carole était décontenancée. Autant par la réponse de son amie que par sa propre audace. Elle se trouvait soudain devant une situation dont elle n'avait pas pesé les conséquences et à laquelle elle ne voyait aucune issue.

— Attends, ce n'est pas ce que tu crois.

— Je ne crois rien.

— Tu me juges.

— J'aurais simplement aimé être avertie.

— Avertie de quoi ? De ce que tu risquais ? Qu'est-ce que tu t'imagines ? Que j'allais te culbuter sur une table et te violer ?

Bien sûr que non. Carole réalisait le ridicule de sa démarche. Elle s'y était très mal prise et la conversation prenait un tour qu'elle n'avait pas souhaité. Loin de chercher la confrontation, elle souhaitait juste mettre les choses au point.

— Je t'aime.

Cette fois, ce fut Carole qui resta sans voix. Depuis que Roland lui avait révélé les préférences de son amie, elle n'avait songé qu'à l'aspect sexuel, sans vouloir poursuivre au-delà, sans même y penser.

— Tu m'as plu dès le premier jour, poursuivait Sophie. Je ne savais comment t'en parler. C'est la première fois que je suis aussi intimidée par une fille.

L'idée que Sophie puisse être intimidée par quelqu'un était déjà surprenante, mais qu'elle-même en soit la cause, Carole ne parvenait pas à le croire.

Sophie se tut lorsque le serveur posa son café sur la table, et reprit dès qu'il eut le dos tourné.

— J'aurais fini par aborder la question, mais je craignais de te perdre définitivement. Je craignais une scène comme celle-ci...

— Écoute, tu sais que je suis...

Carole allait dire « normale », se retint *in extremis*, sut que Sophie avait lu en elle.

— ... hétérosexuelle, termina-t-elle. Tu ne pouvais espérer...

Sophie eut un sourire triste.

— Hétérosexuelle, bisexuelle, homosexuelle... La frontière est parfois bien ténue. Tu m'en veux ?

Cette question était une erreur. Sophie se mordit les lèvres, trop tard.

— Bien sûr que je t'en veux ! J'ai l'impression d'être... un gibier. Je te faisais confiance, et pendant ce temps toi tu pensais... tu pensais...

— La même chose que tous les hommes qui t'entourent. Ni plus ni moins !

— Ce n'est pas pareil !

— Non, ce n'est pas pareil. Moi, je te respecte.

L'argument ne suffit pas à convaincre Carole. Qu'allait-elle faire ? Elle ne pouvait poursuivre cette relation avec Sophie maintenant que celle-ci lui avait avoué ses sentiments. Si encore elle n'en avait rien dit ! Mais Carole avait conscience de l'hypocrisie de cette position. Elles n'auraient pu continuer très longtemps ainsi. Tôt ou tard il aurait bien fallu que Sophie se déclare.

— Qui te l'a appris ?

— Qu'est-ce que ça peut faire ?

— Une personne me dénonce, j'aimerais savoir qui c'est. Car il s'agit bien de cela, n'est-ce pas ?

— Un des policiers qui enquêtent sur l'affaire.

— Lequel ? Son nom ?

Carole hésita. Mais à quoi bon dissimuler un nom que Sophie n'aurait aucun mal à retrouver en appelant la PJ ?

— Roland Laville.

Sophie leva un sourcil surpris.

— Laville ? Le ripou ? Qu'est-ce qu'il fait là ? Je le croyais perdu dans un commissariat de la banlieue de Bordeaux...

— Il a été muté. Pourquoi dis-tu que c'est un ripou ?

— Parce qu'il fait partie de tout un groupe qui trafiquait dans les faux papiers. On file des papiers à des clandestins pour qu'ils se fassent régulariser et on empoche un bon paquet au passage. J'ai écrit un article là-dessus. Ça n'a pas plu dans la grande maison et ils ont l'IGPN au cul. Bien sûr, je ne peux plus m'adresser à eux pour faire sauter mes contredanses.

— Tu parles d'un groupe. Roland n'est pas forcément coupable...

— Aussi coupable que les autres ! C'est un ripou, je te dis. C'était lui, le fameux Roland dont tu m'as parlé ? Mauvaise pioche, ma belle.

Sophie eut un petit rire sans joie.

— Dis donc, entre un ripou, une lesbienne et un amnésique, c'est plus une vie sentimentale que tu as, c'est Beyrouth !

Carole lui jeta un regard noir et la journaliste s'interrompit.

— Excuse-moi. Mais l'idée que cet enculé est responsable de tout ça...

Carole secoua la tête.

— Il n'est pas responsable. Il est juste le porteur de mauvaises nouvelles et tu as décidé de le faire payer. C'est dans l'ordre des choses...

— Attends ! Je t'ai dit la vérité !

Carole se levait déjà. Elle était déçue et préférait s'en aller avant que la colère ne l'amène à dire des choses qu'elle regretterait par la suite.

— Tu pars ?

— Cela vaut mieux.

— Tu es fâchée ? S'il te plaît, ne sois pas fâchée... Nous pouvons continuer comme avant.

Carole fit un effort pour se contenir.

— Je crois que pendant un certain temps il vaut mieux que nous ne nous voyions pas.

— Mais pourquoi ? Nous pouvons rester amies...

— J'ai besoin de faire le point.

Elle jeta quelques pièces sur la table et s'éloigna. Elle ne voulait pas croire Sophie. Tout ce qu'elle lui avait raconté sur Roland ne pouvait être que la vengeance d'une femme blessée. Elle sortit du café, les larmes aux yeux. Son monde s'effondrait. De quelque côté qu'elle se tournât, elle ne voyait que mensonges et faux-semblants. Et même si elle refusait de croire Sophie, elle doutait à présent de Roland.

# 25

Carole était plus perturbée par sa dispute avec Sophie qu'elle ne s'y était attendue. Au fil des semaines, elle s'était attachée à la jeune femme et se reprochait d'avoir contraint celle-ci à se dévoiler. Elle regrettait l'appui qu'elle lui avait apporté dans son enquête, même si l'intérêt de la journaliste n'était pas seulement professionnel.

Désœuvrée, ne sachant plus vers qui se tourner, elle avait profité d'une journée de congé pour revenir rôder autour de la maison de Belladone. Le cœur du mystère se trouvait là et, bien que son patient lui eût interdit de prendre des risques, elle estimait pouvoir venir dans le village sans danger, tant qu'elle n'approchait pas de la maison. Et quand bien même ? Ces gens n'allaient pas l'égorger devant leur portail ! Elle s'était garée non loin de la villa, qu'elle avait observée pendant près d'une heure, hésitant sur la conduite à tenir. En arrivant, tout paraissait simple : elle allait débarquer dans le village, interroger les commerçants, les passants, les voisins... Leur demander s'ils n'avaient rien remarqué d'anormal ces derniers temps. Mais une fois à pied d'œuvre, elle s'était rendu compte de l'inanité de cette démarche. Qui était-elle pour ainsi déranger les gens ? Que lui répondrait-on ? Et si Belladone en entendait parler et appelait la police ? Elle doutait que Roland ait suffisamment d'influence pour l'aider alors, surtout si, ainsi que le prétendait Sophie, il avait lui-même des problèmes avec l'IGPN. Cette histoire troublait Carole. Elle se demandait quelle était la part de vérité dans les révélations de la journaliste, et si Roland avait quelque chose à se reprocher.

Elle avait tout de même poursuivi son entreprise jusqu'à son terme, abandonnant la sécurité de sa voiture pour se rendre sur la place principale et, tout en faisant des emplettes destinées à faire diversion, elle avait discrètement posé quelques questions sur Luigi Belladone et son personnel. Que pouvait-elle espérer ? La plupart des commerçants interrogés avaient prétendu ne pas savoir de qui elle parlait, les autres s'étaient contentés de lieux communs comme elle aurait pu en glaner dans n'importe quel village abritant une ancienne célébrité. On n'avait pas beaucoup vu le chanteur ces derniers temps, mais cela n'avait rien d'extraordinaire : il s'était toujours comporté en sauvage, sans jamais vraiment s'intégrer à la vie sociale.

Elle avait rencontré un artisan qui avait récemment effectué des travaux de peinture dans la maison, ce qui pouvait expliquer les différences entre la description fournie par Roland et celle de son patient. Une fois de plus, la version de ce dernier collait à la réalité. Comment aurait-il pu savoir ce genre de choses ? Cela ne figurait dans aucun des articles qu'elle lui avait remis, elle en était certaine. Donc, il connaissait cette maison, il y était entré. Cette petite victoire avait cependant un goût amer. Qu'allait-elle en faire ? Depuis qu'elle était en froid avec Roland et Sophie, elle avait l'impression de se retrouver seule face au monde entier. Hélène commençait à lui faire sentir qu'elle se consacrait trop à ce seul patient et leur relation s'était un peu dégradée ; Roland piquait une crise de jalousie, quant à Sophie... Mais elle était persuadée d'avoir raison. L'homme qui se trouvait couché dans ce lit d'hôpital, impuissant, vaincu, brisé, avait besoin d'elle. Elle ne pouvait pas l'abandonner.

Elle ignorait encore comment utiliser ces nouveaux indices, mais elle allait en parler avec lui et ils trouveraient bien le moyen de percer le mystère qui entourait son passé. Même si pour cela elle devait entrer par effraction dans la grande maison blanche.

⁂

Lionel Shark raccrocha après avoir assuré à son correspondant qu'il saurait se souvenir du service rendu.

— C'est la fille qui est venue l'autre jour. Elle est dans le village en train d'interroger tout le monde.

Shark se tourna, mais son interlocuteur ne paraissait pas l'avoir entendu. Nonchalamment allongé dans le Chesterfield, il contemplait le plafond en rêvant sans doute à son retour triomphal en tête du hit-parade.

— Tu m'écoutes ?

— Et alors ? Qu'est-ce que ça peut faire ? Ce n'est qu'une infirmière... Les flics ont laissé tomber.

— On en a déjà discuté ! Elle est la plus motivée du lot ! Il faut la neutraliser avant qu'elle ne vienne tout remettre en question. Et ça, c'est ton boulot, Luigi ! Alors bouge-toi ! Vas-y avant qu'elle ne flanque tout par terre !

— Putain, tu fais chier !

Mais, bien que grommelant, l'autre s'extirpa du canapé. Il attrapa au passage un grand blouson de cuir et l'enfila en se dirigeant vers la porte.

⁂

— Vous me cherchez ?

Carole sursauta. Perdue dans ses pensées alors qu'elle regagnait sa voiture, quasiment bredouille, elle n'avait pas remarqué l'homme qui se tenait appuyé à un arbre, le visage dans l'ombre. Il s'avança et elle eut un mouvement de recul avant de le reconnaître. Luigi Belladone. Il lui souriait et elle se sentit presque rassurée.

— Désolé de vous avoir effrayée, mais avec cette chaleur j'ai préféré m'abriter du soleil. On m'a dit que vous étiez ici et que vous posiez des questions sur moi.

— Heu... oui... c'est-à-dire...

Cette confrontation soudaine la perturbait et elle ne savait plus quelle attitude adopter. L'homme qu'elle cherchait était là, devant elle. Tel que sur ses photos. Jusqu'à ce blouson qu'elle se souvenait d'avoir vu. Vêtu d'un jean bleu et d'un tee-shirt noir, chaussé d'une paire de baskets, il ne lui paraissait plus si menaçant tout à coup. Pourtant, lorsqu'il s'approcha elle recula d'un pas.

— Vous avez peur de moi ?

Il souriait, mais son regard était calculateur.

— Vous devriez. Car on m'a rapporté que vous cherchez à me nuire.

Le sourire s'élargit, se réchauffa...

— Vous avez de la chance : je ne suis pas méchant. Si nous allions prendre un verre ?

Elle eut un regard pour la maison toute proche, se sentit soudain glacée à l'idée d'y entrer. Il dut deviner ses pensées car son sourire s'accentua encore.

— N'ayez crainte ! Barbe-Bleue ne va pas vous emmener dans son château ! Je pensais plutôt à ce café face à l'église. Ils ont une tonnelle où l'on doit être au frais. Ça vous tente ?

C'était une option qu'elle préférait nettement à l'idée de se retrouver seule chez cet homme, dont elle se méfiait instinctivement depuis qu'elle avait appris son existence.

— Le temps de me débarrasser de ça, dit-elle en désignant les quelques emplettes réalisées au cours de son enquête.

D'un geste, il lui indiqua qu'il l'attendait, et lorsqu'elle eut rangé le tout dans le coffre de sa voiture, ils partirent côte à côte en direction de l'église.

Il avait dit vrai : abrités sous une tonnelle recouverte de vigne vierge, ils furent bientôt assis au frais devant deux jus de fruits. À part eux, il n'y avait qu'un couple accompagné de trois enfants dont l'attention était accaparée par d'énormes glaces. Ils pourraient discuter en toute tranquillité.

— Alors ? Vous me cherchiez ?

— Je suis venue chez vous, mais votre assistant m'a chassée...

— Lionel ? Il ne faut pas lui en vouloir. C'est mon imprésario et il est payé pour veiller sur moi. Il en fait quelquefois un peu trop. S'il m'avait informé qu'une jolie femme souhaitait me voir, je lui aurais demandé de vous faire entrer, mais voilà, quand il m'en a parlé vous étiez déjà loin. Je n'ai pas très bien compris votre rôle dans tout cela. Qui êtes-vous exactement ?

Carole se présenta et lui parla de ce blessé qu'ils avaient retrouvé tout près de chez lui et qui, un beau jour, avait prétendu s'appeler Luigi Belladone.

— Oui, je sais. La police nous a interrogés là-dessus. Comme vous voyez, je suis là. Vivant. En chair et en os. Vous pouvez tâter...

Il lui tendit la main, mais elle répugnait à le toucher. Sa seule présence suffisait à anéantir toutes les prétentions de celui qui redevenait un anonyme désigné seulement sous le nom de « patient 127 ».

Il reposa la main sur la table et prit son jus d'orange.

— Cette histoire semble vous tenir à cœur. Je suis désolé de vous décevoir. Cependant j'avoue ne pas bien saisir le sens de votre démarche. La police est déjà venue... C'est une histoire terminée, non ?

— Pas pour moi...

Elle avait répondu avec vivacité et fit un effort pour contrôler le ton de sa voix.

— Il y a des choses que je ne comprends pas dans tout cela. Mon patient se souvient de votre maison, par exemple.

— Il a pu voir des photos dans la presse...

— Bien sûr, mais il donne des détails sur l'intérieur. Il a décrit la couleur d'une pièce qui n'est plus la même, et je viens d'apprendre que vous l'avez fait repeindre récemment...

— J'avoue ! Je suis coupable !

Il leva les mains comme pour se rendre.

— Coupable d'avoir fait faire quelques travaux de décoration ! Allons, vous n'êtes pas sérieuse ?

Carole se pencha en avant et le scruta. L'homme avait un certain charme, mais elle ne devait pas se laisser prendre à ce piège. Elle ne devait pas oublier pourquoi elle était là. Il détenait certaines informations et elle entendait bien les lui arracher.

— Monsieur Belladone, je suis très sérieuse. J'ai un patient qui a perdu la mémoire. Il semble en avoir retrouvé des lambeaux qui correspondent à des pans de votre vie. Seulement vous vous trouvez devant moi, je dois donc en conclure qu'il ne peut pas être vous. En ce cas, qui est-il ? Je ne crois pas aux coïncidences. On l'a retrouvé près de chez vous, il vous ressemble, il décrit votre maison comme s'il y était entré.

— La police a déjà examiné ces questions...

— Et la police a abandonné pour le moment, je sais. Mais nous n'avons pas d'autre piste que celle-ci.

— Que voulez-vous que j'y fasse ?

Carole sourit. Elle venait d'avoir une idée.

— Je suis persuadée que cette piste est la bonne, et vous me l'avez confirmé.

— Moi ?

— Oui. En venant me trouver. Si vous n'avez rien à voir dans cette histoire, pourquoi sommes-nous ici ? Pourquoi êtes-vous venu me voir, alors qu'il est de notoriété publique que vous ne sortez jamais de chez vous ?

— Tout simplement parce que je n'aime pas que quelqu'un se promène en ville en répandant des histoires sur mon compte.

Il se pencha en avant, il ne souriait plus tout à coup.

— Savez-vous que ce que vous faites là s'appelle du harcèlement ? Je pourrais porter plainte.

Carole réprima un frisson. Elle espéra que son visage ne trahissait rien de ses inquiétudes et ouvrit son sac.

— Bonne idée, dit-elle. Vous voulez appeler le lieutenant Laville ?

Elle posa son portable sur la table.

— Je peux vous donner son numéro. Mais ensuite je devrai me retirer de cette affaire, qui risque d'avoir un certain retentissement. J'ai une amie journaliste qui serait ravie d'apprendre où j'en suis arrivée...

Ils s'affrontèrent un instant du regard et elle crut qu'il allait la prendre au mot. Elle n'avait pas bougé, conservant une position agressive. Elle voulait le convaincre qu'elle ne lâcherait pas prise. Apparemment, elle y parvint. Il finit par détourner les yeux pour examiner la vigne qui les surplombait. De longues secondes s'écoulèrent, pendant lesquelles ni l'un ni l'autre ne prononça une parole.

— Très bien, soupira-t-il finalement. J'avoue. Je connais votre patient.

Carole sentit un immense soulagement l'envahir. Elle allait enfin savoir. En même temps, elle craignait de découvrir cette vérité qu'elle avait tant cherchée. Elle aurait voulu l'interrompre, lui demander de se taire, mais il était trop tard. Luigi Belladone était lancé et ne s'arrêterait pas avant qu'elle ait entendu ses révélations.

— Il s'appelle Julien Servais.

Le nom ne lui disait rien. Elle ne l'avait jamais entendu.

Luigi Belladone ne la regardait pas. Les yeux dans le vide, il poursuivait, comme s'il parlait plus pour lui-même que pour une quelconque audience :

— Julien Servais. Et il est fou. Un fou dangereux.

Il la regarda et la détresse qu'elle lut dans son regard fut pire que la menace contenue dans ses mots. Elle se sentit frémir à l'idée d'entendre la suite.

— Il a travaillé pour moi, autrefois. C'était un fan. Il ne vivait que pour moi. Nous avions une certaine ressemblance, qu'il a tout fait pour accentuer. Il s'est lancé dans la variété et se produisait dans des bals du samedi soir où il reprenait mon répertoire avec un costume de scène copié sur le mien. J'avais entendu parler de lui, et ça m'a amusé. Allez, je reconnais que j'ai été flatté que quelqu'un calque sa vie sur moi. J'ai commis l'erreur de le rencontrer. Il a réussi à me persuader qu'il pouvait m'être utile et j'ai décidé de l'engager comme doublure. C'est allé très loin : il me remplaçait dans des apparitions officielles, des galas auxquels je ne souhaitais pas me rendre, des cocktails... Pour accentuer la ressemblance, il a subi quelques opérations de chirurgie esthétique, que je finançais. Nous étions deux jumeaux parfaits. Ou presque. Mais ça ne lui suffisait pas. Il voulait prendre ma place.

Il leva les mains devant elle et elle vit le bout de ses doigts, totalement lisse.

— Je me suis brûlé étant enfant. Il s'est brûlé volontairement pour me ressembler davantage.

Il ôta son blouson, qu'il posa sur le dossier d'une chaise, et releva sa manche gauche.

— J'avais une cicatrice. Il s'est fait la même.

Fascinée, Carole contemplait l'estafilade qui marquait son avant-bras, et dont elle avait vu la jumelle sur le bras de son patient.

— C'est là que j'ai commencé à avoir peur.

Carole, elle, avait déjà peur. L'idée qu'un homme puisse se mutiler pour ressembler à un autre la terrifiait. Et penser que c'était à cet homme-là qu'elle avait accordé sa confiance, qu'elle l'avait aidé, protégé, tenu dans ses bras lorsqu'il fallait redresser ses oreillers ou l'installer plus confortablement... Elle en frissonnait.

— Il s'identifiait totalement à moi. Et il a commencé à me remplacer dans des circonstances où je ne lui avais rien demandé. Il lui arrivait de répondre au téléphone ou de sortir en boîte en se faisant passer pour moi. J'ai réalisé à ce moment-là, sans l'ombre d'un doute, qu'il était fou. Je lui ai annoncé son renvoi.

Il se tut, perdu dans la contemplation de ses souvenirs.

— Et ensuite ? Que s'est-il passé ?

— Quelques jours après son départ, j'ai eu un accident de voiture. Les freins ont lâché. J'aimais bien conduire, à l'époque, et je roulais vite. Je m'en suis sorti par miracle. Moi aussi, j'ai eu droit à la chirurgie esthétique ! Cela explique que nous ne soyons plus tout à fait identiques.

— Vous pensez que c'est lui qui a...

Il haussa les épaules.

— Officiellement, c'était un accident. La voiture ne semble pas avoir été sabotée. Maintenant, ce que j'en pense vraiment... Je suis resté dans le coma quelques jours. Quand je me suis réveillé, Lionel n'avait pas parlé de Servais à la police. Il avait eu raison. Je ne tenais pas à ce qu'on découvre cette histoire de doublure. C'était un peu... ridicule ?

— Mais vous le croyez capable de l'avoir fait ?

— Plus que capable. Vous savez, nous avons vécu côte à côte pendant plusieurs mois. C'est un homme charmant, souriant, mais dont toute la vie est régie par une obsession : être moi. Et il n'admet pas qu'on puisse s'opposer à son délire. Il peut entrer brusquement dans des colères noires et, dans ces cas-là, il se montre violent. Très violent.

Carole se souvint de la colère de son patient lorsqu'elle lui avait annoncé être allée à Goursac la première fois. Il s'était justifié en affirmant qu'il craignait pour elle. L'origine de sa colère n'était-elle pas plutôt le fait qu'il craignait qu'elle ne découvre la vérité ?

— Et ?

— Ensuite, je n'ai plus jamais entendu parler de lui. Jusqu'à ce que la police vienne me voir avec cette histoire d'amnésique.

— Vous avez tout de suite pensé à lui ?

— Bien sûr.

— Pourquoi n'avoir rien dit ?

— Vous rigolez ? Un fou dangereux qui m'avait menacé était devenu amnésique. Il m'avait oublié et vous auriez voulu que j'aille lui rendre la mémoire, lui expliquer qui il est, pour qu'il puisse revenir à la charge ? Et si son accident lui avait complètement dérangé le cerveau ? Et s'il décidait de me tuer ? Vous savez ce que c'est, d'être traqué ? Vous imaginez l'angoisse chaque soir quand vous rentrez chez vous ou quand vous vous couchez, à l'idée que le fou qui vous harcèle est peut-être quelque part dans l'ombre, guettant l'occasion de vous tomber dessus ?

Carole n'imaginait que trop bien. Elle avait obtenu ce pour quoi elle était venue et aurait dû en être satisfaite, mais au lieu de cela les révélations de Belladone lui laissaient un goût amer.

— J'espérais qu'il ne retrouverait jamais la mémoire, poursuivait Belladone. Qu'on finirait par se rendre compte de sa folie et qu'on l'enfermerait dans un asile en jetant la clé. Je sais, ce n'est pas très joli, mais croyez-moi, cela m'aurait bigrement aidé à dormir !

Elle pouvait comprendre sa position. Si son patient était le fou obsédé qu'il venait de lui décrire, Belladone avait dû être soulagé d'apprendre son amnésie. Il posa sur elle un regard égaré.

— Vous savez, j'ai vraiment vécu un enfer... C'est horrible à dire, mais si j'avais soudain appris sa mort, j'en aurais été soulagé. L'amnésie m'a paru une alternative satisfaisante.

Elle acquiesça.

— Je comprends.

Ces explications éclairaient bien des zones d'ombre dans le mystère de son patient. Certes, il restait certaines choses à expliquer, mais Roland y parviendrait sans peine.

— Vous vous rendez compte que je vais devoir répéter tout cela à la police ?

Il haussa les épaules.

— Bien sûr. Je pense que cela me vaudra quelques ennuis, mais bon... À côté de ceux que je redoute de Servais... Le jeu en valait la chandelle. J'ai perdu. Tant pis.

Il se leva, posa un billet sur la table pour régler leurs consommations et rafla son blouson.

— Je suis désolé de vous avoir rencontrée dans ces circonstances, mademoiselle. Vous êtes tout à fait charmante et je pense que nous aurions pu sympathiser. Seulement là, vous n'êtes pas dans le bon camp.

Il la salua et fit deux pas avant de se raviser. Son blouson sur l'épaule, il se retourna vers elle.

— Mademoiselle... j'ignore quel est votre intérêt dans cette histoire. Vous n'appartenez pas à la police, et votre démarche n'a rien d'officiel. Je pense donc qu'il s'agit de quelque chose de personnel. Quoi que cet homme ait pu vous dire, et quelles que soient la pitié ou l'affection que vous éprouvez pour lui, méfiez-vous. C'est un manipulateur, doublé d'un mythomane et d'un paranoïaque, qui ne recule devant rien. Un fou. Et un fou dangereux.

Carole le regarda s'éloigner. Il avait remis ses lunettes noires et repartait chez lui.

Dangereux ?

Carole frissonna. Quelle serait la réaction de cet homme, ce « Julien Servais » puisque tel était son nom, lorsqu'il apprendrait qu'elle était revenue à Goursac et avait révélé son identité à la police ? La colère dont il avait fait preuve quelques jours plus tôt n'était-elle que les prémices à une véritable crise lorsqu'il découvrirait ce qu'elle avait fait ? Elle demeura un long moment assise, seule sous la tonnelle. Le couple avec les enfants était parti sans qu'elle s'en rende compte et elle restait là, à contempler sans le voir son jus d'orange auquel elle n'avait pas touché et qui se réchauffait doucement. Elle avait voulu percer le secret du patient 127, voilà qui était fait. Mais elle n'était pas certaine de beaucoup apprécier cette vérité. La seule chose dont elle était sûre, c'était que l'excitation de l'enquête avait fait place à un autre sentiment.

La peur.

Elle devait savoir à quoi s'en tenir. Pour l'instant, tout le monde ignorait sa démarche. Dès qu'elle en parlerait à son patient, leurs rapports en seraient modifiés. Si elle en parlait à Roland en premier, ce serait encore pire.

Il ne lui restait qu'une solution.

# 26

Sophie riait des plaisanteries d'un journaliste de *La Voix du Nord* lorsque son téléphone vibra.

— Excusez-moi, fit-elle en s'éloignant du groupe de stagiaires.

Elle regarda sans oser y croire le numéro qui s'affichait sur l'écran et prit la communication, le cœur battant.

— Carole ? Qu'est-ce qui t'arrive ?

— Sophie... Je suis à Goursac. Je viens de parler à Luigi Belladone.

Bien sûr. L'infirmière ne l'appelait pas pour s'excuser et lui dire qu'elle la comprenait et était prête à envisager une liaison... Sophie décida toutefois de faire contre mauvaise fortune bon cœur et de l'aider. Peut-être pourrait-elle ainsi sauver au moins leur amitié.

En quelques phrases, Carole la mit au courant de la conversation qu'elle venait d'avoir. Elle paraissait désemparée. Sa belle histoire avec son amnésique était en train de partir à vau-l'eau et elle avait besoin qu'on la rassure. Avec une joie perverse qui lui fit honte mais contre laquelle elle ne put lutter, Sophie lui confirma qu'à première vue la version du chanteur se tenait.

— C'est tout à fait possible. Certains chanteurs populaires utilisent un double, ne serait-ce que pour filer du théâtre en douceur tandis que l'autre se tape les autographes à la porte.

— Et personne ne s'en rend compte ?

— Tu as déjà vu un de ces types sans son maquillage ? En tout cas, cela me paraît très plausible. Un truc me chiffonnait dans les photos et tu pourras le constater en reprenant le dossier que je t'ai envoyé. Le visage n'est pas tout à fait le même d'une photo à l'autre. Bien sûr, cela dépend toujours de l'angle de prise de vue, de l'éclairage, ce genre de paramètres, mais là, il y a quelques cas où la différence est flagrante. Cette histoire de sosie constituerait une bonne explication !

Elle sentit que Carole, qui espérait d'elle un certain réconfort, était chagrinée par cette confirmation.

— Je suis désolée, dit-elle. Mais je t'avais prévenue qu'il ne fallait pas t'amouracher de ce type.

— Je ne me suis pas...

— Mais si, un peu. C'est normal. Il est mystérieux, ça lui donne du charme, et en plus il est faible et désemparé. Là, ton côté mère poule intervient. Écoute, je vais creuser cette histoire. Je suis toujours coincée sur Paris, mais il n'y en a plus pour longtemps. Entre-temps, pas un mot à personne. À personne ! D'accord ?

— D'accord. Sophie ?

— Oui ?

— Je... je suis désolée pour l'autre jour. Mes paroles ont dépassé ma pensée. J'étais surprise, bouleversée...

— Je sais.

— Je n'aurais pas dû... Je n'avais pas le droit de te juger.

— Merci.

Le ton avait été un peu plus sec que Sophie ne l'avait voulu.

— Je comprends que tu aies été surprise, admit-elle pour se rattraper. J'espère qu'on pourra tout de même rester amies...

— Je l'espère aussi.

Quand elle raccrocha, Sophie réprima de justesse un

cri de joie. Ses collègues n'étaient pas très loin et elle ne tenait pas à leur expliquer la raison de cette gaieté soudaine. Elle rangea son téléphone tout en réfléchissant. Elle allait reprendre le dossier sous ce nouvel angle. Elle disposait à présent d'un coup d'avance sur la police et l'affaire était pratiquement résolue. Avec un peu de chance, elle pourrait tout étaler à la une d'un magazine *people* avant même que Roland Laville ait été informé de l'existence de Julien Servais. Elle n'avait pas eu de grief particulier contre ce flic jusqu'alors. Il faisait partie de l'équipe compromise dans le trafic qu'elle avait révélé, soit. Pour elle c'était quelque chose d'insignifiant, quasiment sans intérêt. Mais il l'avait attaquée sur sa vie privée en dévoilant son homosexualité à Carole, et leur amitié en avait pâti. Et ça, elle ne le lui pardonnerait pas.

Outre la vengeance, son attitude était également motivée par ses sentiments à l'égard de Carole, même si elle avait décidé de les faire taire pour le moment. Elle aimait Carole et aurait voulu que celle-ci n'ait plus qu'elle vers qui se tourner. Certes, l'infirmière semblait farouchement hétéro et la conquérir ne serait pas aisé, mais Sophie n'avait jamais reculé devant la difficulté. En premier lieu, il fallait démolir ses deux idoles. L'IGPN allait se charger du flic. Restait l'amnésique. Celui-ci, Sophie allait s'en occuper.

# 27

Carole avait profité de l'heure où il était en rééducation pour se glisser dans la chambre de celui que l'on continuait d'appeler le patient 127. Elle savait que le dossier constitué par Sophie se trouvait dans la table de chevet et elle était venue le chercher.

Il ne lui fallut pas longtemps pour être fixée. Il était évident que le chanteur connu sous le nom de Luigi Belladone était en fait constitué de deux personnes distinctes. Certes, les deux hommes étaient des sosies quasiment parfaits, mais çà et là on retrouvait des disparités qui ne pouvaient pas être toutes imputées à la mauvaise qualité des photographies.

Elle parcourut le dossier étalé sur le lit, se demandant jusqu'où se poursuivait ce jeu de miroirs. Luigi Belladone n'existait pas. Ce n'était qu'une création de publicistes qu'ils avaient été deux à incarner. Et il y avait bien deux visages sur ces photos. L'un était celui d'Alexandre Morvan, l'autre appartenait à Julien Servais. Loin de résoudre son problème, ces nouvelles preuves ne faisaient que l'amplifier. Plusieurs années s'étaient écoulées depuis que ces photos avaient été prises, si l'on exceptait la dernière faite par un paparazzi, si floue que l'on n'aurait pu reconnaître Belladone si la légende ne l'avait pas nommé.

Le temps, un accident d'automobile, de la chirurgie esthétique... Impossible, à partir de ces documents, de distinguer Morvan de Servais. Elle pouvait démontrer qu'ils étaient deux, mais sans être pour autant en mesure de dire qui était qui.

Cela confirmait les dires de Luigi Belladone. Avait-il eu

raison également lorsqu'il lui avait décrit le caractère de cet homme ? Sans doute. Carole frissonna. Qu'allait-elle faire de ces informations ? Avertir Roland ? Il n'apprécierait pas qu'elle se soit mêlée une fois de plus de son enquête, mais elle n'avait guère le choix. Et puis, peut-être le fait de recevoir la solution atténuerait-il sa colère ? Mais elle avait intérêt à le faire rapidement, avant que Sophie, qui ne pourrait manquer de trouver confirmation de l'histoire de Belladone, n'en fasse état dans son journal. Pour le coup, le policier aurait de bonnes raisons d'être furieux.

Il lui faudrait ménager ces deux-là de façon à éviter une explosion le moment venu, mais pour l'instant elle avait un problème plus urgent à résoudre : devait-elle révéler ce qu'elle savait au premier intéressé ? Avait-elle le droit de lui cacher ce qu'elle avait découvert ? À supposer que son patient soit un simulateur tout à fait conscient de son identité réelle et ait monté toute cette histoire dans le but d'embrouiller les cartes, elle risquait gros en lui révélant qu'elle connaissait la vérité. Tant qu'elle n'aurait pas parlé à la police, elle serait en danger. Belladone avait été clair : un fou dangereux.

Le plus sage serait de se taire, le temps d'en apprendre davantage. Elle était en train de remettre les documents dans leur enveloppe lorsque la porte de la chambre s'ouvrit.

⁂

Il fut surpris de la voir dans sa chambre et son regard enregistra toute la scène bien que Carole ait tenté de dissimuler le dossier. C'était ridicule. La table de chevet était ouverte, il reconnaissait le paquet qu'elle tenait à la main... Elle ne pouvait espérer le tromper sur les raisons véritables de son intrusion.

— Carole ! s'exclama l'infirmière qui poussait son fauteuil. Qu'est-ce que tu fais ici ?

C'était la question qu'il s'apprêtait à lui poser.

— Je... je passais... Je suis venue voir si tout allait bien.

Elle était troublée, rougissait. Elle acheva de ranger les coupures de presse dans l'enveloppe sans le regarder. Elle posa l'enveloppe sur la table de chevet, incapable de donner à son geste une apparence naturelle.

— Bien ! Dans ce cas, tu vas pouvoir m'aider à le recoucher ?

Elles le prirent chacune par un bras pour lui permettre de se lever. Les jambes à demi pliées sous lui, il se laissa porter jusqu'à son lit où elles l'allongèrent. L'infirmière qui l'avait reconduit lui ôta ses chaussons et glissa ses jambes sous les draps.

— Voilà. Je vous laisse. Si vous avez besoin de quelque chose...

— Merci.

Après un dernier regard intrigué à Carole, elle sortit en emportant le fauteuil roulant.

— Pourquoi avez-vous sorti mon dossier ? demanda-t-il dès que la porte se fut refermée. Vous avez du nouveau ?

Carole hésita. Son regard passa sur lui, puis sur l'enveloppe. Elle soupira.

— Je ne voulais pas en parler tout de suite, mais peut-être est-ce mieux ainsi.

Elle reprit l'enveloppe et la lui tendit.

— J'ai rencontré Luigi Belladone.

Il saisit le dossier, qui lui échappa et glissa sur le sol. La rééducation avait toujours cet effet sur lui. Il en sortait épuisé et moulu. Difficile de croire que ces séances de torture quotidiennes étaient prodiguées pour son bien. En fait, il soupçonnait la kiné d'avoir des tendances sadiques. Elle l'avait averti dès le début qu'avant peu il en viendrait à la haïr. Elle avait eu raison.

Carole ramassa le dossier épars sur le dallage et, après une hésitation, elle en sortit deux articles qu'elle lui montra.

— Regardez, dit-elle.

Il examina les photos de Luigi Belladone, sans comprendre où elle voulait en venir.

— Vous ne voyez pas ?

Il leva vers elle un regard interrogateur.

— L'une de ces photos représente Alexandre Morvan. L'autre est celle de Julien Servais.

Le nom produisit comme un coup de tonnerre sous son crâne.

*Julien Servais.*

Un tremblement incoercible le saisit et il empoigna les draps pour se calmer. Ses dents claquaient, sa mâchoire se crispait et il lui sembla que sa température venait de chuter de plusieurs degrés.

— Qu'avez-vous ?

Alarmée, Carole tendait déjà la main vers le bouton pour appeler de l'aide mais il secoua la tête.

— Non, non. Ça va aller.

Parler exigeait un terrible effort, mais il essaya de se calmer. Il ne devait surtout pas l'effrayer.

— Vous êtes tout pâle.

Il voulait bien la croire. S'il s'était trouvé debout, à supposer qu'il ait pu tenir sur ses jambes, il se serait sans doute effondré.

— Luigi Belladone a admis vous connaître, expliquait Carole. D'après lui, vous vous appelez Julien Servais. Vous lui avez servi de doublure voici quelques années, jusqu'au point de subir plusieurs opérations de chirurgie esthétique pour mieux lui ressembler.

Ses explications étaient inutiles. Il savait tout cela. Le souvenir lui en était revenu dès qu'il avait entendu ce nom. Julien Servais ! Bien sûr !

— Je ne suis pas Julien Servais.

— Mais...

— Bon Dieu ! Vous ne comprenez pas ?

Il avait presque crié, et elle recula comme si elle avait soudain peur de lui.

— Oui, je me souviens. C'est l'autre, Servais ! Celui que vous avez rencontré ! Il a pris ma place !

Carole remisait les coupures de presse dans l'enveloppe. Elle ne paraissait pas convaincue et lorsqu'elle se décida à le regarder, il lut le doute dans ses yeux.

— Depuis quand le savez-vous ?

— Mais... là ! À l'instant ! C'est en entendant ce nom que je...

— Une fois de plus, vous vous souvenez de ce que je vous raconte. C'est un peu trop facile.

Elle ne le croyait pas et il la comprenait. Il ne retrouvait des lambeaux de souvenirs qu'en fonction de ce qu'on lui présentait. Si elle lui avait dit qu'il s'appelait Alfred Dupont, aurait-il eu soudain une vision lui confirmant qu'il était bien Dupont ? Mais à quoi pouvait-il se fier s'il devait mettre en doute les quelques informations que son cerveau relâchait de temps en temps ?

— B... bon Dieu !

Il en bégayait, suffoquait de colère, ne parvenait plus à s'exprimer d'une manière cohérente. Les idées se bousculaient dans sa tête, noyées sous un flot d'indignation. Il fit un effort pour se contrôler, baissa la voix afin de ne pas attirer l'attention.

— Vous devez me croire. Mettez-vous à ma place ! Putain de merde !

Non, il ne devait pas s'emporter. Il voyait bien qu'elle le regardait différemment maintenant que le nom de Servais se dressait entre eux, et il comprit sa peur. On lui avait certainement décrit Servais comme quelqu'un de dangereux. Il leva les mains et les laissa retomber en un geste d'impuissance.

— Carole... vous n'avez rien à craindre de moi. Jamais je ne vous ferai de mal... Et je ne suis pas Julien Servais.

Mais il avait beau dire, il ne parvenait pas à la convaincre. Il se demanda si lui-même croyait à ses propres paroles. La révélation qu'elle venait de lui faire avait semé un profond trouble dans son esprit. Bien sûr, il niait être Servais. Pourtant... pourtant il savait qui était cet homme. Un fou. Un malade. Une espèce de groupie psychopathe. Un dément qui l'avait traqué, menacé, qui avait tenté de prendre sa place. En même temps, le nom provoquait une étrange résonance en lui. Et s'il avait eu l'impression, en l'entendant quelques minutes plus tôt, que tout s'éclairait soudain, il s'apercevait que les zones d'ombre sortaient renforcées de cette révélation. Car en lui persistaient toujours ces images de violence, qui l'effrayaient et lui semblaient appartenir davantage à l'univers de Servais qu'à celui de Morvan.

Cependant, ce qui l'inquiétait le plus, c'était l'idée que ses propres sentiments pouvaient le tromper. Il croyait être Morvan, mais pouvait-il en être certain ? Ne pouvait-il s'abuser lui-même ? N'était-ce pas le propre de la folie ? S'il était Julien Servais, comme Carole semblait le croire, son subconscient au sortir du coma n'avait-il pas tout simplement choisi de basculer dans la personnalité de Belladone, celui qu'il avait toujours rêvé d'être, rejetant son ancienne identité ? Et s'il était Servais, qu'il savait violent, égoïste, dangereux, psychopathe, ne risquait-il pas de mettre en danger ses proches, à commencer par Carole ?

Il vit celle-ci l'observer avec inquiétude et lui adressa un sourire qu'il voulait rassurant mais qui devait manquer singulièrement de chaleur.

— Bon sang, faudrait tout de même pas oublier qui est la victime dans cette histoire ! C'est quand même moi qui me trouve sur un lit d'hôpital ! On a peut-être tenté de me tuer : c'était la première hypothèse de la police.

Mais avait-on vraiment tenté de le tuer ? La police semblait avoir abandonné cette piste et il lisait le doute dans les yeux de Carole. Il préféra ne pas insister.

— Qu'allez-vous faire ? demanda-t-il.

Elle ébaucha un pas vers lui puis se ravisa. La crainte était toujours présente en elle.

— Tout ça me dépasse, répondit-elle. Je ne voulais pas vous en parler. Je voulais d'abord réfléchir, essayer de faire le tri, découvrir la solution. Une solution indiscutable. Mais il me semble que je n'y arriverai pas. Je vais en parler au lieutenant Laville.

Il grimaça, mais il n'avait pas vraiment les moyens de l'en empêcher, à moins de recourir au chantage affectif. Et même ainsi il n'était pas certain qu'elle accepte. Une fois déjà, elle avait failli avoir de sérieux ennuis à cause de lui. Il ne pouvait lui demander de recommencer. D'autant qu'il la sentait comme un oiseau effrayé, prêt à s'envoler au moindre mouvement. Elle était son seul allié, il ne devait pas l'oublier. Tant qu'il serait cloué sur ce lit, il aurait besoin d'elle.

## 28

Roland Laville aurait dû être furieux contre Carole, qui, une fois de plus, avait piétiné ses plates-bandes, mais il devait admettre qu'elle avait réussi là où ils avaient échoué. Par son initiative, elle était parvenue à faire cracher ce qu'il savait à Luigi Belladone.

Remonter la piste de Julien Servais ne présentait aucune difficulté. Les éléments en possession des Renseignements généraux n'étaient pas très nombreux : on le soupçonnait de petits trafics, mais sans avoir rien de tangible contre lui. Il n'était pas considéré comme un poisson suffisamment gros pour justifier une enquête et on estimait qu'il finirait par tomber de lui-même un jour ou l'autre.

Le lieutenant n'avait pas jugé bon d'avertir ses collègues de ce nouveau développement. D'ailleurs, depuis quelque temps, ceux-ci faisaient de leur mieux pour éviter d'être vus en sa compagnie. Les enquêteurs de l'IGPN continuaient à tournoyer autour de lui tels des vautours et sa cote à la PJ était au plus bas. Résoudre seul cette affaire devenait une question de survie. Il avait d'autant moins de scrupules à agir ainsi que l'affaire en question était mineure. À moins que Luigi Belladone et son imprésario ne soient beaucoup plus impliqués dans cette histoire qu'ils ne voulaient l'admettre. Restait un élément troublant et encore inexpliqué : le blessé avait été ramassé à quelques kilomètres de chez Belladone, qui admettait maintenant le connaître. Sans doute serait-il intéressant d'étudier de près les voitures de ces deux hommes. Mais cela nécessiterait une commission rogatoire et un juge ne la délivrerait pas sans de sérieuses présomptions. Il devait faire vite. Il était engagé dans une véritable course avec l'IGPN.

Le dossier de Julien Servais ne comportait finalement qu'une seule pièce intéressante : sa dernière adresse connue, dans un quartier populaire de Bordeaux, au troisième étage d'un immeuble à la façade noircie par le temps.

⁂

Laville monta l'escalier aux marches de bois usées. À la hauteur de chaque palier, une petite lucarne diffusait une lumière parcimonieuse qui ne parvenait pas à éliminer une obscurité digne d'un soir d'hiver.

Deux portes se faisaient face sur le palier. Une vieille carte de visite jaunie indiquait que celle de gauche ouvrait sur l'appartement de M. et Mme Jean-Pierre Daumont. Quatre trous de punaises montraient qu'elle avait été réutilisée plusieurs fois, sans doute au fil des déménagements successifs de ses propriétaires. La porte opposée ne portait aucun nom et devait donc correspondre à l'appartement de Servais. Roland frappa à celle-ci : pas de réponse. Il patienta quelques secondes et recommença, sans plus de résultat. Il traversa alors le palier et alla cogner en face. Personne ne répondit, mais il perçut un mouvement de l'autre côté du battant de bois et devina qu'on l'épiait. Il sortit sa carte et la tint devant le judas.

— Police ! Je sais que vous êtes là.

Il y eut un temps d'hésitation.

— Monsieur Daumont, ne me forcez pas à revenir !

La porte s'ouvrit, juste assez pour laisser passer la tête du locataire.

— Qu'est-ce que vous voulez ?

L'homme avait une cinquantaine d'années. Une canette de bière à la main, il était vêtu d'un pantalon gris et d'un marcel troué. Il n'avait manifestement pas encore pris le temps de se laver, bien que la fin de l'après-midi approchât.

— Je cherche Julien Servais.

— Ouais, et ben c'est en face.

— Personne ne répond.

— Qu'est-ce que vous voulez que j'y fasse ?

— Vous l'avez vu ces derniers temps ?

— D'abord, je l'ai jamais vu. Ah si, une fois, au début, quand j'ai emménagé. Y a trois ou quatre mois. Je l'ai croisé sur le palier. Mais on n'avait pas les mêmes horaires.

— Ok. Vous ne l'avez pas vu souvent. Pourtant il vit bien ici, non ?

— Difficile à dire. Il rentrait à des heures impossibles,

ça oui. Mais c'est plus calme. Je l'ai pas entendu depuis un bout de temps.

— Il est bruyant ?

— Comme tout le monde. J'entendais sa télé.

— Et depuis quand ne l'avez-vous pas entendue ?

— Bof... quatre... cinq semaines. Peut-être un peu plus.

— Il fréquentait des gens dans l'immeuble ?

— Qu'est-ce que j'en sais ? En dessous, c'est des Sénégalais, ou quelque chose dans le genre. Et en face, des gens je sais même pas d'où ils peuvent venir. En tout cas, ça cause pas français. Ça m'étonnerait qu'ils aient eu beaucoup de choses à se dire.

Roland le remercia et Daumont referma la porte avec un soulagement visible.

Resté seul sur le palier, le policier considéra les diverses options qui s'offraient à lui. Il aurait voulu entrer tout de suite dans cet appartement, tant que la piste était chaude, mais il ne pouvait le faire sans commission rogatoire. Et ce serait dévoiler ses batteries un peu plus tôt qu'il ne l'aurait souhaité. Ses collègues débarqueraient dans l'appartement en même temps que lui, et l'affaire serait résolue collectivement. Impossible d'en tirer la moindre gloire personnelle : il n'aurait fait que lire l'adresse dans le dossier. Il observa la porte avec envie. Il pouvait l'enfoncer d'un coup de pied mais doutait que le commissaire apprécie. Pas plus que le procureur.

C'est alors que l'idée lui vint. Tellement simple et si radicalement efficace qu'il fut étonné de n'y avoir pas pensé plus tôt. Il sortit son téléphone portable. Avec un peu de chance, Carole n'aurait pas encore quitté son service.

*
**

Carole trouva à se garer sans trop de difficulté. Elle examina un instant les lieux avant de descendre de voiture. Le quartier où Roland lui avait donné rendez-vous était sordide et cette rue en exprimait la quintessence. Elle se décida enfin à quitter son véhicule, qu'elle ferma soigneusement à clé.

Assis sur des marches, des gamins la regardèrent passer sans un mot et elle ne put s'empêcher d'imaginer qu'ils allaient s'abattre sur sa voiture dès qu'elle aurait tourné le dos. Elle arriva devant le numéro indiqué par Roland et leva les yeux vers la façade noircie. Quatre étages de tristesse et de pauvreté. Ainsi, c'était là qu'avait vécu Julien Servais.

— Carole !

Elle se retourna et fut soulagée de voir le policier sortir d'un café à l'angle de la rue. Elle n'aurait pas aimé pénétrer seule dans cet immeuble qui ne lui inspirait aucune confiance.

— C'est ici ?

— Là-haut. Troisième étage.

Il désigna deux fenêtres masquées par des rideaux crasseux et lui prit le bras pour traverser la rue.

— En t'attendant, j'ai interrogé les voisins de Servais. Il n'était pas du genre liant ou bien il ne fréquentait pas le quartier. Personne ne le connaît. Tu as les clés ?

Elle agita son sac.

— Servais n'a pas fait de difficultés pour te les donner ?

Elle nota que, pour lui, le patient 127 était devenu Julien Servais. Sa conviction était faite. Elle le comprenait. Bien qu'elle-même tentât désespérément de croire à la version que défendait toujours son patient, elle était de plus en plus convaincue qu'il s'agissait bien de Julien Servais. Leur visite dans cet immeuble leur permettrait d'en avoir le cœur net; Carole apportait le seul lien que l'amnésique avait conservé avec son passé : le trousseau de clés qu'il serrait dans sa main lorsqu'on l'avait retrouvé. Il avait hésité à le lui confier, mais elle avait fait valoir que c'était le seul moyen d'acquérir une certitude. Et bien que cette perspective semblât l'effrayer autant qu'elle l'attirait, il avait fini par accepter. Elle sortit le trousseau de son sac en arrivant sur le palier du troisième.

Laville lui avait suggéré de l'attendre en bas, mais elle s'y était refusée. Elle ne pensait pas qu'il y eût du danger et lui non plus, à vrai dire. Si leur hypothèse se vérifiait, Julien Servais se trouvait en ce moment dans son lit d'hôpital à près de trente kilomètres de là et ils découvriraient un appartement vide. S'ils se trompaient, les clés n'ouvriraient pas cette porte.

***

Roland frappa une nouvelle fois, tandis que Carole retenait inconsciemment sa respiration. Il n'obtint pas plus de réponse et lui prit le trousseau. Elle réalisa qu'elle souhaitait l'échec de cette expérience. Elle voulait croire l'homme qui jurait ne pas être Servais.

Mais le policier glissait une première clé dans le verrou, qu'elle pénétra sans difficulté. Un tour, deux tours, et le pêne coulissa. Le cœur de Carole battait à tout rompre. Elle s'appuya à la rampe, se mordit les lèvres.

Roland pesa sur la poignée mais la porte refusa de s'ouvrir. Sélectionnant la deuxième clé du trousseau, il la glissa dans la serrure et, là aussi, put la faire jouer sans problème.

— Voilà qui résout la question, dit-il en se tournant vers Carole.

Lui aussi paraissait hésiter. À l'instant de percer enfin le mystère de l'amnésique, il semblait craindre ce qu'il allait découvrir. Puis, d'un seul coup, il manœuvra la poignée et poussa la porte. Une odeur de renfermé et de pourriture leur sauta au visage et Carole ne put retenir une grimace.

— Eh bien, mon salaud! jura Laville en traversant l'appartement pour aller ouvrir une fenêtre.

L'endroit paraissait abandonné. Le salon où ils avaient pénétré, si on pouvait appeler salon cet entassement de meubles hétéroclites, aurait fait le cauchemar de toute femme de ménage. De la nourriture achevait de pourrir dans une assiette posée sur une table basse en bois, marquée de brûlures de cigarettes et d'empreintes de verres. Des mouches tournoyaient autour de l'assiette couverte de moisissure.

Sous la table, deux canettes de bière vides avaient roulé. La moquette était constellée d'auréoles; quant au canapé qui se trouvait face à la télé, Carole préférait ne pas s'appesantir sur les taches qui le parsemaient.

— On a affaire à un intellectuel! ironisa Roland en désignant les cassettes qui encombraient la table et le canapé.

Carole les examina rapidement : pornographie et séries Z.

Roland avait ouvert la porte de la cuisine et un spectacle de désolation équivalent s'offrait à eux : de la vaisselle sale s'empilait dans l'évier, sur laquelle s'agitaient quelques mouches.

Carole était anéantie. Depuis des semaines, elle rêvait de résoudre l'énigme des clés de l'amnésique. Que de fois elle l'avait vu les contempler avec anxiété et désespoir, attendant en vain qu'elles lui ouvrent le secret de son passé. Lorsque Roland lui avait annoncé avoir trouvé l'adresse de Julien Servais, elle avait craint et espéré à la fois. C'est pourquoi elle était venue le rejoindre, mais la découverte de cet endroit pulvérisait tous ses espoirs, tout ce qu'elle avait cru lire en son patient. Ses clés venaient de le trahir. Il était bien Servais, et ce taudis confirmait le triste portrait que Belladone avait tracé de lui.

— Et la chambre ne vaut guère mieux ! signala Roland, qui venait de passer dans la pièce voisine.

Elle le rejoignit à l'instant où il se penchait sur la table de chevet dont il ouvrait le tiroir.

— Tiens, tiens !

Le policier en sortit un petit pistolet noir et l'enveloppa dans un sac en plastique qu'il avait apporté. Il le glissa dans sa poche.

— M'étonnerait qu'il ait un permis.

Carole ne l'écoutait plus. Elle contemplait avec stupeur le décor environnant. Un grand lit à deux places, aux draps sales et froissés. Un petit combiné télévision-magnétoscope, posé sur une commode dans l'angle de la pièce. Elle avait envie de vomir.

Roland la regarda, paraissant soudain s'apercevoir de son état.

— Ça ne va pas ?

Elle secoua la tête. Elle avait les larmes aux yeux, se sentait humiliée de s'être à ce point trompée. Elle avait tant espéré, tant voulu faire confiance à cet homme qu'elle découvrait aujourd'hui sous son véritable jour.

— C'est juste... tout ça...

Avant d'avoir réalisé ce qui se passait, elle fut dans les bras de Roland, la tête enfouie dans son épaule.

— Tu n'aurais pas dû entrer. Je suis désolé, c'est ma faute. Je m'attendais à ce genre de chose, mais j'oubliais ton implication dans cette affaire. Tu t'es laissé embobiner par ce type et tu as cru à toutes ses histoires...

— C'est idiot, hein ?

— Non, c'est bien. C'est bien qu'il y ait encore des gens pour croire à la bonté de la nature humaine.

— Mais toi, tu n'y crois pas ?

— Moi, je vis en permanence dans ce genre d'univers. Ce type est un paumé. Trafiquant. Cinglé, d'après Belladone... Qu'est-ce qu'on pouvait espérer d'autre ?

Doucement, il la guida à travers l'appartement jusqu'à ce qu'ils se retrouvent sur le palier. Il referma derrière eux tandis que Carole redescendait sans l'attendre. Elle avait hâte de quitter cette maison, hâte de laisser derrière elle cet appartement sordide dont elle sentait l'atmosphère lui coller à la peau comme une pellicule gluante.

## 29

Jusqu'au bout, Carole avait voulu croire son patient lorsqu'il affirmait être Alexandre Morvan. Malgré sa rencontre avec Belladone, elle avait espéré un miracle, cherché une explication permettant d'élucider le mystère. Mais le fait que les propres clés du patient aient permis de pénétrer chez Servais ne laissait plus la place à aucun doute. Tout d'abord atterrée, elle avait bientôt senti la colère la gagner à l'idée qu'elle s'était fait duper. Cet homme l'avait manipulée depuis le début et elle avait marché. Aussi se rendit-elle dès son arrivée à l'hôpital dans la chambre où celui qui prétendait être Alexandre Morvan l'attendait avec impatience.

— Alors ?

Pour toute réponse, elle jeta le trousseau de clés sur son lit.

— La porte s'est ouverte. Vous êtes bien Julien Servais.

Il encaissa la nouvelle sans répondre.

Carole n'éprouvait aucune pitié. Elle avait beau se dire que l'homme qu'elle avait devant elle était un blessé, un malade dont l'amnésie avait modifié le comportement, elle ne pouvait oublier la vision de l'endroit où il avait vécu, qui constituait comme une radiographie de son véritable caractère.

— Ce n'est pas possible, balbutia-t-il finalement. Qu'est-ce que vous avez trouvé dans l'appartement ?

— Qualifier cet endroit d'appartement est un bien grand mot. « Porcherie » serait plus indiqué.

Carole avait conscience que ses mots étaient très durs et risquaient de l'anéantir, mais elle avait été atteinte dans ce qu'elle avait de plus cher, la confiance qu'elle lui avait accordée.

— Ce n'est pas chez moi... Je suis Alexandre Morvan...

— Arrêtez ça ! Ce sont vos clés !

— Ce flic a pu les échanger...

— J'étais là !

— Alors on les a changées depuis mon arrivée à l'hôpital. Ou lorsqu'elles sont parties avec mes vêtements au laboratoire de la police !

— Non, c'est impossible. C'est moi qui vous les ai retirées des mains. Ce sont bien ces clés. Je les reconnais !

Il secoua la tête, persistant à nier l'évidence, et ce mouvement ne fit qu'accroître la colère de Carole.

— Vous devez me croire..., murmura-t-il.

La nouvelle lui avait flanqué un tel coup qu'il semblait encore plus maigre dans son pyjama trop grand. Son teint était devenu livide et elle craignit qu'il ne fasse un malaise.

— Était-ce si terrible ? demanda-t-il enfin.

Elle ne pouvait ignorer le fait que Servais était une crapule, un menteur dans l'âme, un malade mental capable de tout pour parvenir à ses fins. Mais si son coma avait changé son caractère, comme cela arrivait parfois ? S'il était vraiment amnésique ? Lambert semblait le croire. Pouvait-elle encore lui accorder le bénéfice du doute ? Elle soupira.

— Affreux, dit-elle. Sordide. Une crasse innommable. Des cassettes porno en pagaille. Une cuisine où un chien refuserait de manger...

Chacun de ses mots était une gifle qu'elle lui assenait, mais elle devait les prononcer, à la fois pour qu'il comprenne vraiment ce qu'elle ressentait et pour se soulager, pour ôter de son cœur ce fardeau qui l'oppressait jusqu'à l'étouffer.

— Non, s'exclama-t-il. Je ne suis pas cet homme !

Elle haussa les épaules. Ses dénégations ne changeaient rien.

— Il s'agissait de vos clés.

— Je sais ! Et je sais aussi que mes souvenirs de Belladone ont pu être empruntés ! Tout ce dont je me souviens, Servais pourrait s'en souvenir ! Mais je refuse d'être cet homme !

Il se tut et elle ne sut que dire. En une phrase, il venait de résumer le drame de Julien Servais, mais cela ne changeait rien. On ne pouvait pas choisir d'usurper la place d'un autre, de s'installer dans sa vie. Mais, s'il était sincère, le tableau qu'elle lui avait brossé de la personnalité de Julien Servais avait de quoi l'horrifier. *S'il était sincère.* Pour Carole, toute la question résidait là. Avait-elle affaire à un simulateur ou à un fou ? Quelle que soit la réponse, elle ne lui plairait pas. Puis elle vit soudain une larme couler sur sa joue et en fut si émue qu'elle regretta ce qu'elle venait de lui révéler.

— Je suis désolée...

Il secoua la tête.

— Ce n'est pas votre faute. Vous essayez de m'aider. C'est moi, c'est cette foutue caboche qui refuse de fonctionner correctement.

Il se cogna deux fois le crâne du plat de la main et elle faillit se précipiter pour l'empêcher de continuer, mais il s'interrompit à l'instant où elle allait intervenir.

— Je suis... terrifié, reprit-il. Depuis le début, depuis que j'ai commencé à retrouver la mémoire. J'ai cru savoir qui j'étais, mais tout ce que vous me racontez me pousse à croire que je me fais des illusions ! Carole ! Suis-je fou ?

Elle ne répondit pas. Il eut un sourire amer.

— Vous avez raison de ne pas prendre position. Moi-même je n'en sais rien ! Et vous savez le pire ? Je me demande si j'ai vraiment envie de découvrir la vérité. J'ai peur, en retrouvant la mémoire, de retrouver le caractère qui va avec. Servais ou Belladone, je ne suis pas sûr que l'un soit préférable à l'autre.

L'amertume filtrant dans sa voix peinait Carole, pourtant elle luttait contre ce sentiment. L'homme qu'elle avait devant elle avait été un escroc, un mythomane, un dangereux maniaque. Peut-être même avait-il tenté de tuer celui dont il voulait prendre la place. Elle ne devait pas céder à la pitié.

— Emmenez-moi à l'appartement, demanda-t-il soudain. Je dois le voir.

— C'est impossible ! Je n'en ai pas le pouvoir et, de toute façon, vous n'êtes pas en état de vous lever. Vous le verrez quand les médecins auront autorisé votre sortie.

Il voulut insister, mais dut comprendre que c'était inutile et se tut.

— Merci, dit-il finalement. Merci quand même, pour tout ce que vous avez fait jusqu'à présent. Je n'ai pas le droit d'en demander plus.

Carole sortit de la chambre, se sentant vaguement coupable, mais soulagée également que cette histoire soit terminée. Même ce qu'il venait de lui dire sonnait faux à la lumière de ce qu'elle avait découvert. Comment le croire, alors que la personnalité de Servais était celle d'un menteur, d'un opportuniste, d'un manipulateur prêt à tout pour profiter d'autrui ? S'il s'était réveillé en se souvenant de son identité réelle, il aurait pu être suffisamment désespéré pour jouer son va-tout dans un pari insensé. S'il était aussi fou qu'on le prétendait, il pouvait espérer qu'un tribunal lui donnerait raison envers et contre tout, et il avait vite compris qu'il n'avait rien à perdre en entretenant le doute. En fin de course, si on ne parvenait pas à établir qu'il était bien Servais, sa seule présence serait une telle gêne pour Belladone que celui-ci serait amené à négocier et à le payer pour obtenir la paix.

Et même s'il ne poussait pas ses rêves jusque-là, Servais enviait et haïssait suffisamment Belladone pour tenter de lui nuire par tous les moyens.

Malgré tout, à l'instant où Carole refermait la porte de la chambre derrière elle, elle ne put s'empêcher de jeter un coup d'œil par l'entrebâillement. La vision de ce corps amaigri sur le lit, replié sur lui-même comme s'il portait toute la misère du monde, l'émut plus qu'elle ne l'aurait souhaité. La croyant partie, il ne faisait rien pour retenir ses larmes. Et la question lui revint avec brutalité : se pouvait-il qu'il soit vraiment Alexandre Morvan ? Était-il si impensable que Servais ait pris sa place ?

## 30

La rédaction de *People Mag* tenait dans une petite pièce encombrée de dossiers et de matériel informatique. Dissimulé derrière les piles de classeurs submergeant le bureau, Robert Cartier, avec l'abondante pilosité qui s'échappait de sa chemise noire, évoquait une énorme araignée au centre de sa toile. Sophie, qui avait dû poser de grosses enveloppes par terre pour dégager le fauteuil, nota soigneusement le nom. Adrienne Sovak.

— Avec un *k* ?

— Oui. Elle y tenait. Je crois que c'est polonais.

— Et vous ne savez pas où je pourrais la trouver ?

Le journaliste haussa les épaules en tirant sur son cigare avant de rejeter un énorme nuage bleuté dans la pièce. Sophie en avait la nausée. Elle eut un regard désespéré pour la fenêtre qu'il tenait farouchement close.

— Ce genre de fille, ça va, ça vient. Elle traînait dans le sillage de ce type, deux ringards accrochés l'un à l'autre, si tu vois ce que je veux dire.

Elle voyait. Le monde de la musique était peuplé d'une foule de jeunes espoirs, la plupart d'ailleurs plus très jeunes, qui vivotaient de maigres cachets en attendant le tube qui les révélerait à la face du monde. Adrienne Sovak était de ceux-là. Elle avait un temps chanté avec Julien Servais, quand il faisait son numéro de sosie de Belladone dans les boîtes de troisième zone du nord de la France. D'après Cartier, c'était une paumée, sans doute droguée jusqu'à la moelle, qui avait partagé la vie de la doublure. Si Sophie parvenait à la retrouver, elle aurait un témoin capable de déterminer de façon certaine si le patient 127 était bien Julien Servais. Elle pourrait boucler son article et cette histoire par la même occasion, tout en damant le pion à Roland Laville. Et, accessoirement, elle démolirait le patient 127 en le ramenant à ce qu'il était : un petit escroc sans envergure.

Restait à découvrir où se cachait cette femme. Elle y parviendrait, mais ça prendrait du temps.

# 31

Roland secoua la tête. Il ne s'était certainement pas attendu que Carole lui fasse cette proposition.

— C'est pour ça que tu m'as demandé de passer te voir ?

Elle opina. Ils s'étaient retrouvés dans un café à proximité de l'hôpital après son service. Elle comprenait qu'il ait pu espérer autre chose, mais elle ne voulait pas s'engager davantage avec lui avant d'avoir fait le point sur ses sentiments. Elle ignorait encore où elle en était et aurait été bien en peine de trancher si on lui avait demandé aujourd'hui de choisir entre les deux hommes qui occupaient le plus clair de ses pensées. D'un côté le policier rassurant, carré, de l'autre le patient pathétique, que tout désignait comme un psychopathe. Si tel était le cas, elle devait se détacher de lui au plus vite, mais ses sentiments refusaient de suivre le chemin que lui dictait la raison. Elle ne voulait pas renoncer tant qu'il subsistait le moindre doute. Car, malgré les découvertes de ces derniers jours, elle continuait d'éprouver de l'attirance pour son patient et, bien que consciente de mener un combat d'arrière-garde, elle souhaitait tout faire pour tirer sa situation au clair. Après quoi elle serait en mesure de tracer un trait sur cette histoire et peut-être de repartir d'un bon pied en essayant de l'oublier.

— C'est ridicule ! trancha le policier. L'affaire est entendue. Cet homme est Julien Servais, quoi qu'il en dise ! Qu'est-ce qu'il te faut de plus ?

Il avait sans doute raison mais elle refusait d'abandonner. Elle s'était toujours flattée de savoir juger les gens et avait du mal à admettre qu'elle ait pu se tromper à ce point. Plus encore que ses sentiments envers son patient, elle devinait que ce qui la guidait était une blessure d'amour-propre. Elle avait placé sa confiance dans ce malade et aujourd'hui elle défendait son jugement envers et contre tout. Elle en avait conscience ; néanmoins elle persistait.

— Je veux une preuve absolue, insista-t-elle. Nous n'avons pas d'empreintes digitales à produire. Pas de témoin l'ayant identifié formellement...

— Lui, non, mais Belladone est toujours vivant, en chair et en os, et entouré de gens qui peuvent l'attester.

— Mais s'il avait raison ? S'il était vraiment Belladone ? Si Julien Servais avait pris sa place ?

— Et l'imprésario et la domestique n'auraient rien vu ? Tu rêves.

— Ils pourraient être complices... À défaut d'empreintes digitales, sa dentition permettrait de l'identifier de manière irréfutable. On pourrait en finir une fois pour toutes avec cette histoire.

Laville soupira.

— Bon sang ! Quand tu as décidé quelque chose...

— Tu vas le faire, alors ?

— Comment veux-tu que je procède ? Je ne vais pas sonner à la porte de tous les dentistes de la région pour leur demander s'ils auraient par hasard un certain Julien Servais parmi leurs patients. Cela prendrait un temps fou et je n'ai pas que ça à faire !

— Il y aurait un moyen plus simple.

— Lequel ?

— Ce serait de procéder dans l'autre sens. Demander à Belladone ! Lui peut te dire qui est son dentiste. Avec un peu de chance, ils auront le même. Servais a travaillé pour Belladone, qui lui a fait subir des opérations de chirurgie esthétique. Si ses dents posaient des problèmes, il les lui a probablement fait soigner chez son propre dentiste, pour simplifier les choses. Et là, il y aura les radios !

Cette fois, Laville sourit franchement. Il la regarda avec admiration et elle ne sut si elle devait en être flattée ou s'en offusquer. Une fois de plus, il paraissait surpris de découvrir qu'elle savait utiliser sa cervelle.

— Toi, tu as raté ta vocation !

Elle haussa les épaules. Ces compliments venaient bien tard, c'en était presque insultant.

— Tu vas le faire ?

— D'accord. Je vais aller trouver Belladone, puis j'irai voir son dentiste.

— Formidable ! Il va être content !

Elle s'en voulut aussitôt, mais il était trop tard.

— Tu en as parlé à ton patient ?

— Eh bien... avant de t'appeler, j'ai voulu savoir ce qu'il en pensait. S'il s'était souvenu du nom de son dentiste, ça nous aurait évité d'avoir à passer par Belladone. Il ne fallait pas ?

— Question enquêtes, tu as encore bien des choses à apprendre. Enfin, tant pis. On fera avec. Qu'est-ce que tu fais, ce soir ?

Elle inventa une excuse, prétextant le remplacement d'une collègue. Elle n'avait pas du tout apprécié la condescendance dont il venait de faire preuve à son égard.

Ils se quittèrent donc un peu froidement, mais au moins avait-elle obtenu ce qu'elle désirait : une radiographie dentaire leur révélerait bientôt qui était qui.

***

Roland Laville se gara juste devant la villa de Luigi Belladone. Comme la fois précédente, la rue était déserte et tout le village semblait dormir. Il considéra pensivement le toit de la grande maison blanche qui émergeait au-dessus de la haie, réfléchissant à ce qu'il allait faire. Son avenir ne lui apparaissait pas des plus brillants. Il sortait d'une entrevue avec l'IGPN et le ton avait sérieusement monté. Ils s'acharnaient sur lui et avaient carrément brandi la menace d'une inculpation. Roland voyait venir le moment où il se retrouverait chômeur. Certes, il avait mis de l'argent de côté. Un gros paquet en liquide que l'IGPN ne risquait pas de trouver, accumulé au fil des ans en prévision d'une retraite anticipée. L'heure allait bientôt sonner, semblait-il, mais il était encore loin de la somme qu'il avait jugée nécessaire à son confort. Ces fumiers de bœufs-carottes le forçaient à revoir ses plans et il n'aimait pas ça.

Il descendit de voiture et verrouilla ses portières d'un geste machinal. Cette enquête était peut-être sa dernière. Il sonna. Attendit quelques secondes. Sonna à nouveau. Adressa un sourire à la caméra qui le surveillait. Il y eut un déclic et la grille s'ouvrit. Le policier s'engagea dans l'allée, laissant le portail se refermer automatiquement dans son dos.

# 32

Albert Carioca jeta un dernier coup d'œil dans son cabinet. Sa secrétaire était partie depuis une demi-heure et il venait de terminer ses consultations par une retraitée souffrant d'une rage de dents et qui, dans la foulée, avait décidé de s'offrir un nouveau dentier. Il rangea avec soin la radiographie qu'il avait en main et referma le classeur contenant les dossiers de ses patients. Au fil des années, ce classeur, qui tenait autrefois dans un petit meuble, avait pris de l'ampleur et nécessitait à présent une armoire qui touchait presque le plafond. Albert Carioca ne jetait jamais rien.

Il consulta sa montre. Vingt heures cinquante-cinq. Il serait encore une fois le dernier à quitter l'immeuble. La brave dame aurait pu venir à n'importe quelle heure pour commander son dentier, dont elle parlait depuis plusieurs mois, mais elle avait attendu que la douleur l'emporte sur la crainte et il avait dû la recevoir en urgence. L'avantage était que cette fois, au moins, elle était passée aux choses sérieuses.

Il suspendit sa blouse blanche dans la penderie et enfila son veston en songeant que, lui aussi, il ferait bien de penser à sa retraite.

Il éteignit soigneusement toutes les lumières dans le cabinet, la salle d'attente et le secrétariat, et ouvrit la porte. Il sursauta. Une ombre se tenait sur le palier, dans l'obscurité.

L'homme s'avança et il le reconnut, bien qu'il ne l'ait pas vu depuis plusieurs années.

— Monsieur Servais ? Je fermais. Si ce n'est pas urgent...

— C'est urgent.

Le dentiste recula dans l'entrée tandis que son visiteur refermait derrière lui.

— C'est que...

— Passons dans votre cabinet, voulez-vous ?

Avec un soupir, il s'exécuta. Lui qui pensait avoir fini sa journée, voilà qu'il allait devoir faire des heures supplémentaires...

— Vous auriez au moins pu téléphoner !

— J'ai préféré vous faire la surprise. Vous avez toujours mon dossier ?

— Il est là. Je garde tout.

— Vous pouvez le sortir ?

À contrecœur, le docteur Carioca tira son trousseau de clés de sa poche et ouvrit le classeur. Tout était impeccablement rangé et il n'eut aucun mal à retrouver la chemise en question.

— Voilà. Bon. Qu'est-ce qui vous amène de si urgent, qui ne pouvait pas attendre demain ?

— Vous avez celui d'Alexandre Morvan également ?

— Bien sûr, mais cela ne vous regarde pas. Vous ne travaillez plus pour lui, autant que je sache. Si vous voulez le consulter, il me faudra son autorisation.

— Ce ne sera pas nécessaire.

Le dentiste n'aimait pas le regard de son visiteur. Il ne comprenait pas ce qui se passait mais la crainte venait de s'infiltrer en lui. Servais était-il venu pour fouiller dans le dossier de son ex-employeur ? Il ne voyait pas en quoi cela pourrait le servir, mais l'hypothèse était plausible. Il n'avait jamais eu confiance dans cette espèce de fouine et c'est bien malgré lui qu'il avait accepté de travailler pour lui autrefois. Il jugea plus prudent de refermer le classeur et donna un tour de clé. Dans son dos, il sentit un mouvement et crut que Servais voulait l'empêcher de pousser la porte.

Il n'eut pas le temps de se retourner. Quelque chose passa devant ses yeux et il sentit une corde se resserrer sur sa gorge. Incrédule, il voulut protester et tenta de se débattre, mais la corde entrait dans sa chair et l'air lui manquait déjà. Il donna quelques coups de coude en arrière, sans conviction.

Un voile rouge lui obscurcit la vue. Avant de sombrer dans l'inconscience, il eut le temps de se demander pourquoi il mourait.

***

Arc-bouté contre les reins de l'homme qu'il assassinait, Julien Servais avait penché la tête pour observer son visage. Il tirait sur la cordelette avec une joie perverse. Depuis des années il avait envie de faire ça, juste pour voir ce que ça donnait, pour éprouver ce sentiment de pouvoir total. C'était extraordinaire et il regretta de ne pas avoir accompli un tel geste plus tôt. Certes, il avait bien saboté la voiture de Morvan, mais c'était longtemps auparavant, et il ne s'était pas trouvé sur place au moment de l'accident. Le plaisir avait été tout intellectuel. Alors qu'ici... il s'agissait d'une sensation physique qu'il n'avait jamais ressentie.

Puis les sphincters de sa victime se relâchèrent et une odeur abominable envahit la pièce.

— Ah ! Le salaud ! jura Servais.

Il s'écarta, sans pour autant lâcher sa prise, entraînant le corps vers le sol. Il le maintint là encore quelques minutes, le genou enfoncé entre ses omoplates. La corde avait disparu dans le cou décharné du dentiste, dont les yeux exorbités fixaient la moquette. Julien Servais le regardait, contemplant son œuvre et s'en étonnant. Ainsi c'était cela, tuer quelqu'un ? Si facile.

Quand il fut convaincu de la mort du dentiste, il se releva. Il tira sur la corde pour la dégager, mais elle était tellement incrustée qu'elle résista. La peau avait cédé et du sang maculait le sol. Il abandonna. Autant la laisser sur place. Il n'avait pas à s'inquiéter pour ses empreintes, et de toute façon il ne subsisterait rien de tout cela dans quelques minutes.

Il ferma les rideaux du cabinet. L'immeuble n'avait pas de vis-à-vis et personne ne pouvait le voir, mais il ne voulait pas que l'alerte soit donnée trop vite. Il ouvrit le classeur, dont les clés étaient toujours sur la porte, trouva rapidement le dossier d'Alexandre Morvan. Il récupéra également la chemise suspendue portant son nom et rassembla les documents les concernant tous les deux. Après quoi il prit au hasard plusieurs dossiers de l'armoire, qu'il répandit sur le cadavre et au pied du meuble. Il y avait suffisamment de papiers et de radiographies là-dedans pour déclencher un feu de joie digne de la plus belle des Saint-Jean !

La flamme qui jaillit de son briquet était minuscule, mais dès qu'il l'approcha d'un des brûlots improvisés elle explosa en une gerbe illuminant la pièce.

Avec les doubles rideaux tirés, personne ne détecterait l'incendie avant que le cabinet soit totalement ravagé. Quant aux voisins... L'immeuble était occupé uniquement par des médecins et des professions libérales. Il devait être vide à cette heure.

Julien Servais emporta les deux dossiers sous son bras et sortit sans rencontrer personne. La pluie s'était mise à tomber. Tant mieux. Cela signifiait que les passants ne s'attarderaient pas. L'alarme en serait d'autant retardée.

## 33

Carole était de garde cette nuit-là, mais dès son arrivée à l'hôpital on la réquisitionna pour prêter main-forte au service de pédiatrie, où il manquait une infirmière. Les cheveux trempés par la pluie, elle fit une entrée remarquée lorsqu'elle parvint au second étage.

— Un temps à ne pas mettre un chien dehors ! constata-t-elle avant de pencher la tête près d'un radiateur.

La nuit était calme et deux heures s'écoulèrent sans que le moindre incident vînt la perturber. Dès qu'elle put s'éclipser pour une pause, Carole se rendit à la chambre où son patient particulier devait dormir. Elle se hâtait, car elle ne disposait que de quelques minutes avant que l'on s'inquiète de son absence, et courait presque en arrivant devant la porte. Au moment où elle ralentissait, elle sentit son pied droit glisser et n'eut que le temps de se rattraper au mur pour éviter de tomber. Surprise, elle regarda le sol du couloir et remarqua une série d'empreintes de pas humides qui se dirigeaient vers la chambre.

Qui avait pu venir rendre visite à son patient par cette nuit de déluge ?

Elle entrouvrit la porte, s'apprêtant à la refermer si elle le voyait avec quelqu'un, mais la chambre était vide. Il n'y avait que la silhouette de l'homme endormi dans son lit. Par contre, se reflétant sur le sol, elle distinguait nettement les empreintes devant la penderie.

— Carole ?

Il ne dormait pas. Elle entra donc et alluma la lumière.

Sans la présence des empreintes, elle n'aurait sans doute pas prêté attention à ses cheveux : ils étaient presque secs et leur brillance aurait pu passer pour de la transpiration. Carole ne comprenait pas. Cet homme ne pouvait pas se déplacer sans le secours d'une chaise roulante.

— Qu'est-ce qui se passe ? demanda-t-il d'une voix moins ensommeillée qu'il ne souhaitait le faire croire.

Sans répondre, elle traversa la chambre et ouvrit la penderie. Là étaient suspendus son pantalon et sa chemise, dégouttant d'eau sur ses chaussures trempées. Elle se tourna vers le lit, oubliant ses collègues qui allaient bientôt s'inquiéter de son absence.

— Vous marchez ?

Il s'agissait plus d'une affirmation que d'une question, pourtant elle ne parvenait pas à en croire ses yeux. Il fit la moue, cherchant une réponse adéquate, mais il était inutile de nier et il dut se rendre à l'évidence.

— Oui, reconnut-il finalement.

— Pourquoi avoir joué la comédie ? Depuis quand marchez-vous ?

— Quelques jours... J'allais vous en parler, mais j'ai préféré garder ça secret pour le moment. Vous savez, je crains pour ma sécurité... J'ai pensé que tant qu'on me croirait invalide on me laisserait tranquille, et que le moment venu, si besoin était, je pourrais m'en sortir plus facilement...

Qu'avait dit Luigi Belladone lorsqu'elle l'avait rencontré ? Ce type est un paranoïaque. Un malade mental.

— Et vous vous méfiez de moi aussi ?

— De vous... non. Seulement de vos fréquentations. Ce flic...

— Où êtes-vous allé ? Sortir par ce temps...

— Il ne pleuvait pas quand je suis parti.

— Parti où ?

Il hésita.

— Qu'est-ce que vous aviez de si urgent à faire en pleine nuit ?

— Je suis allé chez... chez Servais. Je n'arrive pas à dire « chez moi », vous voyez. Je voulais voir comment c'était.

— Et alors ?

— Alors, rien. L'endroit est sordide, vous me l'aviez dit. Mais il n'évoquait rien pour moi. Pas la moindre image. Pas de souvenir. Rien. J'ai touché les objets là-bas, fouillé dans les papiers... Tout cela ne me rappellait rien. Si je suis vraiment Servais comme vous semblez le penser, je n'ai plus rien de commun avec cet homme. Carole ! Vous devez me faire confiance.

Carole ne savait pas si elle devait le croire.

— Et comment y êtes-vous allé ?

— J'ai emprunté une ambulance. Les clés étaient dessus...

Il avait volé une ambulance ! C'était du Servais tout craché ! Menteur. Voleur. Paranoïaque. Que désirait-elle de plus ? Carole referma la penderie.

— Au lieu de jouer la comédie de l'impotent, vous devriez en parler à votre kiné. Elle sera heureuse d'apprendre que vous avez fait des progrès.

Il opina mais elle ne fut pas certaine de l'avoir convaincu.

— Vous partez ?

— J'ai du travail. De vrais malades m'attendent !

Elle quitta la chambre en éteignant sur son passage et remonta au service de pédiatrie, troublée. Il l'attirait toujours autant, cependant chaque jour lui dévoilait une facette de sa personnalité qui la perturbait davantage. Il lui avait menti. Il mentait à tout le monde depuis plusieurs jours. Même si c'était vraiment parce qu'il craignait pour sa sécurité, son attitude la décevait. Il se méfiait d'elle comme des autres. Comment pouvait-il espérer garder sa confiance s'il ne lui accordait pas la sienne ?

Elle regagna son poste, bouleversée. Elle devait se détacher de cet homme. Elle avait pris fait et cause pour lui depuis le début, mais n'avait-elle pas eu tort ? Dangereux. C'était le terme employé par Belladone.

Carole venait de se rasseoir lorsque la vérité qu'elle tentait d'ignorer depuis plusieurs jours lui apparut : elle avait peur de lui. Elle ne pouvait se le cacher plus longtemps. Elle avait peur de cet homme qu'elle désirait aider. Peur qu'il ne soit redevenu le Julien Servais que tout le monde décrivait comme un malade et n'ait décidé de l'incorporer dans ses plans pour reconquérir la place qu'il croyait être la sienne. Jusqu'où irait-il pour cela ? À en croire Belladone, il avait déjà tenté de le tuer. Pourrait-il recommencer ? Et qu'adviendrait-il d'elle s'il estimait qu'elle en savait trop ?

## 34

Roland Laville sentit l'air lui manquer. On avait retrouvé le cadavre d'un dentiste calciné dans son cabinet. Une équipe avait été dépêchée sur les lieux. Il était encore trop tôt pour déterminer s'il s'agissait d'un accident ou d'un assassinat, mais il n'avait pu s'empêcher de faire le lien avec son enquête. Conscient qu'il n'était pas dans la meilleure des positions pour se mettre en avant dans cette affaire, il se garda bien de faire allusion au rapport qui pouvait exister entre celle-ci et le « dossier 127 ».

L'enquête avait été confiée à Lucien Aslan, un commissaire proche de la retraite œuvrant avec trois adjoints plus jeunes qu'il avait lui-même formés. Une équipe plutôt lente dans ses procédures, mais qui avançait comme un bulldozer sans rien laisser de côté. Ils obtenaient de bons résultats, leur opiniâtreté et leur méticulosité faisant des miracles. Roland n'appréciait pas leurs méthodes. Il avait failli se retrouver affecté à ce groupe, et seul le hasard en avait décidé autrement. Ni lui ni Aslan, à ce qu'il avait cru comprendre, ne le regrettaient.

Depuis lors, il n'avait guère eu l'occasion d'échanger plus de quelques mots avec cet homme qui semblait se méfier de lui. Il n'avait donc aucune raison de lui faciliter le travail en lui donnant des indications qui pourraient orienter son enquête et lui permettre de rencontrer un succès rapide. Mais ce n'était pas son seul souci. Il était nettement plus inquiet à l'idée qu'Aslan et son groupe puissent remonter jusqu'à Luigi Belladone, si le chanteur et son imprésario avaient quelque chose à voir dans cette affaire.

Parce que c'était lui qui leur avait parlé du dentiste.

Son premier réflexe fut de décrocher le téléphone, mais il s'interrompit en plein mouvement. Avec l'IGPN qui lui collait au train, utiliser le téléphone du service pour ce genre de conversation n'était pas très malin. Même son portable pouvait être sur écoutes. Il devait discuter en tête à tête avec l'imprésario, pour déterminer s'il était mêlé de près ou de loin à ce décès. À la première occasion, il s'éclipsa et fonça à sa voiture. Usant de sa sirène pour forcer le passage lorsque la circulation ne lui permettait pas de rouler à pleine vitesse, il arriva devant chez Belladone en un temps record. Il pressa la sonnette comme il avait usé de sa sirène, jusqu'à ce que la voix de l'imprésario résonne dans l'interphone :

— Qu'est-ce que c'est ? Qu'est-ce que vous voulez ?

— Roland Laville, il faut qu'on parle.

Il se plaça devant la caméra en affichant un air déterminé. Il y eut un silence, puis le pêne claqua dans son logement et la grille s'entrouvrit. Le policier la poussa et, au moment de la rabattre derrière lui, il se ravisa. Avisant un pot de fleurs vide au bord de l'allée, il le prit et cala la grille pour l'empêcher de se refermer. Rassuré sur le fait qu'il pourrait sortir de cette propriété aux murailles infranchissables, il vérifia que son revolver était bien à sa place et remonta en direction de la maison. Shark l'attendait sur le pas de la porte et l'invita d'un geste à entrer avant d'aller au bar chercher deux whiskies.

— Je croyais qu'on s'était tout dit, commença-t-il en posant les verres sur la table basse.

— Un dentiste est mort.

— Et alors ?

— J'espère qu'il ne s'agit pas...

Shark leva la main pour lui couper la parole.

— Avant toute chose, je voudrais vous montrer un document qui va vous intéresser.

Il se leva avec plus de souplesse que sa corpulence n'en laissait présager et alla chercher une cassette qu'il glissa dans le magnétoscope. Shark manœuvra la télécommande et Roland sentit la sueur perler sur son front.

— L'image est excellente, vous ne trouvez pas ?

Le policier ne répondit rien. Il avait la gorge trop sèche. Sur l'écran, on le distinguait très nettement, assis dans ce même salon et discutant avec Lionel Shark. Il jeta un regard à la vitrine dans le coin de la pièce, remarquant seulement maintenant la petite niche où l'on avait dissimulé le caméscope. Ils parlaient d'un dentiste dont il était venu demander l'adresse. Il se souvenait parfaitement de leur conversation. L'imprésario lui expliquait qu'ils en avaient assez de toute cette histoire, qu'il fallait cesser de remuer de vieux souvenirs et abandonner cet amnésique pathétique à son sort. Luigi Belladone voulait remonter sur scène, tout soupçon de scandale risquait de compromettre ses chances. Il serait donc préférable qu'on oublie définitivement les allégations fantaisistes du patient 127. Sur l'écran, il se vit répondre qu'il ne souhaitait pas mieux.

— On arrive au passage le plus intéressant, glissa Shark.

Roland savait très bien ce qui suivait. L'imprésario se levait, disparaissait quelques instants pendant lesquels le policier demeurait seul et en profitait pour examiner le décor autour de lui. Que n'avait-il alors remarqué cette fichue caméra ? Quand l'imprésario revenait, il tenait en main une liasse de billets qu'il prit soin de montrer à la caméra.

— Je n'ai pas l'habitude d'y aller par quatre chemins, disait-il. Dix mille euros, et vous nous foutez la paix avec cette histoire.

Et on voyait très nettement Roland empocher la liasse et finir son verre avec un grand sourire.

L'imprésario coupa la télévision.

— Après, il n'y a plus grand-chose d'intéressant, commenta-t-il. Mais vous connaissez déjà l'histoire. Si vous voulez la cassette, je peux vous la donner, j'en ai fait quelques copies.

L'idée de la prendre de force était bien venue à Roland, qui sentait le poids de son revolver contre ses reins, mais l'autre était trop rusé pour lui avoir montré la seule copie existante. Même s'il le tuait, un exemplaire resurgirait quelque part. Il était coincé. Shark sourit et Roland réalisa en voyant ses dents à quel point le nom qu'il s'était choisi lui convenait.

— Qu'attendez-vous de moi ? demanda-t-il d'une voix blanche.

— Mais... rien ! Je vous l'ai dit. Je veux juste que nous en finissions avec cette histoire. Ce petit film n'était qu'une assurance. Quand je traite une affaire délicate, j'aime bien mettre toutes les chances de mon côté.

— Bon sang, quand je vous ai parlé du dentiste je ne pensais pas que vous alliez...

— Tsss, tsss... Pas de grands mots, voulez-vous ? Il est mort ? Première nouvelle. Cependant il faudra chercher le coupable ailleurs.

— Ben voyons ! Je vais gober ça.

— Quel intérêt aurions-nous eu à le tuer ? Il suffisait de détruire ses archives...

Roland n'était pas convaincu, mais il voulait désespérément le croire. Sinon, cela signifiait qu'il était coupable de complicité de meurtre. À côté d'une telle accusation, les soupçons de l'IGPN étaient de la rigolade ! Jusqu'à présent il ne risquait qu'un blâme, un renvoi de la police, quelques mois de prison avec sursis tout au plus... Contre plusieurs années fermes s'il était convaincu de complicité de meurtre. Et plusieurs années en centrale, pour un flic, cela équivalait à une éternité en enfer. Il croisa les mains sur son ventre pour dissimuler leur tremblement.

— Si nous devions être compromis dans cette histoire, vous plongeriez avec nous. Nous sommes bien d'accord ? Je ne vous raccompagne pas, vous connaissez le chemin.

Roland se leva dans un état second. Il avait l'impression d'être K.-O. Il lui semblait que la pièce oscillait autour de lui. À la grille, il dégagea le pot de fleurs d'un coup de pied. Personne n'avait utilisé d'arme, pourtant c'était comme s'il venait de prendre deux balles dans le ventre. Il avait voulu mener cette affaire en solo et voilà tout ce qu'il en tirait.

La journée était cependant loin d'être terminée. Il consulta son téléphone, qu'il avait coupé le temps de sa visite, et trouva un message de Carole qui souhaitait lui parler. Il n'avait vraiment pas envie de la voir en ce moment, mais il lui fallait bien s'occuper l'esprit et s'il était une chose qu'il ne voulait pas faire, c'était retourner à la PJ, où sa mine défaite ne manquerait pas de susciter les interrogations. Carole ne quittait pas l'hôpital avant dix-neuf heures. Il avait le temps de la rejoindre là-bas.

## 35

Dire que Carole se réjouissait de la venue du policier serait exagéré, mais ce fut bien du soulagement qu'elle éprouva en le voyant approcher d'un pas rapide dans le couloir. Depuis qu'elle l'avait appelé, elle ne cessait de se torturer en se demandant si elle avait bien fait. Son arrivée ne dissiperait pas ses doutes, mais elle aurait au moins le mérite de la placer devant le fait accompli. Elle lui raconterait tout et s'en laverait les mains.

Mais cela ne paraissait pas chose facile. Roland avait le visage fermé et le regard hanté, comme s'il venait d'apprendre une mauvaise nouvelle.

— Tu vas bien ?

— Oui, je vais bien. C'est pour ça que tu m'as fait venir ?

Le ton était agressif ; elle faillit lui dire de repartir, mais se ravisa.

— Non, bien sûr. Seulement tu as l'air perturbé et je ne sais pas si j'ai bien fait de te déranger. Ce n'est sans doute pas très important, mais tu m'as dit de te signaler tout changement dans la condition de...

Il eut un geste de la main pour signifier que ses soucis personnels ne comptaient pas. Carole prit cela pour un encouragement et se jeta à l'eau. Elle avait beaucoup réfléchi avant de lui envoyer son message. Elle avait un peu l'impression de trahir son patient, même s'il ne s'agissait pas d'un secret médical. De plus, depuis quelques jours, elle ne savait plus où elle en était. Elle avait donc opté pour la seule décision qui lui parût raisonnable : elle laisserait dorénavant les professionnels faire leur métier pour se concentrer sur le sien. Que la police démêle l'écheveau du mystère entourant le patient 127, elle se bornerait à veiller sur sa santé.

— Oui. Et alors ?

— Il peut marcher.

— Quoi ?

Il avait crié et deux infirmières qui se dirigeaient vers les ascenseurs s'arrêtèrent pour se retourner et les observer. Carole leur fit signe que tout allait bien, aussi reprirent-elles leur chemin, sans cesser de les surveiller du coin de l'œil jusqu'à l'arrivée de la cabine. Le policier paraissait abasourdi par la nouvelle. Il avait un sourire béat, presque idiot, s'adossait au mur et paraissait réfléchir intensément. Comme si elle venait de lui annoncer qu'il avait touché le gros lot et qu'il fût déjà en train de songer aux folles dépenses qu'il allait pouvoir se permettre.

— Tu es sûre ? Comment t'en es-tu aperçue ?

Elle lui raconta rapidement ce qu'elle avait découvert la nuit précédente.

— Il est sorti hier soir ? À quelle heure ?

— Je ne sais pas. Il était rentré quand je suis allée le voir, vers minuit. Mais il avait pris la pluie en rentrant et j'ai vu ses vêtements mouillés. Il m'a raconté qu'il était allé chez lui pour retrouver des souvenirs.

— Putain ! Je le tiens.

— Qu'est-ce que tu veux dire ?

— Tu te souviens de lui avoir expliqué que si on retrouvait son dentiste on pourrait à coup sûr l'identifier ?

— Bien sûr, mais...

— Eh bien, un dentiste est mort hier soir. S'il a été assassiné, et s'il s'agissait de celui de Servais, ça signifie que ton gentil patient est un meurtrier.

Carole ne sut que répondre. Elle ne s'était pas attendue à une telle révélation. Elle chancela et Roland la rattrapa par le bras.

— Ça va ?

— Oui, oui. Ne t'inquiète pas. C'est juste que je m'étais habituée à le considérer comme une victime sans défense, mais depuis quelques jours chaque nouvel élément l'enfonce un peu plus. Tu crois vraiment qu'il a pu tuer ce dentiste ?

Roland exultait.

— Bien sûr ! Qui d'autre aurait eu un mobile ? Qui d'autre est sorti en pleine nuit ? Et qui d'autre faisait semblant d'être impotent ? Si tu ne l'avais pas démasqué, on le croirait toujours grabataire. Vrai ou faux ?

— Vrai.

Elle était atterrée.

— Il est là-haut ?

— Où veux-tu qu'il soit ?

— Je ne sais pas, moi, peut-être qu'il s'est inscrit au marathon de New York !

Cette réponse l'agaça mais elle comprit que Roland, soulagé de voir son enquête progresser, souhaitait en finir le plus rapidement possible.

— Il est dans sa chambre.

— J'y vais.

Avant qu'elle ait pu faire un geste, il s'était engagé

dans l'escalier, la laissant seule au milieu du hall. Elle hésita sur la conduite à adopter. Elle brûlait du désir de le suivre pour assister à la confrontation, mais Hélène, qui discutait à la réception, avait assisté à la fin de leur entretien et lui fit signe de la rejoindre.

Elle allait sans doute lui reprocher le temps passé avec Roland : leurs rapports ne s'étaient toujours pas améliorés depuis leur convocation chez Teranier. Hélène avait adopté à son égard une stricte attitude professionnelle et ne tolérait plus la moindre incartade. Du moins Carole pourrait-elle la rassurer sur ce point : cela ne durerait plus longtemps.

## 36

Roland Laville entra dans la chambre sans prendre la peine de frapper.

— Debout là-dedans !

L'homme qui somnolait dans le lit sursauta devant cette intrusion.

— C'est vous ?

— Gagné ! Heureux de me voir ? On ne croirait pas ! Dites-moi, j'en apprends de belles ! Il paraît que vous pouvez marcher ?

— Qui vous a raconté ça ?

— Peu importe. Alors ? On est allé se balader hier soir ?

— C'est Carole. Il ne peut s'agir que d'elle...

— Juste une question : où êtes-vous allé ?

— Chez...

— « Chez moi » ? Allez-y, crachez-le. Vous nous avez fait la comédie de l'amnésie, puis celle de l'impotent... Ce petit jeu a assez duré. Posez vos cartes sur la table et voyons ce que vous avez.

— Je ne comprends rien à ce que vous dites.

— Ben voyons.

Laville s'assit au pied du lit. L'idée que Shark n'était peut-être pour rien dans le meurtre du dentiste occupait tout son esprit. La perspective de longues années derrière les barreaux s'éloignait soudain. Il fallait que cet homme devant lui soit le coupable. Et il disposait d'un faisceau de présomptions suffisant pour orienter l'enquête dans ce sens. S'il pouvait boucler cette histoire avant que l'IGPN ne le fasse relever de ses fonctions, ce serait un sacré soulagement, mais il devait agir vite. Ce n'était qu'une question de jours, d'heures peut-être.

— Allez, Servais, laissez tomber. Vous pouvez encore vous en tirer si vous dites la vérité. Vous avouez tout et je me charge de vous aider. Je témoignerai pour vous devant le juge. On plaidera la folie, un coup de colère...

— Mais bon Dieu, de quoi parlez-vous ?

Roland fit un effort pour dissimuler son irritation.

— Je parle du dentiste que vous avez tué hier soir. On a retrouvé le corps. L'homicide ne fait aucun doute. On n'aura aucun mal à vous le coller sur le dos. Je ne suis pas chargé de cette affaire, mais le collègue qui s'en occupe est très compétent. Il vous aura. D'autant plus facilement quand je lui aurai communiqué votre nom et expliqué votre motif.

— Vous êtes cinglé ! Je suis allé voir l'appartement...

— Je sais, c'est la version officielle. Pour le moment.

Allez ! Je peux encore arranger votre cas si vous me racontez tout. Après, il sera trop tard et c'est au juge que vous devrez faire vos révélations. Inutile alors de compter sur un quelconque soutien de ma part, et encore moins de la sienne.

Mais l'homme dans le lit le regardait sans paraître comprendre qu'il lui offrait la dernière chance de s'en sortir. Roland avait envie de le gifler pour lui faire entendre raison. S'il pouvait obtenir sa confession, il résoudrait d'un coup deux affaires. Bien malin alors le flic de l'IGPN qui parviendrait à le faire plonger !

Si cet abruti voulait bien avouer.

— Alors, on y va ?

Apparemment, il ne s'était pas montré suffisamment convaincant. Son interlocuteur se taisait, le regard perdu dans le vide.

— Ok. Comme vous voulez. Si vous changez d'avis, n'hésitez pas à m'appeler. Et inutile de songer à vous enfuir, vous n'iriez pas loin.

— Je n'ai pas l'intention de m'enfuir. Je n'ai rien à me reprocher.

— Bien sûr.

Roland se leva. Il prenait un grand risque en le laissant, mais il n'avait guère le choix. Il devait d'abord s'assurer que le dentiste avait bien été assassiné. Ensuite seulement il pourrait intervenir et raconter sa petite histoire. Le commissaire n'apprécierait pas. Le seul moyen de faire oublier ses entorses au règlement serait d'apporter la confession signée sur le même plateau. Sinon, tout le bénéfice reviendrait à Aslan, et les aveux – car il ne doutait pas que l'on finisse par obtenir des aveux – ne profiteraient qu'à ce dernier et à son équipe. On oublierait toute l'action de Roland pour ne retenir que ses fautes : rétention d'informations, jeu personnel... Pour le coup, l'IGPN trouverait du monde pour témoigner contre lui jusque dans son nouveau service.

Il n'avait pas le choix. C'était un grand risque, mais il ne pouvait faire autrement. Il demanderait à Carole de surveiller le suspect de près et de l'informer à la moindre velléité de fuite.

## 37

Lorsque Carole put enfin se libérer, le policier avait depuis longtemps quitté l'hôpital. Elle l'avait vu repasser dans le couloir et il lui avait fait signe que tout allait bien. Elle n'était pas certaine que sa notion du bien coïncide avec celle du patient qu'il était venu interroger, et une pointe de culpabilité s'était plantée quelque part du côté de son cœur, qu'elle ne parvenait pas à chasser. Dès qu'elle en eut l'occasion, elle se rendit donc auprès de celui qui, de victime, prenait de plus en plus l'allure d'un accusé. Il la reçut avec froideur.

— Vous comprenez à présent pourquoi je ne vous avais rien dit ?

— Je ne pouvais pas faire autrement...

— Pas faire autrement que me trahir. Hier soir, vous étiez outrée que j'aie pu vous dissimuler mes progrès, mais dès que vous les avez découverts, vous avez prévenu votre ami le flic, qui m'a aussitôt accusé de meurtre !

— Qu'est-ce que je pouvais faire d'autre ?

— Me croire ! Bon sang, Carole, je suis innocent ! Je ne suis pas Servais. Et même si c'est le cas, je ne suis plus celui que tout le monde a connu. J'ai changé ! Vous devez me croire. Je ne me reconnais pas dans le portrait qu'on en fait. Carole ! Je vous en supplie. J'ai besoin d'aide.

Chacun de ses mots la poignardait. Elle l'avait trahi, certes, pourtant quel autre choix avait-elle eu ? Et que risquait-il s'il était innocent, ainsi qu'il l'affirmait ? On ne le condamnerait pas sans raison. Mais était-ce si sûr ? Les journaux étaient remplis d'erreurs judiciaires. Par contre, s'il était bien le meurtrier dépeint par Roland, ce discours n'était qu'une comédie destinée à l'abuser. S'il avait assassiné un dentiste pour sauver sa peau, il n'hésiterait pas à la tuer également. Elle aurait voulu le croire, mais la conscience qu'elle se trouvait peut-être en présence d'un maniaque était trop forte.

— Je suis désolée, dit-elle en s'éloignant vers la porte de la chambre.

— Carole ! J'ai besoin de vous !

Elle secoua la tête sans répondre, les larmes aux yeux. Elle s'était crue amoureuse de lui et avait tenté de l'aider, mais elle avait trop peur à présent et ne voulait pas prendre de risque. Elle n'avait certes pas envie de devenir une femme de prisonnier et encore moins de se faire égorger par un malade. Quand la porte se referma dans son dos, elle sut que son avenir venait de changer d'orientation. En tout cas, il ne se ferait pas avec cet homme.

# 38

Quand Roland arriva à son bureau le lendemain matin, Aslan était déjà là. Le vieux flic le salua vaguement et Roland lui retourna son salut sans y mettre la moindre chaleur. Les cases du courrier se trouvaient derrière les tables qu'Aslan partageait avec ses deux collègues. Tout en ramassant celui de son équipe, Roland laissait traîner son oreille pour capter ce qui se disait. L'équipe d'Aslan avait progressé dans son enquête sur la mort du dentiste et l'homicide ne faisait plus aucun doute : on n'avait pas retrouvé trace de suie dans la trachée de la victime, preuve qu'elle était morte avant que l'incendie se déclenche. Ce qui, en général, signifiait que quelqu'un avait voulu dissimuler un meurtre.

La grosse question restait celle du mobile. Le dentiste était apparemment un homme sans histoire, on s'orientait donc vers une affaire de famille. Cela laissait un peu de répit à Roland pour boucler l'affaire de son côté et les coiffer au poteau. Il n'avait toujours pas averti le commissaire Maillard que Servais avait été identifié. Et chaque jour qui passait rendait cet aveu plus difficile. Il lui faudrait expliquer qu'il avait gardé cette information pour lui et il doutait que Maillard accepte de considérer cela comme un détail sans importance. Le seul moyen de ne pas recevoir un savon de première serait de livrer l'information dans un paquet cadeau du style « J'ai identifié l'inconnu et résolu un meurtre ».

Il avait posé le dossier 127 sur son bureau et examinait

une à une toutes les pièces, à la recherche d'un indice susceptible de lui donner enfin un levier sur le mystère de cet homme, qu'il espérait bien faire condamner pour meurtre. Rien n'émergea. Sauf un nom : Adrienne Sovak. Il se souvenait effectivement de l'avoir vu sans y prêter attention. Il figurait sur la fiche de Servais détenue par les Renseignements généraux. C'était le nom d'une maîtresse plus ou moins officielle. Sans domicile connu, précisait la fiche.

Il se connecta au Minitel pour y chercher à tout hasard le nom de Sovak, mais sans grand espoir. Il venait de lancer sa requête quand Moreno entra à son tour dans la salle.

— Déjà là ?

— Des trucs à régler. La paperasse...

L'autre n'insista pas. Depuis que ses démêlés avec les bœufs-carottes étaient connus, ses collègues avaient tendance à l'éviter, Moreno le premier, qui pensait avant tout à sa carrière et ne tenait pas à ce qu'on puisse faire l'amalgame entre eux.

— Maillard est là ?

— Pas encore. Ça avance, vos braqueurs ?

— On va bientôt les serrer. On te fera signe. Et toi ? Ton amnésique ?

— Pas grand-chose pour le moment.

Il espéra que son visage ne trahissait pas son trouble. S'ils en finissaient avec le gang qu'ils poursuivaient, ils pourraient bien décider de revenir sur cette histoire ancienne et auraient alors tôt fait de découvrir ses nouvelles avancées. L'arrivée du reste de l'équipe, qui surgit avec un bel ensemble à neuf heures, le tira d'affaire au moment où Moreno allait ajouter quelque chose. D'un geste naturel, il remisa le dossier 127 dans son tiroir et rangea dans sa poche le papier sur lequel il avait inscrit le nom d'Adrienne Sovak. Dès qu'il en aurait l'occasion, il s'intéresserait de près à cette fille.

# 39

Carole n'alluma pas son téléphone avant sa pause déjeuner. Et lorsqu'elle le fit, elle constata que la batterie était presque vide. Elle l'avait pourtant rechargée la veille. Un message de Sophie l'attendait sur son répondeur. Il remontait au milieu de la matinée. Elle hésita un instant, puis composa son numéro avec une certaine anxiété. Ne l'encourageait-elle pas ? Ne lui faisait-elle pas du mal sans le vouloir en répondant à son appel ?

— Carole ?

Il y avait une telle joie dans la voix de la journaliste qu'elle se demanda si elle n'avait pas fait une erreur. Mais apparemment Sophie ne se méprenait pas sur leur relation depuis qu'elles s'étaient expliquées.

— J'ai du nouveau ! s'exclama-t-elle. Je crois pouvoir identifier ton type à coup sûr !

Carole s'abstint de lui raconter l'histoire du dentiste. Roland n'apprécierait sans doute pas qu'elle en parle à une journaliste. Et à celle-ci moins qu'à toute autre.

— Servais avait une maîtresse qui chantait dans des orchestres du samedi soir. Une certaine Adrienne Sovak. La fille qui se croit une future vedette, qui rêve de *Star Academy*, ce genre de trucs. En fait, c'est une chanteuse à la manque, qui se fait jeter de tous les groupes parce qu'elle n'est pas fiable.

— Tu sais où elle vit ?

— Bien sûr. À Bordeaux. Je serais allée la voir moi-même, mais je suis toujours coincée par ce fichu stage. Tu as de quoi noter son adresse ?

— Tu veux que j'y aille ?

— À moins que tu ne voies un autre moyen... Il y a urgence et je ne vais pas filer ce tuyau à la police ! Écoute, c'est simple. Tu y vas avec la photo que j'ai faite et tu lui demandes si ce type est bien Servais.

— C'est tout ?

— C'est tout. Elle répond oui ou non et on est fixées.

Cela paraissait tellement facile que Carole eut un mauvais pressentiment.

— D'accord, dit-elle tout de même. Je note.

Sophie lui donna l'adresse puis elles restèrent quelques instants silencieuses. Ni l'une ni l'autre ne savaient comment prendre congé.

— Je te remercie pour ce que tu fais, lâcha finalement Carole. Tu n'y es pas obligée, je comprendrais que tu...

— Tu parles ! Cette histoire m'intéresse. Je ne vais pas lui tourner le dos simplement à cause de notre petit... malentendu.

— Je ne voudrais surtout pas que tu croies...

— Je ne crois rien, d'accord ? Et je ne t'en veux pas.

— Merci. Je suis désolée.

— On fait la paix, alors ?

— On fait la paix.

— Tu ne peux pas savoir à quel point ça me fait plaisir.

— À moi aussi. À bientôt.

Elles raccrochèrent en même temps et Carole soupira de soulagement, heureuse de cette issue. Elle ne désirait pas jouer avec les sentiments de Sophie, mais elle appréciait son amitié et redoutait de la perdre. Elle espérait que Sophie aurait la sagesse de prendre du champ si elle sentait que la situation lui devenait insupportable.

Son téléphone bipa pour lui annoncer l'épuisement de sa batterie et elle grimaça. Il fallait qu'elle en change rapidement.

## 40

L'immeuble dans lequel habitait Adrienne Sovak ne valait guère mieux que celui où avait vécu Servais. Le quartier était différent, mais la même atmosphère de désespoir y régnait ; les murs suintaient le sordide et la médiocrité. Avant de s'engager dans l'escalier, Carole fut prise de suffocation, comme si l'air y était plus rare.

Elle n'avait pas pris la précaution de téléphoner avant de venir, de crainte d'effrayer la chanteuse, préférant courir le risque de ne pas la trouver chez elle. Du bruit dans l'appartement alors qu'elle mettait le pied sur le palier la rassura sur ce point. Elle frappa.

— C'est ouvert ! cria une voix à l'intérieur.

Une voix féminine, rauque, cassée par le tabac.

Carole ne fut pas surprise de découvrir un appartement à l'image du quartier : un mobilier de bric et de broc, une décoration réduite à une série de posters, où dominaient Madonna et Whitney Houston, collés de guingois sur les murs.

Une femme se tenait au milieu de la pièce principale,

qu'on pouvait difficilement qualifier de salle à manger; quant à « salon », le terme était un peu trop précieux pour un tel assemblage hétéroclite de coussins et de fauteuils défoncés. La femme dépassait Carole d'une demi-tête. Elle était très maigre et avait de longs cheveux décolorés. Un tee-shirt à l'effigie d'Iron Maiden couvrait son absence de poitrine et lui tenait lieu de robe. Elle parut surprise de voir Carole entrer chez elle.

— Qui êtes-vous? demanda-t-elle sans prendre la peine d'ôter la cigarette qui pendait au coin de ses lèvres.

— Je m'appelle Carole Masson. Vous êtes Adrienne Sovak?

— Ouais. J'attends un ami. Qu'est-ce que vous voulez?

— Je ne serai pas longue. Je travaille à l'hôpital de Cressac, où nous avons accueilli un blessé amnésique. Nous pensons qu'il s'agit de quelqu'un que vous connaissez. Julien Servais.

— Julien?

La nouvelle eut le don de faire perdre de son arrogance à cette femme, qui faillit en perdre sa cigarette. Carole fut satisfaite de constater qu'elle semblait le connaître.

— Pourrions-nous nous asseoir une minute?

Elle se trouvait gauche, plantée là au milieu de cette pièce, devant cette femme qui la dominait et devait se demander ce qu'elle lui voulait.

— Bien sûr. Si ça ne doit pas s'éterniser...

— Je serai brève. Vous avez connu M. Servais?

— Ce salaud!

Adrienne Sovak se laissa tomber dans un fauteuil qui gémit, et elle en désigna un autre à Carole, qui hésita avant de s'asseoir, regrettant de l'avoir suggéré et priant pour que les taches qui le constellaient soient sèches.

— Depuis quand ne l'avez-vous pas vu ?

— Depuis qu'il a filé !

— Il a filé ?

Sovak la regarda par en dessous, avec perplexité.

— Pourquoi êtes-vous ici ? Qu'est-ce que vous savez de lui, exactement ?

— En fait, pas grand-chose. Comme je vous l'ai dit, il est amnésique. Et nous essayons de reconstituer son passé pour lui permettre de retrouver la mémoire. Si vous pouviez me parler de lui...

— Amnésique ! C'est bien lui, ça. Remarquez, ça m'étonne pas qu'il préfère oublier certains trucs.

— Comment l'avez-vous connu ?

— Oh, ça remonte à loin. On débutait dans la chanson tous les deux, on s'est croisés ici et là, une chose en entraîne une autre... vous savez ce que c'est.

Adrienne Sovak tira sur sa cigarette telle une star évoquant ses débuts dans le métier.

— C'était avant qu'il devienne la doublure de Luigi Belladone ?

— Bien avant ! Vous savez ça ?

— Oui, c'est pratiquement la première chose que nous avons découverte à son sujet. Vous pouvez m'en parler ?

— Il était le sosie de Belladone. C'est pas de pot, remarquez, parce que Belladone a percé le premier. Si le contraire s'était produit, c'est Belladone qui serait devenu sa doublure ! Julien avait beaucoup plus de talent que lui !

— Il était bon ?

— Plus que ça ! De la graine de star ! Il aurait pu

participer à n'importe quelle *Star Academy* et l'emporter haut la main ! Croyez-moi, Belladone, à côté, c'est de la daube !

Carole hocha la tête en silence. Elle n'était pas venue ici pour effectuer une étude comparée des mérites des deux chanteurs. Elle voulait juste en apprendre le plus possible sur Servais, et surtout identifier de façon formelle le patient 127.

— S'il était aussi bon, pourquoi n'a-t-il pas percé ?

— Personne ne lui a donné sa chance. C'est un métier très dur, un milieu où il faut accepter toutes les compromissions sans jamais avoir la certitude que cela marchera...

Carole comprit que la jeune femme parlait pour elle. Un pli amer avait déformé sa bouche et elle se perdait dans la contemplation de la fumée de sa cigarette, ressassant sans doute toutes les humiliations qu'elle avait subies sans en tirer grand profit.

— Puis il a fait des conneries, dit-elle finalement.

Carole retint son souffle. On arrivait au cœur du problème, à la véritable personnalité de Julien Servais.

— Et voilà.

Sovak se redressait, comme si l'entretien était terminé, mais Carole n'entendait pas en rester là. L'autre en avait trop dit pour la chasser sans plus d'explications.

— Quel genre de conneries ?

La chanteuse la regarda avec un petit sourire méprisant.

— Vous êtes de la police ?

— Non ! Je vous l'ai déjà dit, je suis infirmière. Je cherche juste à aider cet homme.

— Et en quoi cela me concerne ?

— Vous l'avez connu...

— Ça ne l'a pas empêché de se tirer sans me donner de nouvelles ! Remarquez, avec ceux qu'il avait au cul à ce moment-là... je le comprends un peu.

— Il était recherché ?

— Oui, mais pas par la police.

Sovak hésitait, elle brûlait manifestement d'envie de raconter tout ce qu'elle savait. C'était le genre de femme qui ne pouvait s'empêcher d'étaler la vie privée des autres sur la voie publique...

— Bon, je vois que je peux vous faire confiance, se décida-t-elle. Ça n'allait pas trop pour lui, alors il s'était lancé dans des magouilles... des trucs... des trafics, quoi.

— Quel genre de trafics ?

— Bah, vous savez, quoi...

— De la drogue ?

— Ah ! Moi, je vous ai rien dit, hein ? S'il apprenait que j'ai dit ça, il... Bon. J'ai rien dit de toute façon. Mais il a fait une erreur et il a un peu doublé son employeur. Vous savez comment ça marche...

— Il avait des truands aux trousses ?

— Ah, ça oui ! Un contrat avait été lancé sur sa tête, paraît-il. La dernière fois que je l'ai vu, il filait pour les States. Il voulait se refaire une santé à Memphis, tenter sa chance là où le King avait vécu... Mon œil. La vraie raison, c'est qu'il avait peur pour sa peau !

— Et vous ne l'avez pas revu depuis ? C'était quand ?

— Bof... Trois ou quatre mois peut-être ? Et vous dites qu'il est revenu et qu'il est amnésique ? Comment c'est arrivé ?

— Il a été renversé par une voiture. Tentative de

meurtre ou accident, la police n'a pas tranché. L'enquête est en cours.

— Vous pouvez être tranquille que c'est une tentative de meurtre. Mais si vous savez qui c'est, pourquoi c'est vous qui enquêtez sur lui et pas la police ?

— C'est assez long à expliquer... En fait, on a un problème. Quand il s'est réveillé, il a affirmé être Luigi Belladone.

Sovak ouvrit de grands yeux.

— Amnésique et cinglé ? Ça m'étonne pas de lui !

— Il n'est pas cinglé, seulement perturbé. Il n'a aucun souvenir de sa vie en tant que Julien Servais et prétend ne se souvenir que de celle de Belladone. Nous devons donc établir clairement son identité.

— Putain...

— J'essaie de l'aider, de trouver le moyen de prouver, de lui prouver, qu'il est bien Servais. C'est la raison de ma venue.

— Je comprends. Vous voulez que je vienne à l'hôpital ? C'est que je n'ai pas le temps. J'ai des galas...

— Ce ne sera pas nécessaire. J'ai apporté sa photo...

Carole ouvrit son sac et en sortit la photographie prise par Sophie sur le lit d'hôpital. Sovak la saisit et l'examina, faisant un effort pour rester neutre, mais c'était une mauvaise comédienne.

— Difficile à dire.

Elle mentait. Carole avait la conviction qu'elle avait reconnu l'homme.

— Comme ça, je ne peux pas me prononcer. La photo n'est pas bonne. Ça pourrait être lui. Mais il a changé en quelques mois. Et il y a cette barbe... Je ne voudrais pas me tromper. Il pourrait aussi bien s'agir de Belladone. Ils se ressemblaient vraiment beaucoup. Il faudrait que j'aille sur place, que je lui parle. Mais en ce moment je n'ai vraiment pas le temps.

Carole acquiesça. Elle brûlait d'envie de l'agripper par les épaules et de la secouer jusqu'à ce qu'elle crache ce qu'elle savait, mais ce ne serait sans doute pas la bonne méthode.

— Et puis, bien sûr, faudrait m'indemniser pour le temps perdu.

C'était donc ça. Elle avait flairé la possibilité de se faire un peu d'argent et comptait bien monnayer ses informations.

— On peut vous rembourser vos frais, et ça ne prendrait pas longtemps : l'hôpital n'est pas très loin...

Sovak lui sourit comme si elle avait fait une bonne plaisanterie. Elle se leva avec des attitudes de grande dame.

— C'est ça. On en reparlera.

Le comportement de la chanteuse suggéra soudain une idée à Carole. Elle sortit sa carte de visite. La retournant, elle inscrivit le nom de Sophie.

— J'ai une amie journaliste qui suit cette affaire. Si vous préférez lui parler directement, je vais vous donner son numéro.

Le mot « journaliste » eut l'effet escompté. Adrienne Sovak se pencha en avant pour regarder Carole chercher le numéro de son amie sur son portable.

— Zut !

— Un problème ?

— Ma batterie est à plat et je ne connais pas son numéro par cœur. Bon, ce n'est pas grave. Vous pouvez la joindre à son journal, *La Dépêche de Bordeaux*. Sophie Landier.

Carole ajouta ces références sur la carte et la tendit à Sovak qui la lut aussitôt, comme si elle doutait de son existence.

— Si quelque chose vous revient, vous pouvez l'appeler. Elle saura qui vous êtes.

La chanteuse, qui devait déjà s'imaginer en couverture de toute la presse régionale, avait des étincelles dans le regard.

— Très bien, répondit-elle, je vais réfléchir. Vous dites qu'elle me connaît ?

— C'est elle qui a retrouvé votre trace.

Sovak parut flattée d'avoir attiré l'attention d'une journaliste, même si ce n'était pas à titre professionnel. Elle devait déjà tirer des plans sur la comète pour profiter au maximum de ce contact inespéré. Conservant le bristol à la main, elle raccompagna Carole jusqu'à la porte avec une déférence nouvelle.

— D'accord, je l'appellerai sans doute. Si quelque chose me revient...

Elles se quittèrent sur le palier.

Carole n'était pas très satisfaite de cette entrevue. Malgré tout, elle et Sophie avaient fait un grand pas en avant en rencontrant quelqu'un qui avait connu Julien Servais et pourrait l'identifier à coup sûr. Elle ne doutait pas que la journaliste l'amène à collaborer. Celle-ci était suffisamment rusée pour manipuler quelqu'un d'aussi avide de publicité que la chanteuse semblait l'être.

Carole dut attendre d'avoir regagné son domicile pour téléphoner à Sophie. En deux mots, elle la mit au courant du résultat de sa démarche et l'avertit que la chanteuse allait certainement la contacter pour monnayer ses informations. Sophie ne parut pas surprise. Les personnages de ce genre brûlaient d'envie de voir leur nom dans la presse et se révélaient prêts à tout pour y parvenir. Sovak ne dérogeait pas à la règle. Elle l'attendrait donc de pied ferme et saurait lui faire dire tout ce qu'elle savait.

## 41

À peine Carole avait-elle quitté son appartement qu'Adrienne Sovak commença à s'agiter. Elle abandonna son air de profonde indifférence et se précipita sur son téléphone. Ce salaud de Julien était sur un gros coup dont il l'avait tenue à l'écart, mais elle n'entendait pas rester sur la touche. Il y avait beaucoup à gagner dans cette affaire, mais tout devait se jouer rapidement. Elle comprenait mieux son silence à présent. Il l'avait abandonnée au bord du chemin pour poursuivre sa route en direction de la gloire et de la fortune.

Mais on ne se moquait pas d'elle impunément. Elle était au moins aussi intelligente que lui et il allait s'en rendre compte. Consciente que sa vie venait de basculer, elle composa le numéro.

# 42

Sophie réprima un sourire devant les efforts que la femme faisait pour dissimuler sa voix : elle était certaine que son interlocutrice à l'autre bout du fil aurait pu sentir son ironie et elle ne voulait pas la vexer.

— Qui est à l'appareil ? demanda-t-elle.

— Je préfère rester anonyme tant que nous n'avons pas conclu le marché. Mon nom ne vous dirait rien. Alors ? Qu'est-ce que vous en pensez ?

— C'est que cent mille euros c'est une somme, vous comprenez bien que je n'en dispose pas comme ça...

— C'est à prendre ou à laisser. Si ça ne vous intéresse pas, je trouverai un autre journal...

— Je n'ai pas dit ça, mais je suis à Paris. Devant votre insistance à me parler on m'a transféré votre appel depuis le standard de *La Dépêche,* mais je dois en parler à mon patron à Bordeaux...

— Vous n'êtes pas ici ?

Il y avait une telle déception dans la voix qu'elle crut que sa correspondante allait raccrocher.

— Mais je peux venir très vite ! Le TGV fait des miracles. À condition que ce que vous avez à me vendre vaille vraiment ce que vous en demandez...

— Toute l'histoire ! Le secret de l'amnésique. Ses rapports avec Luigi Belladone. Tout ! Mais il faut me protéger, me donner l'argent pour disparaître. Il me tuera s'il apprend que j'ai parlé !

Sophie aurait pu lui suggérer de se placer sous la protection de la police, mais cela ne l'arrangeait pas. Elle voulait résoudre cette affaire avant Laville et si la paranoïa de cette femme jouait en sa faveur, tant mieux. Il fallait juste entretenir ses craintes jusqu'à ce qu'elle lui déballe son histoire. Une fois l'affaire dans les journaux, elle ne risquerait plus rien. La tuer reviendrait pour son meurtrier à s'accuser.

— Oui, je comprends, mais je vais avoir besoin d'un peu de temps. Vous ne pouvez pas m'en révéler un peu plus tout de suite, histoire de convaincre mon patron ?

— Vous plaisantez ?

— Non, c'est juste...

— Pas d'argent, pas d'histoire.

— Ok. Où puis-je vous voir ?

Elle nota les coordonnées d'un café à Bordeaux et promit de la retrouver là-bas le lendemain soir. Entre-temps, elle aurait vu son patron et saurait s'il était prêt à débourser cent mille euros pour connaître le fin mot de cette histoire. Après avoir raccroché, Sophie demeura pensive. Sovak n'avait pas perdu de temps. Carole l'avait prévenue qu'elle allait sans doute l'appeler et voilà qui était fait. Mais elle ne s'était pas contentée d'une vague promesse d'article où l'on mentionnerait son nom. Elle avait dû réfléchir et juger qu'il valait mieux disposer d'une grosse somme immédiatement plutôt que de compter sur les retombées aléatoires d'un article à scandale. La voix de la sagesse. Cela ne faisait pas l'affaire de la journaliste, qui doutait que son journal paie une somme pareille. Il faudrait vraiment que le scoop en vaille la peine. Elle consulta sa montre. Elle avait tout juste le temps d'attraper un TGV pour Bordeaux, ce qui lui permettrait de coucher chez elle et d'aller faire le siège du bureau de son patron dès le lendemain matin. Elle n'aurait sans doute pas trop de toute la journée pour le convaincre.

Et si elle n'y parvenait pas, il ne lui resterait plus qu'à se montrer persuasive pour amener Sovak à tout lui raconter gratuitement le lendemain soir.

## 43

Julien Servais leva les yeux vers cet immeuble qu'il avait pensé ne jamais revoir jusqu'à ce que cette idiote d'Adrienne ait cru bon de le relancer. Il se demandait comment elle avait retrouvé sa trace : la publication des articles dans la presse remontait à plusieurs semaines et il était peu probable qu'elle soit tombée dessus récemment. En tout cas, elle avait été claire : « Je veux ma part. » Il avait toujours apprécié son côté pragmatique, mais là, elle poussait le bouchon un peu loin.

Il attendit que la plupart des lumières soient éteintes. Il était arrivé vers vingt-trois heures, mais nombre de fenêtres étaient encore illuminées et il ne voulait pas risquer de croiser quelqu'un qui pût l'identifier par la suite.

Adrienne était là. Son appartement était éclairé, et il l'avait même vue passer devant une fenêtre. À minuit il descendit de sa voiture, dont il ferma la portière sans la claquer. Il parcourut d'un pas rapide la centaine de mètres le séparant de l'immeuble et se glissa dans le hall sans allumer. L'escalier était éclairé par une fenêtre à chaque demi-étage, ce qui lui suffisait.

Parvenu sur son palier, il demeura un instant à écouter

les bruits en provenance de l'appartement. D'abord il crut qu'elle n'était pas seule, mais bien vite il réalisa qu'il s'agissait de la télévision. La présence d'une autre personne l'aurait contraint à revenir plus tard et il n'aimait pas les contretemps. Il entendit Adrienne traverser l'entrée et choisit ce moment pour frapper doucement. Les pas s'immobilisèrent derrière la porte.

— Qui est là ?

— Tu voulais qu'on discute, je suis venu.

Le verrou tourna et la porte s'ouvrit. Adrienne l'accueillit avec un grand sourire calculateur.

— Eh bien, mon salaud !

Il referma derrière lui et demeura dans l'entrée tandis qu'elle l'examinait. À la télévision, des policiers criaient à des gangsters de jeter leurs armes.

— Tu as changé.

— Je sais.

Il ne pouvait en dire autant d'elle. Toujours aussi maigre, des cernes marquaient ses yeux fatigués d'avoir trop guetté une gloire qui ne venait pas. Elle était vêtue d'un jogging de mauvaise qualité qui faisait de grosses poches aux genoux.

— Mais tu es toujours le même saligaud, à en juger par ta dernière combine !

— On ne se refait pas.

— Tu entres ?

Il mourait d'envie de la gifler. Elle avait osé exiger sa part sur le fric qu'il allait se faire grâce à ce coup et elle le recevait comme si de rien n'était. Rien de personnel. Juste les affaires. Il n'avança pas. Il ne tenait pas à entrer dans le salon brillamment éclairé, où l'on pourrait l'apercevoir depuis l'immeuble d'en face.

— C'est ainsi que tu m'accueilles ? Plusieurs mois sans se voir et pas même un baiser ? Après tout, on va reprendre les affaires ensemble, non ?

Elle vint vers lui avec un mouvement de hanches qui se voulait sexy. Pathétique, oui. Elle leva la tête pour lui offrir sa bouche ; dans son regard il ne lut qu'un calcul supplémentaire. Il sourit et se pencha au-dessus d'elle. Elle entrouvrit les lèvres, il referma les mains sur sa gorge.

Elle poussa un couinement mais il l'étouffait déjà.

— Alors, salope, murmura-t-il, contente de me revoir ?

Elle se débattit, lui balança des coups de poing maladroits et sans puissance. Frêle, à la limite permanente de l'anorexie, affaiblie par toutes les saletés ingurgitées, dont certaines qu'il lui avait vendues, elle ne faisait pas le poids. Il para sans difficulté les coups de plus en plus faibles qu'elle tentait de lui assener, jusqu'à ce qu'elle n'ait même plus la force de l'atteindre.

Elle s'amollit entre ses mains, ne restant debout que parce qu'il la tenait encore. Sans cesser de serrer, il la laissa doucement glisser et accompagna sa chute sur le tapis élimé.

Le feuilleton à la télévision se poursuivait, imperturbable, les coups de feu échangés entre les flics et les voyous ayant couvert les faibles échos de leur lutte.

Adrienne continuait de le fixer, mais ses yeux vitreux ne voyaient plus rien. Il demeura sur elle une minute supplémentaire, sans relâcher sa prise. Quand il l'abandonna enfin, ses mains étaient engourdies et la tête lui tournait. Il prit appui sur le mur, veillant à ne rien toucher d'autre.

Dès qu'il eut récupéré, il se pencha à nouveau sur sa victime, posa deux doigts sur la carotide. Plus rien. En se redressant, il aperçut un coin de la cuisine. L'idée de mettre le feu à l'appartement le tentait, mais il l'avait étudiée en venant et l'avait rejetée : pas la peine qu'on fasse le lien avec le meurtre du dentiste. Et deux incendies avec deux cadavres dans la même semaine, cela avait de quoi mettre la puce à l'oreille du flic le plus stupide. Il avait pensé ouvrir le gaz en espérant qu'une étincelle se produirait bientôt, qui effacerait toutes les traces de son forfait, mais Adrienne possédait une cuisinière électrique.

— Tu m'auras fait chier jusqu'au bout ! grommela-t-il.

Inutile de s'attarder davantage, cela ne ferait qu'augmenter les risques. Il sortit son mouchoir de sa poche pour manœuvrer la poignée. Non qu'il eût craint de laisser ses empreintes – il n'en avait plus –, mais les flics disposaient maintenant d'appareils sophistiqués leur permettant de capter des marques de sudation et parfois de remonter à l'ADN, qui devenait un critère aussi efficace qu'une empreinte.

Il ferma derrière lui et redescendit l'escalier dans le noir.

## 44

Le lendemain matin, Roland Laville gravit ce même escalier sans se hâter. Il avait tout son temps. Cette affaire allait être bientôt bouclée et il savourait déjà sa victoire. Dans quelques minutes, il serait fixé de façon définitive.

Il parvint sur le palier du troisième et attendit quelques

secondes pour reprendre son souffle. Depuis qu'il avait arrêté le foot, il avait pris du poids et ce genre d'exercice venait le lui rappeler. Il se promit, une fois de plus, de se remettre bientôt au sport. Sans grande conviction.

Il rajusta son nœud de cravate d'un geste machinal et frappa à la porte, attendit quelques secondes, frappa un peu plus fort. Sans le moindre succès. La fille n'était pas là. C'était bien sa veine. Il s'était farci ces étages pour rien ! Il allait rebrousser chemin quand une idée lui traversa l'esprit. Il tendit la main, tourna la poignée. La porte s'ouvrit. Il n'eut qu'un instant d'hésitation. Jeter un coup d'œil dans l'appartement en l'absence de sa locataire pourrait lui en apprendre beaucoup. Personne ne l'avait vu. L'immeuble semblait désert. Que risquait-il ?

Il poussa la porte et jura.

Le corps d'Adrienne Sovak était allongé en travers de l'entrée et Roland Laville avait vu suffisamment de cadavres pour ne pas avoir le moindre doute sur son état. Il s'accroupit néanmoins, posa deux doigts sur la jugulaire. Pas le moindre battement. Le cou portait des traces de strangulation et le corps était déjà rigide. Compte tenu de la lutte qui avait eu lieu, de la méthode employée par le meurtrier, du fait que la fille était maigre à faire peur et de la chaleur qui avait régné sur la ville depuis deux jours, la rigidité cadavérique avait pu s'installer très rapidement. Impossible de se fonder dessus pour déterminer une heure précise du décès. Ce serait au médecin légiste de se prononcer et même lui éprouverait certainement des difficultés à le faire. Malgré tout, le policier avait la conviction que la mort ne pouvait remonter à bien longtemps.

Bon sang, il avait bien besoin de ça !

Après le dentiste, la fille. Personne n'avait encore fait le lien entre l'affaire 127 et le dentiste, mais ça n'allait pas tarder. Et inutile d'espérer tromper qui que ce soit sur les rapports entre cette fille et Julien Servais. Cela lui posait un gros problème. S'il ne résolvait pas rapidement ce meurtre, les bœufs-carottes allaient se délecter. La tentation de se taire, de repartir et d'attendre qu'un voisin découvre ce cadavre l'effleura. Non. Impossible. On avait pu le voir entrer dans l'immeuble et il avait déjà pollué la scène du crime par sa seule présence. Et que gagnerait-il ? Quelques heures tout au plus ? Il soupira et se redressa en sortant son téléphone portable. Appeler les gars du labo. Puis prévenir le commissaire Maillard. D'ici là, trouver une excuse valable pour son silence sur l'identification de la petite amie de Julien Servais. Avec en corollaire l'idée que, s'il avait travaillé dans les règles, elle serait peut-être encore en vie.

Tout cela n'était pas bon pour lui ! S'il parvenait à sauver son boulot, il devrait s'estimer heureux. Il pressa les touches de son téléphone avec le sentiment de taper sa propre condamnation.

## 45

Adrienne Sovak assassinée ! Carole ne parvenait pas à le croire. Elle avait trouvé un message de Sophie lui demandant de la rappeler d'urgence, mais ne se doutait pas de la nouvelle qui l'attendait lorsqu'elle était descendue dans le jardin de l'hôpital pour utiliser son portable.

— Tu es certaine de ne pas te tromper ?

— Absolument, confirma Sophie. C'est écrit là. Sur l'écran du Reuter. Le corps a été retrouvé par un policier qui voulait l'interroger en tant que témoin. Sans doute ton ami.

Carole ignora l'intonation avec laquelle Sophie avait prononcé le mot « ami ». En fait, ce fut à peine si elle la remarqua tant la nouvelle l'avait abasourdie.

— C'est incroyable. Je lui ai parlé... quand donc ? Hier ?

— Et moi j'avais rendez-vous avec elle ce soir. Elle devait tout me révéler en échange d'un paquet de fric, que je n'ai pas. Mon patron refusait de payer sans voir, je le comprends. Eh bien, le problème ne se pose plus. Dommage qu'elle n'ait pas eu le temps de nous dire ce qu'elle savait.

— On sait qui l'a tuée ?

— Ce n'est pas indiqué. Il n'y a que deux lignes.

Bien sûr. Qui pouvait s'intéresser à l'assassinat d'une fille comme elle ?

— Pas de mention du moment où ça s'est produit ?

— Rien, je te dis. Pourquoi ? Tu veux vérifier l'alibi de ton patient ?

Carole se mordit la lèvre. C'était exactement ce à quoi elle avait pensé. À présent qu'il pouvait marcher, elle ne pouvait pas ignorer la possibilité qu'il se soit rendu chez cette femme pour la faire taire.

Sophie eut un petit rire à l'autre bout de la ligne.

— Quel effet ça fait, d'être devenue la seule amie de Jack l'Éventreur ?

— Je t'en prie...

— Excuse-moi. Je ne devrais pas plaisanter là-dessus,

mais avoue que c'est quand même curieux. Tu retrouves son ex, et elle se fait trucider. J'espère que tu ne lui as pas donné mon adresse ? Ni la tienne ?

— Sophie !

— Bon, bon, j'arrête. Mais fais gaffe quand même.

Le ton de son amie était redevenu sérieux et Carole comprit qu'elle s'inquiétait vraiment pour elle. Elle se demanda quelle serait sa réaction si elle apprenait que le dentiste de Belladone avait sans doute été assassiné lui aussi, et jugea préférable de ne pas le mentionner.

— Que veux-tu qu'il m'arrive ?

— Écoute, ce type a reçu un coup à la tête. Il a perdu la mémoire, du moins c'est ce qu'il prétend.

Avant cela, c'était quelqu'un que je qualifierais de pas recommandable. Tu es d'accord là-dessus ?

— Oui, bien sûr, mais...

— Pas de « mais » ! Tu essaies de le protéger depuis le début, seulement tu dois reconnaître qu'il te mène en bateau...

— Il fait ça pour se défendre ! À sa place tu...

— À sa place j'en ferais sans doute autant, c'est vrai. Mais je n'ai pas un passif comme le sien ! Et je n'ai pas eu de relations avec une femme retrouvée étranglée !

Carole frissonna. L'étranglement lui semblait une manière tellement... *primitive* de tuer quelqu'un que l'horreur de cet assassinat en était décuplée à ses yeux.

— Qu'est-ce que tu vas faire ? Lui en parler ?

— Je ne sais pas si je... Ah ! Ce ne sera pas nécessaire.

À la grille de l'hôpital, elle aperçut Roland Laville et son collègue. À la façon dont ils remontaient l'allée, il était évident que ni l'un ni l'autre n'étaient d'humeur à plaisanter. Carole estima plus prudent de ne pas être en vue lorsqu'ils débarqueraient dans le service.

— Voici la police, dit-elle. Je te rappelle.

Elle raccrocha sans attendre et disparut avant que les deux hommes n'aient atteint le hall de réception.

*
**

L'heure des visites était passée, mais Roland n'avait pas l'intention de perdre du temps à discuter sur ce point. Il sortit sa carte barrée de tricolore sitôt la porte franchie et la brandit devant lui tel un bouclier. Son allure déterminée et son attitude renfrognée suffirent à la réceptionniste, qui comprit qu'il n'était sans doute pas très sage de l'importuner avec des questions. Les deux hommes s'engouffrèrent dans l'ascenseur ouvert devant eux et Roland cogna du poing sur le bouton marqué 1. Les portes métalliques se refermèrent en chuintant et la lourde cabine s'ébranla.

Il était furieux, et l'attitude hautaine de Moreno ne faisait rien pour atténuer sa rage. Maillard l'avait vertement tancé. Ses explications embrouillées avaient attisé la colère du commissaire, qui l'avait carrément menacé de le livrer à l'IGPN s'il s'avérait qu'il avait commis une faute dans cette affaire. Moreno, comme ses autres collègues, avait assisté à la séance, et Roland lui en voulait pour cela. Il leur en voulait à tous les trois de ne pas avoir pris sa défense, bien qu'il ait dû reconnaître que personne ne pouvait être au courant de ses agissements.

Roland avait plaidé un excès de zèle, mais cette explication n'avait pas pris avec le commissaire; ce dernier lui avait répété à trois reprises en moins de dix minutes qu'ils faisaient un travail d'équipe et qu'il n'y avait pas de place pour un franc-tireur parmi eux.

Le silence des autres était éloquent. Pour ce qui était de son intégration, Roland venait de régresser de plusieurs cases. Encore heureux qu'ils n'aient pas fait le lien avec la mort du dentiste, mais cette menace demeurait suspendue au-dessus de sa tête, et si l'information devait être mise au jour il se retrouverait seul face à l'IGPN. Maillard ne le couvrirait pas sur ce coup-là. L'évolution récente de cette affaire le condamnait à réussir ou à disparaître. Et le temps jouait contre lui.

Il jaillit de l'ascenseur dès que la porte s'ouvrit. Il finissait par connaître cet hôpital mieux que son appartement !

— Heureux de vous trouver chez vous ! jeta-t-il en entrant dans la chambre.

Moreno entra à sa suite et se contenta de saluer l'homme dans le lit sans prononcer un mot. Il prit place contre le mur, tandis que Roland s'appuyait sur le pied du lit pour faire face à celui qu'il considérait comme le responsable de tous ses maux.

— Alors ? On est encore allé se promener ?

— Que voulez-vous dire ?

L'homme était l'image même de la surprise. Il reposa son livre.

— Je veux parler d'Adrienne Sovak. Ce nom vous rappelle quelque chose ? On l'a retrouvée étranglée chez elle. Je l'ai trouvée. J'allais lui demander de vous identifier. Marrant, non ?

— Qu'est-ce que j'ai à voir là-dedans ?

— Premièrement, c'était un témoin capital. Elle aurait été capable de vous identifier de façon formelle. Deuxièmement, vous pouvez marcher, vous l'avez démontré.

— J'ignore où cette femme habitait ! Bon sang ! Je n'ai jamais entendu parler d'elle !

— C'est vous qui le dites ! Je ne crois pas à votre histoire d'amnésie, vous le savez.

— Pourquoi ne voulez-vous pas me croire ? Pourquoi n'allez-vous pas interroger l'autre ? Celui qui a pris ma place ?

— Je vais y aller, par acquit de conscience et afin que tout soit carré dans notre enquête. Mais cette théorie ne tient pas, quoi que vous en disiez : plusieurs témoins vivent avec lui qui confirment son identité, ce qui n'est pas votre cas. Et quand on trouve quelqu'un qui pourrait identifier Julien Servais, cette personne meurt ! Pratique, non ? Or, à supposer que vos élucubrations soient exactes, votre sosie, Luigi Belladone, s'il était Julien Servais, n'aurait aucune raison d'assassiner cette femme.

— Si, pour la faire taire !

— Non. Son intérêt au contraire serait qu'elle parle, qu'elle vous identifie comme étant Servais. Affaire classée.

— Et si elle avait refusé ?

— Peu probable. Une femme de ce genre est prête à tout pour quelques billets. Si celui que nous appelons aujourd'hui Luigi Belladone était Servais, il lui aurait suffi de la payer pour qu'elle jure que c'était vous, Servais. S'il ne l'a pas fait, c'est qu'il n'est pas Servais. Et si ce n'est lui...

L'homme dans le lit suivait parfaitement le raisonnement. Roland exultait. Après la découverte du cadavre, il n'avait pas eu trop le temps de réfléchir. Son premier souci avait été d'affronter son chef et l'expérience ne s'était pas révélée très agréable. Puis Moreno, qui faisait la gueule, avait suggéré qu'ils viennent interroger le blessé. En roulant, il lui avait vertement exprimé sa façon de penser et son message avait été clair : il n'entendait pas plonger avec lui au cas où les choses tourneraient mal. On était loin de la franche camaraderie qui régnait entre les flics dans les feuilletons télévisés. Tout cela ne lui avait guère laissé le loisir d'examiner la situation, et ce ne fut qu'après avoir exposé sa théorie qu'il réalisa à quel point elle était logique.

C'était limpide. Seul l'homme qui se trouvait en face de lui pouvait avoir tué Sovak. Cela faisait de lui également l'assassin du dentiste, et ça, c'était une excellente nouvelle pour Roland, que l'on ne pouvait donc plus accuser de complicité de meurtre.

— Vous êtes cuit, mon vieux.

Il se tourna vers Moreno.

— Ramasse ses fringues. On porte tout ça au labo. C'est bien le diable si on ne trouve pas un cheveu de cette fille là-dedans. Sinon, on relèvera les siens et on pourra comparer avec ceux qu'on trouvera sur le cadavre.

Moreno sortit un sac en plastique de sa poche et entreprit de vider le vestiaire de son maigre contenu.

— Quant à vous, vous ne bougez pas d'ici. Dans votre état, vous ne pourriez aller bien loin de toute façon. Vous avez perdu.

Roland priait pour que les vêtements aient également

conservé des traces de l'agression du dentiste. Ce serait faire d'une pierre deux coups. S'il résolvait ces deux enquêtes, on oublierait les petites libertés qu'il avait prises avec le règlement. L'histoire était écrite par les vainqueurs.

## 46

Carole se renfonça dans le local technique à l'instant où les deux policiers quittaient la chambre. Elle s'était tenue dans le couloir, désert à cette heure, et avait pu suivre pratiquement toute la conversation. Elle n'était pas très fière de son comportement mais devait savoir ce qui se passait. Après tout, elle était en contact permanent avec cet homme et, s'il s'agissait bien d'un assassin comme le pensait Roland, elle devait être informée des risques qu'elle courait.

Les derniers développements de cette affaire lui déplaisaient. Chaque nouvelle révélation apportait de l'eau au moulin de Roland et de Sophie. Elle en avait la chair de poule. Comment avait-elle pu se tromper à ce point ? Mais même ainsi, alors que tout concordait pour démontrer qu'elle avait affaire à un psychopathe, elle voulait croire encore à son innocence. Pourtant elle avait rencontré Luigi Belladone, qui avait produit sur elle une bonne impression. Elle avait entendu son histoire et découvert la véritable personnalité de Julien Servais... Qu'espérait-elle de plus ?

Ce soir-là, elle ne passa pas le voir pour le saluer avant de partir, ainsi qu'elle l'avait fait jusqu'à présent. Seule dans son appartement, elle mit longtemps à s'endormir. Examinant le problème sous tous ses angles, elle conclut qu'elle ne pourrait attendre le résultat des tests effectués sur les vêtements par le laboratoire de la police. Cela risquait de prendre beaucoup de temps et elle voulait savoir tout de suite !

⁂

Carole mit sa résolution en pratique dès le lendemain matin. Elle attendit que Julien Servais soit parti pour sa séance de rééducation pour se glisser dans sa chambre. Les policiers avaient ses vêtements, ce n'était donc pas sur eux qu'elle comptait, mais elle songeait que, si un indice de la culpabilité de Servais se trouvait dans la pièce, il aurait tôt fait de le faire disparaître. Sans doute était-il déjà trop tard, pourtant elle ne pouvait rester inactive.

Le mobilier était réduit à sa plus simple expression. La penderie était vide. Hormis le cabinet de toilette, qui ne contenait aucun espace de rangement, il n'y avait donc plus que la table de chevet pour receler un indice quelconque.

Carole l'ouvrit et examina son contenu. Un bloc-notes, dont les premières pages manquaient. Les suivantes étaient vierges. Un crayon. Trois livres qu'elle feuilleta rapidement sans rien découvrir.

Elle reposa le tout dans la table de chevet et allait quitter la chambre, à la fois déçue et soulagée d'avoir fait chou blanc, lorsque la vue du crayon lui rappela un vieux truc utilisé par jeu lorsqu'elle était au collège. Elle le prit, sortit le bloc-notes, s'assit sur le lit et commença à noircir doucement la première feuille. Une inscription apparut, reproduction en creux de ce que l'on avait écrit sur la feuille précédente.

Un nom. Une adresse. Un numéro de téléphone.

Carole sentit sa gorge se dessécher. Le nom était celui d'Adrienne Sovak. Julien Servais avait donc menti aux policiers en affirmant ne jamais avoir entendu parler d'elle. Non seulement il connaissait son nom, mais il disposait de son adresse !

Et elle avait été tuée.

Carole se redressa, atterrée. Un bruit derrière elle la fit sursauter. Elle se retourna et poussa un petit cri de frayeur en le reconnaissant.

— Je vous ai fait peur ? La séance de rééducation a été repoussée à cet après-midi... Qu'est-ce que vous avez là ?

Carole ne savait que dire. Elle était bloquée au fond de la chambre, avec à la main la preuve qui accablait cet homme. Il comprit vite. Son regard se porta sur le bloc et elle n'eut pas le temps de le dissimuler.

— Vous m'espionnez ?

Il y avait de la déception dans sa voix.

— Non ! Enfin... je devais savoir ! Les policiers sont venus hier.

— Vous travaillez pour eux ? En heures supplémentaires, ou alors c'est bénévole ?

— Vous avez dit que vous n'aviez jamais entendu parler d'Adrienne Sovak. Et vous avez ses coordonnées, là !

Il haussa les épaules.

— Que vouliez-vous que je fasse ? Ce flic est apparemment décidé à me faire porter le chapeau pour tous les meurtres commis dans la région depuis le début du siècle ! Il vient m'annoncer la mort d'une femme et me demande si je la connais ! Et je ne la connaissais pas !

— Et ça ?

— Ça, c'est son nom et son adresse. Elle m'a appelé avant-hier soir. Elle prétendait pouvoir m'aider si je la payais.

— Qu'avez-vous répondu ?

— Que je n'avais pas d'argent pour le moment, mais que si elle m'aidait à y voir clair elle n'aurait pas à le regretter quand j'aurais les moyens de la récompenser.

— Et alors ?

— Ça n'a pas eu l'air de la satisfaire. Elle m'a laissé ses coordonnées en me disant de réfléchir vite et elle a raccroché.

— Ensuite elle est morte.

— Bon sang ! Pourquoi l'aurais-je tuée ? Je ne sais même pas qui elle est !

— La maîtresse de Servais. Votre maîtresse. La seule qui pouvait vous identifier à coup sûr.

— Bien sûr !

Il s'était laissé tomber sur le lit et Carole ne parvenait pas à décider s'il jouait la comédie ou s'il était vraiment épuisé. Difficile de croire qu'un homme dans sa condition physique ait pu tuer quelqu'un. Mais jusqu'à quel point simulait-il ? Quelques jours plus tôt à peine, elle le croyait grabataire. Comment se fier aujourd'hui à son air abattu ? Néanmoins, elle profita de ce qu'il ne pouvait l'atteindre pour contourner le lit et se diriger vers la porte. Elle tenait toujours le calepin à la main.

— Qu'allez-vous faire ?

— Je ne sais pas encore. Je dois réfléchir.

En fait, elle le savait très bien. Toute cette histoire la dépassait et elle avait décidé de laisser les professionnels s'en occuper. Elle remettrait ce document à Roland Laville, à charge pour lui d'en tirer parti.

— Carole !

Le ton de sa voix suffit à l'immobiliser à l'instant où elle posait la main sur la poignée de la porte. Elle se retourna.

— Je vous aime.

Cette déclaration était la dernière chose à laquelle elle s'attendait.

— Je vois bien que je vous fais peur, mais vous n'avez rien à craindre de moi. Je suis persuadé d'être Luigi Belladone. Enfin, Alexandre Morvan. Vous devez me croire.

Carole ne souhaitait que cela, mais comment ne pas supposer qu'il s'agissait d'une ruse, une de plus, destinée à la faire changer d'avis et à reconquérir sa complicité ? Et pourquoi se déclarait-il maintenant, au moment précis où elle tenait à la main la preuve qu'il avait menti ?

Elle secoua la tête, incapable de lui répondre.

— Carole... j'ai besoin de vous. Vous êtes la seule à pouvoir m'aider. Tous les autres me jugent coupable ou s'en foutent ! Carole, je vous aime. Vraiment.

— Je... je ne sais quoi dire. Je... je vous verrai plus tard.

Sa sortie ressemblait à une fuite. Elle se retrouva dans le couloir, le bloc-notes à la main, bouleversée, se demandant quelle attitude adopter. Le fait que cet homme réponde à ses propres sentiments aurait dû la faire hurler de joie, mais voilà qu'elle ne savait plus elle-même où elle en était. L'aimait-elle vraiment ?

Pouvait-elle fermer les yeux sur ce qu'elle venait de découvrir ? Elle regrettait d'être allée fouiller sa chambre. Maintenant qu'elle détenait l'élément capable de faire basculer l'enquête, elle ne savait qu'en faire. Le donner à Roland, c'était condamner celui qui disait l'aimer et pour lequel elle-même éprouvait des sentiments qu'elle ne parvenait pas à dominer malgré ses craintes. Le dissimuler, c'était peut-être se rendre complice d'un meurtrier.

Non, elle ne pouvait prendre le risque de laisser au coupable le loisir de recommencer. C'était à la police de déterminer ce qu'il en était. Elle eut une pensée pour son portable, dont la batterie continuait de lui jouer des tours et qui se trouvait avec ses affaires dans son armoire. Elle n'avait pas le temps de sortir, et ce qu'elle avait à révéler à Roland ne pouvait attendre. Tant pis. De toute façon, c'était suffisamment important pour qu'elle coure le risque d'être entendue par une collègue. Par chance, il n'y avait personne dans la salle des infirmières. Elle décrocha le téléphone sur le bureau, composa le numéro de la PJ et demanda à parler au lieutenant Laville.

# 47

Tapi dans le couloir, juste à côté de la porte qu'elle venait de franchir, il crispa les poings. Ainsi, malgré sa déclaration, elle le trahissait. Il s'était livré à elle et elle le dénonçait à la police. Il avait cru pouvoir compter sur elle et elle n'avait rien de plus pressé, après avoir fouillé sa chambre, que de le balancer à ce flic qui rêvait de l'enfermer. Il aurait voulu hurler, se précipiter dans cette pièce où Carole était en train d'expliquer sa découverte au policier qui avait juré sa perte, pour l'attraper par les épaules et la secouer jusqu'à ce qu'elle comprenne son erreur.

Mais il était trop tard. Le mal était fait. Il aurait dû se débarrasser de ce carnet au lieu de se contenter d'en arracher la première page. Dieu, qu'il avait eu peur lorsque les deux flics avaient commencé à emballer ses affaires la veille au soir ! Le nom d'Adrienne Sovak se trouvait là, à moins d'un mètre d'eux, et ils l'avaient ignoré. Sitôt la porte refermée dans leur dos, il s'était précipité aux toilettes pour faire disparaître l'adresse compromettante. En pure perte, puisque Carole avait réussi là où les deux autres avaient échoué.

Il n'hésita pas longtemps. Retourner à sa chambre serait inutile : il n'avait plus d'effets personnels à y récupérer et Carole avait en main la seule preuve contre lui. Tenter de la lui reprendre ne servirait à rien à présent qu'elle en avait parlé.

Sans bruit, il pivota et partit dans le couloir, en direction de la sortie.

## 48

Le lieutenant Laville exultait. Il était tellement content qu'il ne sentait même plus l'odeur de l'hôpital, qui d'habitude l'écœurait. Il assena une grande claque dans le dos de Moreno, qui ne sembla pas apprécier du tout ce traitement.

— Putain ! J'avais raison depuis le début !

Carole se tenait à côté d'eux, regardant le lit vide sans y croire.

— T'en fais pas, on le retrouvera. Il ne peut pas aller bien loin.

À leur arrivée, ils avaient trouvé la chambre vide. Une fouille rapide de l'étage n'avait rien donné et c'est sans conviction que les deux policiers avaient entrepris de visiter le reste de l'hôpital. Revenus dans la chambre, il leur avait bien fallu se rendre à l'évidence : leur gibier s'était envolé.

Carole paraissait chagrinée et Roland concevait une joie perverse à l'idée qu'elle était dévastée par l'effondrement de son idole, dont la disparition constituait le meilleur des aveux. Il était à présent clair pour tout le monde que le mystérieux patient 127 n'était autre que Julien Servais, psychopathe et deux fois meurtrier. Roland en était soulagé. C'était enfin l'ouverture qu'il cherchait. Sa seule chance de sauver sa tête. À vrai dire, il était heureux que leur suspect ait pris la fuite. C'était un véritable aveu, qui leur épargnerait des heures d'interrogatoire lorsqu'ils l'auraient retrouvé. Car ils le retrouveraient. Il ne pouvait aller bien loin. Il était parti en pyjama et en chaussons, sans argent. Sans doute avait-il pu voler des vêtements au passage dans une chambre voisine; on examinait cette possibilité. Mais cela ne pourrait l'aider à leur échapper très longtemps.

— Je déteste faire remarquer que j'avais raison, mais...

— ... mais tu avais raison. Bon, tu es content ?

Carole semblait lui en vouloir. Bon sang, il l'avait pourtant avertie des risques qu'elle encourait à trop s'impliquer avec ce type ! Qu'espérait-elle ? Sans doute était-elle choquée de voir que sa confiance avait été mal placée. Peut-être même avait-elle peur rétrospectivement ?

— Ne t'inquiète pas, dit-il. Nous le retrouverons. J'ai lancé un avis de recherche.

Il avait pris soin de préciser qu'il s'agissait d'un suspect dangereux, soupçonné de deux meurtres. Il avait profité de l'occasion pour faire le rapprochement avec la mort du dentiste. Le commissaire Maillard avait un peu tiqué, mais Laville avait pris son air le plus innocent pour jurer qu'il se souvenait seulement maintenant d'avoir évoqué devant Julien Servais la possibilité de l'identifier grâce à ses dents. Et il n'avait pas du tout imaginé que le dentiste assassiné était également celui dont il cherchait le nom depuis quelques jours ! Le commissaire n'avait pas avalé son histoire, mais n'avait rien dit. L'affaire était en train de se déboucler et il ne tenait pas à attirer l'attention de l'IGPN sur son service.

Roland dissimula un sourire satisfait. Tout s'arrangeait. Et par la même occasion, il se débarrassait d'un rival. À présent qu'il allait avoir plus de temps libre, il pourrait se consacrer de nouveau à la conquête de Carole, qui avait un peu marqué le pas ces derniers temps. Il était temps d'en finir avec cette histoire aussi !

## 49

Sa fuite avait été une erreur. Il s'en était rendu compte sitôt sorti de l'hôpital. Il avait réussi à mettre la main sur une tenue d'infirmier et une paire de tennis trouvées dans un vestiaire demeuré ouvert. Pas vraiment l'idéal pour passer inaperçu.

Il avait commencé par rôder autour du bâtiment, ne sachant que faire ni où aller, conscient que la police l'attendrait partout où il pourrait mettre les pieds. Puis il avait vu des gyrophares converger vers l'hôpital et compris qu'on le cherchait. Les policiers commenceraient par fouiller les bâtiments, puis ils se répandraient dans le quartier et bientôt on leur parlerait d'un homme en blanc errant sans but.

Alors il s'était éloigné. Il avait marché pendant des heures, au hasard, s'arrêtant souvent pour se reposer, à bout de forces.

Il avait fait un peu de stop. L'uniforme qu'il portait ne jouait pas en sa faveur, mais il finit tout de même par trouver un bon Samaritain qui s'arrêta et accepta son histoire de voiture en panne. Entre leurs deux fauteuils se trouvaient quelques pièces destinées à alimenter les parcmètres. Pas grand-chose. Quatre ou cinq euros à vue de nez. Il les avait raflées tandis que le conducteur faisait le plein. Le portefeuille devait contenir plus, mais l'homme l'avait gardé sur lui pour payer son essence.

Il avait profité de ce qu'un autre se chargeait de la conduite pour réfléchir à sa situation et, en descendant de voiture, sa conviction était faite qu'il n'avait aucune chance de s'en tirer seul.

Après avoir remercié son bienfaiteur, sans que celui-ci soupçonne le larcin dont il était victime, il s'était éloigné à grands pas, attendant que la voiture ait disparu au coin de la rue pour repartir dans la direction opposée.

Ses pas l'avaient guidé à la limite de la ville, jusqu'à un

haut mur de pierre. Il s'approcha de la grille et lorsqu'il vit au-delà, il comprit qu'il était arrivé. Tout s'éclaira dans son esprit et il sut ce qu'il lui restait à faire.

Il devait appeler Carole.

## 50

Carole secoua la tête bien que son interlocuteur ne puisse la voir.

— Non, je ne peux pas faire ça !

— J'ai besoin de vous ! Vous êtes mon seul espoir. Je suis traqué...

— Livrez-vous ! La police établira la vérité...

Il ricana.

— Pour la police je suis coupable ! Je dois découvrir la vérité moi-même !

— Comment ferez-vous ? Vous n'avez pas d'argent, vous ne savez même pas par où commencer...

— Si. J'ai une idée, mais j'ai besoin de votre aide. Il me faut des vêtements. Je ne peux pas me promener déguisé en infirmier ! Carole ! Je vous en prie !

— Je ne sais pas...

— Carole !

— Bon, d'accord ! Mais vous faites une grosse erreur.

— Merci. Je vous jure que vous ne le regretterez pas.

Puis la communication fut coupée. Carole tenta de rappeler le numéro affiché, mais le téléphone sonna dans le vide. Elle abandonna, perplexe. Il avait besoin de son aide. Il était seul, en fuite, traqué. Elle ignorait d'où provenait l'argent utilisé pour téléphoner, préférait ne pas y songer. Un instant, elle joua avec l'idée de faire ce qu'il lui demandait. Le rejoindre dans la nuit, lui apporter des vêtements. Mais que pouvait-il espérer ? Sa seule chance consistait à se livrer. S'il était aussi innocent qu'il le prétendait, c'était l'unique moyen de s'en sortir. Pourtant, comment croire encore à son innocence alors qu'il avait fui la police ? Sa disparition ne valait-elle pas tous les aveux ?

Carole avait tout de même accepté de se rendre à son rendez-vous. Du moins savait-elle ainsi où il se trouvait. Avec le sentiment qu'elle trahissait sa confiance une fois de plus, elle composa le numéro de Roland.

⁂

Le lieutenant Roland Laville resta les yeux dans le vague pendant un long moment, ressassant la conversation qu'il venait d'avoir avec Carole. En apprenant qu'elle savait où se trouvait le fuyard, il n'avait pas hésité ; le plan s'était formé immédiatement dans son esprit. La convaincre d'y participer n'avait pas été chose facile, mais il y était parvenu à force d'arguments et de promesses. Elle avait accepté de jouer la chèvre afin d'amener le fugitif à se découvrir.

L'étape suivante aurait dû être d'avertir le commissaire. En fait, il aurait même dû lui en parler avant de proposer ce plan à Carole. Mais il n'en avait rien fait. Ni avant, ni après. L'étau installé par l'IGPN menaçait de le broyer, il voulait s'en dégager définitivement. Ce serait ce soir ou jamais.

Il lui restait quatre heures avant le rendez-vous. Il avait le temps de passer chez lui récupérer ce qu'il lui manquait pour clore cette affaire et, avec un peu de chance, il dormirait cette nuit avec la satisfaction du devoir accompli.

— Du nouveau ? demanda Moreno en le voyant revenir.

— Rien. Des conneries.

## 51

La salle de rédaction était calme, comme chaque fois que l'on venait de boucler un numéro. Après le stress et la bousculade qui marquaient les dernières heures précédant le feu vert à l'imprimerie, il s'écoulait deux ou trois jours de calme relatif où l'on pouvait avoir l'impression de travailler tranquillement sur les prochains articles. Puis l'activité reprenait un rythme plus rapide et la tension croissait jusqu'au bouclage suivant.

Sophie gagna l'espace qu'elle partageait avec deux collègues et examina sa pelle à courrier. Rien de passionnant. Elle allait s'asseoir quand Élisabeth l'interpella de l'autre côté de la salle.

— Sophie ! Te voilà ! J'ai une communication pour toi sur la quatre. C'est la troisième fois qu'elle appelle. Elle n'a pas voulu dire son nom.

Sophie décrocha le téléphone et enfonça une touche.

— Sophie Landier.

— Ah ! Tout de même ! Pourquoi n'êtes-vous pas venue ?

La journaliste eut soudain l'impression d'avoir plongé

dans un univers parallèle. La voix qui résonnait dans l'écouteur appartenait à une femme morte assassinée !

— Madame Sovak ?

— Mais non ! C'est moi ! Je vous ai déjà appelée. Nous avions rendez-vous l'autre soir. Vous deviez m'apporter de l'argent pour que je vous révèle tout sur l'affaire du patient amnésique. Vous n'êtes pas venue !

Sophie réalisa son erreur et se mit fébrilement en quête du bloc qui se trouvait quelque part sur la table.

— C'était un malheureux concours de circonstances. J'ai cru que vous étiez... Peu importe. Et comme je ne savais pas où vous joindre... Mais si vous n'êtes pas Adrienne Sovak, qui êtes-vous ?

— Je ne veux pas vous donner mon nom !

— D'accord. D'accord. Où puis-je vous retrouver ?

— Pas maintenant. Dans deux heures.

— Ok. Deux heures. Où ?

Sophie nota l'endroit que sa correspondante lui indiquait. Un café à la sortie de Pessac.

Lorsqu'elle raccrocha, elle demeura pensive un long moment. Elle avait cru, à tort, que son informatrice était Adrienne Sovak et n'avait pas donné suite à son appel puisqu'elle la savait morte. Et voilà que cette mystérieuse femme se manifestait à nouveau ! Elle n'aurait pas le temps de convaincre son patron de sortir cent mille euros de son tiroir en moins de deux heures. Elle doutait d'ailleurs de pouvoir le convaincre même si elle avait disposé de deux ans. Mais du moins pourrait-elle enfin identifier sa mystérieuse correspondante. Après quoi elle se faisait fort de lui arracher tout ce qu'elle savait.

# 52

Sans la présence de Roland, Carole aurait hésité à se rendre au rendez-vous de Servais. Le lieu était un cimetière à la frange d'une petite ville proche de Cressac et la maison la plus proche se trouvait à trois cents mètres. On y accédait par une route étroite. À vingt-deux heures passées, il n'y avait plus âme qui vive et ce n'étaient pas les quelques lumières dans la ville en contrebas qui pouvaient égayer l'endroit.

— Tu n'as rien à craindre, lui avait assuré le policier. Tu seras protégée en permanence. Dès qu'il se montrera, il se retrouvera les menottes aux mains et tout sera terminé.

N'empêche que lorsqu'il l'avait quittée une demi-heure plus tôt elle avait eu soudain le sentiment d'être totalement abandonnée. Elle s'était attendue à voir quelques camionnettes de la police, mais Roland lui avait expliqué qu'il souhaitait arrêter Servais en douceur et qu'un déploiement de forces ne pourrait que l'avertir du piège qui lui était tendu. Les policiers devaient s'être dissimulés plus en retrait, prêts à intervenir dès que Roland leur en donnerait le signal.

Elle avait patienté une demi-heure, ainsi qu'il le lui avait demandé, avant de s'engager à son tour sur la route déserte, comme si elle venait seulement d'arriver. En principe, Roland avait eu le temps de gagner le lieu du rendez-vous en passant par un chemin détourné. Elle pria pour qu'il ne se soit pas fait repérer. S'il était une chose dont elle n'avait pas envie, c'était bien de tomber aux mains d'un psychopathe décidé à éliminer tous les témoins de cette affaire.

Un parking d'une dizaine de places était aménagé devant le cimetière. Elle manœuvra de façon à pouvoir repartir en urgence. La voiture de Roland n'était nulle part en vue mais elle s'y était attendue. Il aurait été stupide de la part du policier de venir se garer juste devant la grille.

Au moment de descendre de son véhicule, elle eut une dernière hésitation. L'endroit était sinistre. Sa Peugeot était un cocon qu'elle hésitait à quitter. Qu'est-ce qui l'attendait dehors ? Qu'allait-elle déclencher ? Avait-elle bien fait de venir ici, de répondre à cet appel ? Elle avait vu là le moyen d'en finir avec cette histoire, de mettre un terme à ses interrogations, à l'errance qui était la sienne depuis l'arrivée de ce patient à l'hôpital. En même temps elle se reprochait sa trahison. Il ne comprendrait pas. Il ne lui pardonnerait jamais. Déchirée entre ce qu'elle savait être son devoir et ce qui, tout au fond d'elle-même, était son désir véritable, elle avait posé la main sur la poignée de la portière, non sans crainte.

Allons, il lui fallait agir. Elle ouvrit. Au loin, une chouette ulula.

Les sons de la ville, pourtant proche, lui parvenaient filtrés, comme si elle avait pénétré dans un autre univers en parvenant au bout de cette route. Elle espéra que la grille serait fermée. Ce serait une bonne excuse pour faire demi-tour et regagner la sécurité de sa voiture. Elle sortit son téléphone de son sac, hésitant à appeler Roland pour s'assurer qu'il était bien en poste. Mais si son téléphone faisait le moindre bruit, cela suffirait peut-être à donner l'alerte à celui qu'ils pourchassaient. Elle renonça, s'assura que le sien était bien réglé sur le vibreur avant de le glisser dans la poche de son pantalon. Ignorant comment les événements allaient se dérouler, elle préférait l'avoir sur elle plutôt que dans son sac, qu'elle risquait de perdre.

Puis, après une dernière hésitation, elle conclut qu'elle ne pouvait rien faire de plus pour se préparer et s'éloigna de son véhicule sans en verrouiller les portières, gardant la clé de contact à la main. Elle tenait à pouvoir s'enfuir rapidement si les choses tournaient mal.

En approchant, elle vit que le portail était entrouvert. Elle hésita, mais si elle commençait à peupler l'obscurité de menaces, elle ne trouverait jamais le courage de franchir la cinquantaine de mètres la séparant de son point de rendez-vous. Allons, elle était seule, hormis Servais qui l'attendait là-bas, et Roland, dissimulé quelque part, qui interviendrait si la rencontre tournait mal.

Elle devait y aller. Son patient avait besoin d'elle. Il était de son devoir de le retrouver pour le protéger contre lui-même. Lentement, elle fit un pas en avant sans déclencher de réaction. Un deuxième pas. Puis un troisième... Elle prenait de l'assurance au fur et à mesure de sa progression. Le gravier crissait sous ses pas tandis qu'elle remontait l'allée. La lune semblait jouer à cache-cache avec les cyprès, derrière lesquels elle disparaissait pour réapparaître quelques pas plus loin. Carole passait ainsi de zones d'ombre intense à des espaces éclairés presque comme en plein jour, mais cela ne suffisait pas à la rassurer. Trop d'ombres l'entouraient.

Un cri éclata dans la nuit et elle sursauta avant d'identifier l'appel d'une chouette. Elle eut un sourire crispé. Si le pire qu'elle ait à affronter cette nuit était une chouette, elle s'en sortirait bien. Elle parvint enfin à l'endroit indiqué : une petite place, d'où partaient quatre allées desservant les différentes zones du cimetière.

— Vous êtes là ? appela-t-elle à mi-voix.

Elle n'avait pas utilisé de nom. Elle ne pouvait se résoudre à l'appeler Julien et savait que lui-même détestait qu'on le désigne ainsi.

Une nouvelle fois, Carole se demanda si elle avait bien fait de venir jusqu'ici, malgré la protection promise. Elle craignait que Servais ne la tue avant que Roland ait eu le temps d'intervenir. Elle comptait sur la protection du policier mais, s'il s'était fait repérer, il pouvait être mort depuis une demi-heure. Auquel cas elle venait de se jeter dans la gueule du loup. Elle éprouva soudain l'envie folle de faire demi-tour pour s'enfuir à toutes jambes. Elle avait laissé sa voiture ouverte, il lui suffisait de se jeter dedans pour être à l'abri...

— Carole ?

Elle poussa un petit cri et pivota dans la direction d'où était venu l'appel. Une ombre bougea entre deux tombes.

Le coup de feu résonna dans ses oreilles et un éclat de marbre fusa de la tombe la plus proche. Elle hurla.

— Carole ! Couche-toi ! cria Roland en jaillissant d'une allée à vingt mètres de là.

Son revolver tonna à trois reprises et ce fut comme autant de coups de canon qui résonnèrent entre les parois glacées des mausolées. Carole cria à chaque détonation, de surprise et de peur, et plaqua ses mains sur ses oreilles. Elle devait se jeter sur le sol, se mettre à l'abri, mais ses membres refusaient de lui obéir. Les balles sifflaient autour d'elle. Du coin de l'œil, elle vit Servais s'enfuir entre deux rangées et Roland le mettre en joue...

— Attention !

Carole n'avait pu retenir son cri et Servais bondit de côté au moment où le policier faisait feu. La silhouette blanche disparut entre les monuments funéraires. Était-il tombé ou avait-il plongé ? Carole aurait été incapable de le dire. Roland accourut près d'elle.

— Putain ! Pourquoi tu l'as prévenu ? J'allais l'avoir ! Tu vas bien ?

Elle se contenta de secouer la tête, assourdie par les détonations, terrifiée par ce déferlement de violence.

Le policier s'engagea entre les tombes à la poursuite du fuyard. Il courait droit devant lui, ne s'arrêtant que l'espace d'un instant à l'endroit où ils l'avaient vu pour la dernière fois. Il examina le sol à la recherche d'une tache de sang, n'en trouva pas et jura. Puis il disparut entre les tombes et Carole entendit le bruit de sa course s'éloigner.

— Je t'aurai ! cria-t-il.

Il était quelque part sur sa gauche. Il y eut un bruit de poterie brisée et il jura encore, plus loin.

Un mouvement attira le regard de Carole entre deux tombes tout près d'elle. Servais. Elle poussa un cri. Le fugitif apparut sous l'éclairage de la lune, à quelques mètres à peine. Elle avait le souffle coupé. Qu'allait-il faire ? Roland était trop loin. Elle l'entendait revenir en courant, attiré par son cri, mais il serait là trop tard, bien trop tard.

— Il va me tuer ! dit le fugitif en tendant vers elle ses mains ouvertes.

Qu'avait-il fait de son arme ?

Soudain, Carole ne se sentit plus menacée. Comment aurait-elle pu craindre quelque chose de cet homme aux mains vides dont le regard implorait son aide ?

— Vous m'avez trahi...

C'en était trop. Sans réfléchir, elle lui jeta ses clés. Il les attrapa au vol et fila en direction de l'entrée du cimetière.

Le bruit de course se rapprochait.

— Carole ! Tu n'as rien ? Carole ?

Roland arrivait sans prendre de précautions et elle en fut bouleversée. Il risquait sa vie pour elle, fonçait sans réfléchir en se précipitant au-devant d'un homme armé pour la protéger. Et pourtant elle venait de le trahir à son tour.

Il jaillit entre les tombes.

— Carole ?

Elle le rassura d'un geste, mais il lut sur son visage que quelque chose venait de se passer.

— Ça va ?

Puis il tourna la tête et aperçut le fuyard qui approchait de la grille. Il jura et se jeta sur ses traces. Il n'était pas encore arrivé à l'entrée qu'un bruit de moteur leur parvenait.

Carole s'élança derrière lui, le rejoignit alors que, arrêté à l'extérieur du cimetière, il regardait une paire de feux rouges disparaître dans la nuit.

— Putain, je le tenais !

Sa voix exprimait une telle frustration que la jeune femme en fut bouleversée. Elle venait de flanquer par terre tout le plan qu'il avait savamment monté. Mais peut-être le fuyard serait-il bientôt arrêté par un barrage, à quelques centaines de mètres de là ?

Une crainte lui serra le cœur. Elle n'avait pas envie qu'on l'arrête. Elle ne voulait pas qu'on lui tire dessus. Il avait fallu ces épreuves, le voir près d'être abattu, pour réaliser à quel point elle tenait à lui.

Roland se tourna vers elle en l'entendant approcher. Elle posa la main sur son bras mais il se dégagea d'un geste sec.

— Satisfaite ?

Le reproche avait été assené telle une gifle.

— Tu peux m'expliquer comment il a eu les clés de ta voiture ?

Elle haussa les épaules, s'arrêta soudain. Roland sentait l'alcool. Cognac ou whisky. Pourquoi avait-il bu ?

— Bon, on va récupérer la mienne. Faut que je prévienne les collègues, qu'on dresse des barrages.

— Ils ne sont pas déjà là ?

Il soupira, comme s'il parlait à une enfant particulièrement lente.

— J'ai essayé de l'arrêter en douceur, tout seul, pour éviter une effusion de sang.

— Tu m'avais dit...

— Je sais ce que je t'avais dit. Je ne pensais pas qu'il serait armé et tenterait de te tuer !

Carole le suivit en silence. Toute l'attitude du policier exprimait la réprobation et elle n'osait lui parler. Malgré tout, elle ne parvenait pas à véritablement se reprocher sa conduite. Elle avait agi selon sa conscience, même si la raison lui soufflait qu'elle avait eu tort.

Ils avaient parcouru un peu plus de quatre cents mètres et approchaient de la voiture du policier quand Carole commença à se poser de véritables questions sur ce qui venait de se passer. Deux images lui revenaient sans cesse en mémoire, qu'elle ne parvenait pas à analyser : celle de Roland jaillissant soudain pour tirer sur l'homme qui avait tenté de la tuer et le visage du fugitif, implorant, tendant ses mains vers elle pour la supplier de l'aider...

Pourquoi ne l'avait-il pas tuée à cet instant si c'était ce qu'il avait prévu depuis le début ? Pourquoi ne l'avait-il pas menacée avec son arme pour lui prendre ses clés ?

Où était son arme ?

Perdue ? Mais où se l'était-il procurée en premier lieu, puisque Roland avait emporté celle qui se trouvait chez lui ?

Soudain elle comprit.

Elle revoyait Roland jaillir entre les tombes et faire feu en lui hurlant de se coucher et elle qui restait debout, stupide, dans sa ligne de mire, l'empêchant de viser sa cible...

Et lui, ajustant avec peine son tir de la main droite, tandis que la gauche rempochait quelque chose ! Ce quelque chose formait à présent une bosse qui gonflait la poche de son veston. Une bosse en forme de pistolet.

Ils arrivaient à la voiture. Roland se tourna vers elle, et elle se souvint tout à coup du dentiste. On avait annoncé sa mort à la radio quelques jours plus tôt et celui-ci avait été assassiné juste après qu'elle eut suggéré à Roland de rechercher un dentiste... Était-il possible que Roland soit pour quelque chose dans ce crime ?

Il ouvrit la portière du passager et lui fit face à l'instant où elle comprenait pourquoi il était venu seul ce soir, pourquoi l'endroit ne grouillait pas de policiers.

— Alors, tu montes ?

# 53

Sophie entra dans le café à la sortie de Pessac. Il s'agissait de l'un de ces endroits anonymes empestant le tabac et le vin de mauvaise qualité. La fermeture approchait et le sol était maculé des détritus accumulés au cours de la journée : mégots, tickets de loto malheureux... Pas le genre de lieu où elle serait venue sans une bonne raison. Accoudés au bar, deux ivrognes qui devaient s'y trouver depuis le matin lui jetèrent un regard lubrique qu'elle préféra ignorer. Elle parcourut la salle des yeux et repéra la femme qu'elle était venue rencontrer. Elle se faufila entre les tables et vint s'asseoir à la table d'Émilie Labonté, gouvernante de Luigi Belladone.

— Alors c'était vous ?

— Vous attendiez qui ?

— Une autre femme... Elle aussi avait des choses à raconter.

Inutile de lui apprendre qu'elle était morte assassinée.

— Vous avez l'argent ?

— Mon patron s'emploie à le réunir. Mais il va falloir lui donner d'abord de quoi justifier cette dépense.

— Pas d'argent, pas d'informations.

La gouvernante fit mine de se lever. Mais Sophie avait vu son manège. Elle ne cessait de jeter autour d'elle des regards inquiets. Ses doigts se crispaient sur la note de son café qu'elle avait compressé en une boule informe. Cette femme crevait de trouille. Elle devait se mordre les doigts de l'avoir contactée, et en même temps l'appât du gain était tel qu'elle avait osé courir le risque.

— Attendez.

Sophie lui agrippa le bras d'une poigne ferme et la femme s'immobilisa.

— Asseyez-vous.

Elle hésita.

Sophie lui indiqua sa chaise d'un signe de tête. Trente ans séparaient ces deux personnes, mais il n'y avait pas d'ambiguïté concernant celle qui dominait la situation : des années de conditionnement à obéir ne s'oublient pas en cinq minutes. La gouvernante se laissa tomber sur la chaise.

— Je veux mon argent, gémit-elle d'une voix faible. Vous ne saurez rien sinon.

— Si. Je sais déjà beaucoup de choses. Votre seule présence ici constitue une accusation contre vos patrons. Et je ne suis pas venue seule.

Elle fit semblant de chercher du regard quelqu'un à l'extérieur.

— Frank est déjà parti, constata-t-elle. Je savais que vous risquiez de faire des difficultés en constatant que je n'ai pas encore l'argent. Frank est le photographe du journal. Il nous a photographiées toutes les deux. À l'heure qu'il est, il doit déjà être en train d'imprimer. Le numérique fait des miracles ! Bon, voilà ce que je vous propose : vous me racontez tout et nous verrons ensuite ce qu'on peut faire pour l'argent.

— Pas question !

La gouvernante avait jeté ça comme un refus définitif, mais ses regards de bête traquée avouaient qu'elle avait perdu la partie et le savait. Sophie se sentait presque honteuse de ce qu'elle faisait ; cependant, elle tenait un scoop énorme et n'entendait pas le lâcher. Il lui fallait ces informations.

— Ok, fit-elle en faisant mine de se lever. Je vais rejoindre Frank. Il me donne les clichés et je fonce trouver Luigi Belladone et Shark. Je leur dis que vous m'avez tout raconté et on voit ce qui en sort...

— Non !

C'était un cri de panique. Les deux consommateurs au bar tournèrent la tête dans leur direction, mais Sophie leur jeta un regard suffisamment dissuasif pour qu'ils reprennent leur discussion.

— Je vous écoute.

La femme en face d'elle semblait avoir vieilli de vingt ans.

— Vous êtes ignoble...

Elle haussa les épaules. Elle aurait le temps d'avoir honte de sa conduite plus tard. Pour l'instant, elle voulait savoir.

— Alors ?

— Alexandre a raison. L'amnésique, c'est bien Alexandre Morvan.

Sophie soupira et se laissa aller sur sa chaise.

— Lionel le volait depuis des années. Il a fini par s'en apercevoir et l'a renvoyé. Mais Lionel ne sait rien faire et il a près de cinquante ans. Qu'est-ce qu'il serait devenu ?

Sophie n'avait pas vraiment envie de s'apitoyer sur le sort de cet homme, dont elle pressentait déjà qu'il avait choisi la voie la plus facile pour se tirer d'affaire, mais elle opina néanmoins pour montrer qu'elle compatissait. La gouvernante ne paraissait pas se préoccuper de son opinion, de toute façon. Elle s'était repliée sur elle-même, les mains jointes sous la table, les yeux à demi fermés, dévidant son histoire comme s'il s'agissait d'une confession trop longtemps contenue et dont elle était soulagée de pouvoir enfin se débarrasser.

— Il n'avait pas le choix. Il allait être renvoyé, condamné, peut-être... Et il a croisé Julien Servais. Par hasard...

Sophie ne croyait pas au hasard mais se garda bien de faire le moindre commentaire. Les aveux étaient entamés, il ne fallait surtout pas les interrompre.

— Et Servais a aussitôt accepté de l'aider ?

— Lionel le tenait. Il y a quelques années, Julien a travaillé pour Alexandre. Quand il a été renvoyé, Alexandre a eu un accident de voiture et c'était Julien qui avait fait le coup.

— Comment savez-vous ça ?

— Je les ai entendus en parler. Lionel rappelait à Julien qu'il lui avait fait signer un papier. Il le faisait chanter avec ça. Au début, c'était pour qu'il se tienne éloigné, sinon il donnait le papier à la police. Puis, quand il a eu besoin de lui...

Joli monde. Mais Sophie connaissait suffisamment la nature humaine pour ne pas s'en étonner. Que deux crapules s'entendent sur fond de chantage pour détrousser un troisième larron, cela n'avait rien de nouveau.

— Puis ils ont eu cette idée. Je ne sais pas lequel des deux. Mais ils se sont dit que puisque Julien avait déjà tenu le rôle de Luigi Belladone, il pouvait recommencer. C'est pour l'argent, vous comprenez ? Alexandre est très riche. Quand il a fait ses chansons, il a touché beaucoup d'argent, qu'il a placé.

— Ils ont voulu mettre la main sur le magot en séquestrant Alexandre Morvan. Julien Servais se faisait passer pour lui et devait vider les comptes ?

— Oui, c'était ça l'idée. Au début.

— Et ils vous ont mise au courant.

— Bien sûr. Sans moi, ils ne pouvaient rien faire. Je n'aurais pas été dupe...

Sophie ressentait une légère envie de vomir. La compassion qu'elle éprouvait pour cette femme quelques minutes auparavant s'était totalement évanouie.

— Donc, vous vous êtes mis d'accord pour séquestrer Morvan et lui faire cracher son magot. Qu'est-ce qui a mal tourné ?

La vieille femme haussa les épaules.

— D'abord, Alexandre a refusé de livrer le code. Il s'était organisé pour placer presque tout en Suisse, d'où une certaine somme était virée sur ses comptes chaque mois pour assurer ses dépenses.

— C'est quoi, « presque tout » ?

— Ils ont parlé de cinq ou six millions de dollars.

Sophie siffla doucement.

— Eh bien ! Ça paie, la chanson !

— C'est énorme. Mais les millions demeuraient bloqués en Suisse. Il fallait un code pour les retirer. Ou un numéro de compte, je ne sais pas exactement. Et ça, il refusait de le donner. Ils l'ont enfermé. Privé de nourriture. Rien à faire. Puis ils l'ont drogué, mais il tenait bon malgré tout. Je crois même qu'ils l'ont battu.

— Vous « croyez » ?

La vieille eut un geste d'impuissance.

— Je sais pas ! J'ai rien vu... Moi, je devais juste continuer comme si de rien n'était. Faire les courses, à manger... Ils se disputaient entre eux, ils n'étaient pas d'accord sur ce qu'il convenait de faire une fois qu'ils auraient l'argent. Il n'y avait qu'une chose sur laquelle ils s'entendaient, c'était que moi je devais toujours faire la bonniche !

Soudain, la motivation de cette femme apparut à Sophie. La gouvernante n'appréciait pas que ces deux machos aient continué de la traiter comme une domestique. Au point de les trahir à la première occasion ! Pitoyable. Et risible.

— Qu'est-ce qui s'est passé ? Comment Morvan est-il parvenu à leur échapper ?

— Ils allaient le tuer..., souffla-t-elle.

— Le tuer ?

— Oui. Il ne parlait toujours pas. Je ne sais pas comment il faisait, mais il tenait bon. L'idée de Lionel était de prendre l'argent et de filer. Mais Julien a commencé à se prendre vraiment pour Luigi Belladone ! Il parlait de remonter sur scène.

Sophie retint un sourire. Cela cadrait bien avec ce qu'elle avait appris de Julien Servais. Voyant l'occasion de prendre la place de Luigi Belladone, il n'avait pu se contenter de jouer le rôle de loin. Il voulait vraiment devenir le personnage, être sous les feux de la rampe ! Nul doute que cela avait dû créer un certain malaise dans le trio.

— Et qu'en pensait Shark ?

La vieille haussa les épaules.

— Il faisait semblant d'y croire. Mais plus le temps passait, plus ils se trouvaient dans une impasse. Alexandre refusait de donner le code et l'autre perdait patience. Ils allaient le tuer.

— Alors vous avez décidé de le faire évader.

La gouvernante sursauta.

— Faut pas dire ça ! Ils me tueraient ! Julien, surtout. Il est complètement fou.

Sophie l'imaginait sans peine.

— Même Lionel a peur de lui. Alors moi... Mais c'est allé trop loin. Vous comprenez, je voulais bien l'argent, mais pas au prix d'un meurtre.

Sophie la regarda, se demandant à quel point elle s'était abusée elle-même. Comment avait-elle pu imaginer une seconde que les deux autres laisseraient Morvan partir ? En l'aidant à s'échapper, elle ne faisait que renâcler devant l'obstacle au dernier moment.

— Donc, vous l'avez aidé à s'évader.

La vieille ne songeait même plus à nier.

— Je lui apportais sa nourriture. J'ai arrêté de le droguer. Ils m'auraient tuée s'ils avaient su. Mais ils allaient s'en rendre compte bientôt. Alexandre était trop abruti par les drogues pour simuler longtemps devant eux. J'ai dû le faire sortir avant qu'il soit vraiment prêt à s'échapper. Les clés de Julien traînaient, comme toujours. Il laisse tout traîner et c'est moi qui range ! Je les ai prises. Alexandre s'est sauvé avec sa voiture, ils l'ont vu partir et Julien l'a poursuivi. Il l'aurait tué, mais des gens arrivaient. Il l'a laissé pour mort. Et Alexandre a été emmené à l'hôpital.

— Pourquoi n'avoir pas raconté tout ça à la police ? Le lieutenant Laville est venu vous voir, il vous aurait protégée...

La vieille ricana.

— Il est de mèche avec eux !

Sophie encaissa la nouvelle sans être vraiment surprise. Elle retint un sourire de satisfaction devant la confirmation de ses soupçons et se pencha par-dessus la table.

— Le lieutenant Roland Laville travaille pour Julien Servais et Lionel Shark ?

— Depuis peu. Il est venu les interroger avec un collègue. Puis il est revenu tout seul, pour parler d'une histoire de dentiste. On pouvait identifier Alexandre avec ses dents. Il le leur a dit, et ils lui ont versé de l'argent pour qu'il regarde ailleurs pendant qu'ils s'en occupaient.

— Et Laville a négligé la piste du dentiste ?

— Le dentiste est mort.

Sophie sursauta. Jusqu'à présent, on n'avait fait qu'envisager le meurtre de Morvan. Quant à Adrienne Sovak, c'était presque une affaire personnelle entre elle et Servais. Avec le meurtre du dentiste, on tombait dans la criminalité organisée.

— Laville a couvert ça ?

La vieille opina.

— Il n'avait pas le choix. Il est venu et Lionel lui a montré une cassette où on le voyait toucher l'argent.

Sophie se fit la réflexion que cette vieille bique devait passer son temps l'oreille rivée aux portes, mais à cet instant cela l'arrangeait bien.

— Il protestait qu'il n'avait pas voulu qu'on tue le dentiste, mais Lionel lui a rétorqué qu'il plongerait avec eux s'ils étaient accusés. Je pense que ça l'a calmé parce qu'on n'a plus entendu parler de lui jusqu'à aujourd'hui.

— Il a téléphoné aujourd'hui ?

— Oui, pour dire qu'il savait où trouver Alexandre. Il s'est enfui de l'hôpital. Ils se sont mis d'accord. Il va le tuer et dira que c'est arrivé pendant l'arrestation. Pour ça il touchera une part sur le fric. Mais ils l'ont roulé parce que Laville ne sait pas qu'ils n'ont pas l'argent ! Il croit qu'il y a des millions, et y a rien, ou presque !

L'idée paraissait l'amuser; cependant Sophie ne lui prêtait plus attention. Elle analysait ces informations.

— Vous comprenez pourquoi j'ai peur, poursuivait la gouvernante. S'ils apprennent que j'ai parlé, ils me tueront.

Sophie voyait déjà les gros titres qu'elle allait obtenir avec cette histoire. « Un flic ripou aide deux truands à tuer un dentiste pour accaparer la fortune d'une ancienne star du rock ! » Dommage qu'il n'existe pas de prix Pulitzer en France, il aurait été pour elle.

— Et c'est pour ça que vous m'avez contactée.

— Ils commencent à tuer à tort et à travers. Bientôt, ils vont se poser des questions sur la façon dont Alexandre a pu s'échapper. D'ici à ce qu'ils me soupçonnent et décident de se débarrasser de moi... Dites, vous allez m'avoir cet argent ? J'ai rien fait, moi. Je veux juste de quoi partir. Je connais un endroit tranquille dans le sud de l'Espagne. Avec cent mille euros, à mon âge, je vivrais bien...

Sophie ne l'écoutait plus. Elle avait terminé son analyse et la conclusion était inquiétante. Laville était un ripou qui s'apprêtait à commettre un meurtre sur la personne de Morvan, lequel Morvan intéressait Carole. L'infirmière risquait de se retrouver prise entre deux feux. La gouvernante jeta un regard affolé à Sophie en la voyant sortir son téléphone.

— Qu'est-ce que vous faites ? Qui appelez-vous ?

— Une amie, ne vous inquiétez pas. C'est l'infirmière qui soigne Alexandre. Elle fricote avec ce flic, je dois l'avertir.

Sans se préoccuper des supplications qu'elle lisait dans les yeux de la vieille femme, Sophie composa le numéro de son amie.

— À cette heure, elle doit avoir quitté l'hôpital. Je vais tenter de la joindre sur son portable.

## 54

Carole avait les yeux fixés sur la poche de Roland, sur cette bosse qui devait dissimuler un automatique.

— Alors ? Tu montes, oui ou non ?

Elle le regarda.

— Il n'était pas armé. Ce n'est pas lui qui a tiré le premier coup de feu, c'est toi. Pour l'accuser et pouvoir plaider la légitime défense. Tu voulais l'abattre. Et je t'aurais servi de témoin.

— Qu'est-ce que tu racontes ? Tu es folle !

Mais elle voyait son visage se décomposer et ses dénégations ne servaient à rien. Au fur et à mesure qu'elle parlait, son raisonnement se mettait en place avec une logique mathématique et toute la mécanique du complot lui apparaissait :

— Pourquoi ? De l'argent ? Ils t'ont payé ? Sophie avait raison, tu es un ripou ? À vendre au plus offrant. Belladone, en l'occurrence. Et mon patient est bien Alexandre Morvan, c'est ça ? Servais a réussi à prendre sa place mais tu t'en es rendu compte... Tu le sais depuis combien de temps ?

— Tu dis n'importe quoi, allez, monte !

Elle secoua la tête.

— Pas question. Je ne vais nulle part avec toi.

Il la dévisagea d'un air égaré. Elle avait tout compris et ce n'était pas une possibilité qu'il avait envisagée. Il jeta autour d'eux des regards affolés, comme en quête d'un secours improbable, puis parut prendre sa décision. Sa main gauche plongea dans sa poche et en ressortit l'arme trouvée chez Julien Servais. Carole voulut fuir, trop tard. Il lui braqua l'arme sur le visage et son doigt se crispa sur la détente. Il y eut un petit mouvement à l'arrière du pistolet et le chien se redressa. Roland fixait sur elle un regard fou.

— Roland !

Il ne l'entendait pas. Les yeux exorbités, il la visait d'une main tremblante. Un temps infini s'écoula, pendant lequel elle ne vit que ce petit trou obscur d'où la mort allait jaillir. Elle se demanda si elle aurait le temps de voir la flamme, si elle souffrirait... Mais qu'attendait-il ? Le canon oscillait entre son front et ses yeux.

— Monte dans la voiture, répéta-t-il.

Il n'avait pas tiré. Carole avait cru sa dernière heure arrivée, pourtant le policier n'avait pas eu le courage de la tuer. Néanmoins, elle avait conscience que sa vie ne pesait pas lourd en cet instant et s'assit dans la voiture.

— Ta main gauche.

Il avait sorti ses menottes sans cesser de braquer l'arme sur sa tête. Elle obtempéra et il referma un bracelet autour de son poignet. Il la tira sans ménagement à lui et referma l'autre bracelet sur la poignée de la portière.

— Ainsi, tu ne tenteras pas de me fausser compagnie au premier tournant.

La portière claqua et Carole soupira de soulagement. Elle avait la vie sauve, pour le moment. Mais elle était loin d'être tirée d'affaire. Que comptait-il faire d'elle ?

## 55

Alexandre Morvan fuyait au hasard et les vitesses hurlaient chaque fois qu'il manœuvrait le levier. Il n'arrivait pas à y croire. Carole l'avait à nouveau trahi ! Elle avait amené ce policier avec elle au rendez-vous ! Comment avait-elle pu lui faire ça ?

Cependant, elle lui avait jeté ses clés pour lui permettre de s'enfuir. Il ne savait s'il devait se réjouir ou s'attrister de son attitude, ni lequel de ses actes était le plus important : le piège ou le moyen de s'en échapper ? En tout cas, il s'en était fallu d'un cheveu qu'il ne laisse sa vie dans cette rencontre. Il jeta un regard dans le rétroviseur mais ne distingua pas la moindre trace d'un poursuivant. Cette situation lui rappelait quelque chose. Comme une impression de déjà-vu. Peut-être autrefois, dans cette vie dont il ne se remémorait que des lambeaux. Il était de plus en plus persuadé que les souvenirs qu'il retrouvait étaient ceux de Morvan. Il ignorait encore le fin mot de l'histoire, mais cela finirait par lui revenir, du moins l'espérait-il. Si on ne le tuait pas avant.

Il négocia un virage sans ralentir et la voiture tangua. Elle n'était pas faite pour ce genre de conduite. Il leva le pied. Où allait-il ? Il l'ignorait, mais il venait de tourner à droite alors que la route principale continuait tout droit. Le paysage autour de lui avait un air vaguement familier.

Il ne savait pas où il se trouvait, dans quelle direction il roulait, mais il lui semblait avoir déjà parcouru ces rues. Bien sûr, il faisait nuit et les apparences étaient trompeuses. Quelle importance, de toute façon ? Que pouvait-il espérer ? La jauge indiquait que le réservoir était presque vide et il n'avait même pas assez d'argent pour remettre de l'essence. Il n'irait pas loin.

Il tourna à gauche, aperçut du coin de l'œil un panneau dans l'éclat des phares. Cela ne dura qu'une fraction de seconde et il n'eut pas le temps de lire ce qui était écrit dessus.

Pourquoi l'avait-elle trahi ? Parce qu'elle avait peur de lui. Parce qu'elle ne le croyait pas. Parce qu'elle aimait ce matamore avec son insigne... Mille raisons. Mille raisons d'être en colère.

Ses mains se crispaient sur le volant, la droite descendant parfois rageusement pour rétrograder ou passer la vitesse supérieure. On l'avait retrouvé au bord d'une route. Victime d'un accident. C'était un miracle qu'il soit encore en vie. Peut-être était-il temps de finir le travail ? À quoi bon poursuivre si c'était pour se retrouver seul, enfermé, sans même quelques vrais souvenirs auxquels se raccrocher, et avec le sentiment que le nom par lequel on vous appelait n'était pas le vôtre ?

Il écrasa l'accélérateur et la voiture partit à l'assaut d'une côte. Arrivé aux deux tiers, il ralentit toutefois, la route faisant un crochet sur la droite, juste après le sommet. Ce n'était pas signalé suffisamment tôt, et bien des conducteurs se laissaient prendre. Il franchit l'obstacle sans encombre et ce n'est qu'en sortant du virage qu'il fut surpris par sa prescience.

Soudain, il se rappela ce qui était écrit sur le panneau.

Goursac. En redescendant la colline, il aperçut les lueurs d'une petite ville à quelques kilomètres et comprit que c'était là qu'il se rendait. Ses mains semblaient dotées d'une vie propre, comme si elles connaissaient la route. Le volant pivotait lorsqu'il le fallait et la voiture prenait d'elle-même la bonne direction. Le truc était de ne pas y songer.

Il ne lui fallait pas beaucoup se forcer pour occuper ses pensées avec un autre sujet. Carole. Elle lui avait sauvé la vie. Se pouvait-il qu'elle éprouve quelque chose pour lui ? Il était effrayé par la violence de ses propres sentiments. Il les avait dissimulés aussi longtemps que possible, se demandant s'il l'aimait vraiment ou s'il ne s'agissait que d'un trouble psychologique, un de plus, dû à son état de dépendance. Après tout, elle était la seule femme dans son entourage, ou presque. Toujours gentille et prête à l'aider...

Virage à gauche, puis tournant à droite.

Bien sûr, c'était son métier qui voulait ça. Mais il n'avait pas senti le même engagement chez ses collègues. De là à conclure que lui aussi représentait quelque chose pour elle... À moins qu'elle n'agisse ainsi avec tous ses patients ? Cette pensée l'avait retenu. La crainte de se tromper et de la voir éclater de rire s'il avouait ses sentiments... Pourtant il n'avait pu se contenir plus longtemps lorsqu'il avait lu la peur dans son regard. Pourquoi avait-il fallu qu'elle joue les détectives amateurs et fouille dans son tiroir ?

Pourquoi était-elle allée jusqu'à reconstituer ce qu'il avait écrit dans son calepin ? Bon sang, il ignorait même qui était cette Adrienne Sovak ! Ce nom ne lui évoquait rien. Elle l'avait appelé, ainsi qu'il l'avait dit à Carole, pour lui annoncer qu'elle connaissait le secret de son passé. Elle était prête à tout lui révéler moyennant finance, mais elle était très gourmande et quand il lui avait dit qu'il ne possédait pas d'argent elle avait semblé déçue. Elle avait juste pris le temps de lui laisser ses coordonnées avant de raccrocher, le prévenant qu'elle contacterait « qui il savait » et obtiendrait sans doute davantage de ce côté.

« Qui il savait » ? Lorsqu'elle l'avait appelé, il ne savait rien mais elle n'avait pas voulu le croire, comme les autres. Alors que ce soir...

Ce voyage était une révélation. Il avait conduit la voiture sans réfléchir, se fiant à son instinct, et son instinct l'avait ramené... chez lui.

Il était arrêté devant une grille de métal qu'il reconnaissait, et des pans entiers de sa mémoire lui revenaient à présent. La grille était fermée; la dernière fois elle était ouverte. Il arrivait de l'autre côté, du fond du jardin, au volant d'une grosse voiture. Une BMW noire. Ce n'était pas la sienne, c'était celle de Julien. Il avait du mal à la conduire parce que la drogue perturbait encore son système nerveux, mais il faisait de son mieux, conscient qu'il n'aurait pas de seconde chance. Émilie ne l'aiderait pas une autre fois. D'ailleurs, s'il était pris, c'en serait fait d'elle aussi.

Émilie l'avait aidé à s'enfuir, en cessant de mélanger la drogue à sa nourriture. « Je vais ouvrir la grille. Une fois dehors, souvenez-vous que c'est moi qui vous ai tiré de là », lui avait-elle soufflé en lui glissant les clés de la voiture dans la main. Et il avait foncé dans le noir.

Ce soir, la grille était à nouveau fermée. Il joua un instant avec l'idée d'utiliser son véhicule comme bélier pour la défoncer et s'introduire en force dans cette maison qui renfermait le secret de son identité. Mais la grille paraissait énorme comparée à la petite Peugeot. Sans doute ne parviendrait-il même pas à l'ébranler. Il embraya et s'éloigna sans qu'on le remarque.

Il ne put rouler très loin. Le flot de souvenirs qui déferlait était trop fort et le suffoquait. Il s'engagea sur une petite place et s'y rangea en roue libre, laissant la voiture heurter doucement le bord du trottoir avant de s'immobiliser. Le moteur cala et le silence de la nuit l'enveloppa. Les rues étaient désertes. Seules quelques fenêtres illuminées par une lampe ou l'éclat d'un téléviseur indiquaient que la vie se poursuivait dans ce village. Goursac.

Il se souvenait maintenant d'y avoir vécu en reclus durant des années. Ressassant sa gloire passée et se complaisant dans la déchéance. Il revoyait défiler ces années devant ses yeux tel un film lui montrant la vie d'un autre, et le dégoût le submergeait à l'idée qu'il ait pu mener cette existence vide aussi longtemps. À la lumière de l'expérience qu'il venait de connaître, ce gâchis lui paraissait monstrueux. De quel droit, alors qu'il avait tout pour se réaliser, s'était-il laissé enfoncer ainsi dans cette médiocrité dorée ? Servi par sa fidèle gouvernante et Lionel...

Lionel.

Lionel qui le giflait pour lui faire avouer le code permettant de vider le compte en Suisse. Comment avait-il pu laisser cet homme dominer sa vie ?

Et l'autre. La doublure. Le clone. L'inexistant. Qui avait toujours rêvé de prendre sa place et exultait d'y être enfin parvenu.

Il savait tout à présent. Il allait pouvoir prouver son

identité. Mais non. Il se réjouissait à tort. Pour le monde entier il était un simulateur, un imposteur. Le fait qu'il se souvienne ne changerait rien à l'affaire, ce serait toujours sa parole contre la leur. On ne le croirait pas. La police le considérait déjà comme un meurtrier. On lui avait tiré dessus sans sommation, ce soir. Il ne pouvait rien attendre de ce côté. Au mieux on l'arrêterait et on le condamnerait sans l'écouter, au pire on l'abattrait à vue.

Il lui fallait des preuves.

Il redressa la tête. Elles se trouvaient dans la villa. Il devait s'y introduire pour en rapporter quelque chose permettant de l'identifier sans la moindre équivoque. Après quoi il s'adresserait à la presse.

Sa décision prise, il sortit de voiture. La fraîcheur de l'air nocturne le surprit et il frissonna. Il n'avait toujours sur le dos que les vêtements volés à l'hôpital, trop fins pour conserver la chaleur.

Un véhicule approchait et il s'accroupit derrière la Peugeot. Ses yeux s'écarquillèrent quand il reconnut ses occupants : le flic, qui lui avait tiré dessus un peu plus tôt, et Carole. Que venaient-ils faire ici ? Il eut très vite la réponse. Il entendit le déclic du verrou électrique et la grille de la propriété devant laquelle lui-même s'était arrêté peu auparavant s'ouvrit comme si on les attendait. Le couple entra.

Alexandre Morvan se redressa dans l'obscurité. Il ne voulait pas y croire. Carole était dans le coup depuis le début, et le flic aussi ! Ils lui avaient tendu un piège ce soir pour le tuer, mais sans doute l'idée d'un meurtre avait-elle effrayé Carole. Par lâcheté, elle lui avait alors jeté ses clés. Et ils venaient maintenant faire le point avec leurs complices ou toucher le prix de leur trahison.

Alexandre avança la rage au ventre. La grille mettrait trente secondes à se refermer après le passage de la voiture. Il accéléra l'allure. Deux désirs le poussaient maintenant : retrouver son identité, bien sûr, mais surtout se venger de ce couple qui l'avait vendu à ses tortionnaires. Découvrir que la femme qu'il aimait se trouvait au centre de ce complot lui faisait mal. Quel jeu jouait-elle ? Il l'ignorait et ne comprenait plus rien, mais il savait une chose : il en avait assez d'être ballotté et de subir. On l'avait dépouillé de tout, son nom, sa fortune, il ne lui restait plus que ses sentiments. Et elle avait joué avec ceux-ci, s'était moquée de lui. Elle n'avait pas voulu de son amour. Une vague de désespoir le submergea.

Il se glissa entre les deux battants de la grille juste avant qu'ils ne se ferment avec un claquement métallique.

## 56

Plaquée contre son siège par la ceinture de sécurité, Carole avait le bras gauche tendu jusqu'à la poignée de la portière à laquelle elle était menottée. « Désolé pour l'inconfort, avait jeté le policier en s'installant au volant, mais au moins tu es encore en vie. »

Maigre consolation, car elle n'avait pas l'impression qu'il se contenterait d'une promenade avant de la relâcher.

— Qu'est-ce que tu comptes faire de moi ?

— Moi ? Rien.

À l'instant où il prononçait ces mots, Carole sentit son

téléphone vibrer contre sa cuisse. Qui pouvait l'appeler ? Pouvait-elle décrocher sans que Roland s'en aperçoive ? Encore quelques vibrations et la sonnerie prendrait la suite. Elle devait l'empêcher. Elle glissa la main dans sa poche.

— Qu'est-ce que tu fais ?

— Je cherche un mouchoir !

Elle n'eut pas à se forcer beaucoup pour que des larmes montent à ses yeux. Le bout de ses doigts se referma sur la coque de plastique. Où était la touche de prise d'appel ? En bas de l'écran...

— Ça sert à rien de chialer, fallait y penser avant...

— Pourquoi fais-tu ça ?

Ça y était. Elle avait enfoncé la touche. Pourvu que les sons passent à travers le tissu de son pantalon.

— Roland ! Pourquoi m'as-tu attachée ? Où m'emmènes-tu ?

— Tu voulais connaître toute l'histoire, tu vas être servie.

Elle sortit sa main de sa poche, fouilla dans l'autre et en sortit un mouchoir dont elle s'essuya les yeux.

— Tu ne peux pas t'en sortir. Tu n'as pas réussi à assassiner Morvan. Et tu n'as pas osé me tuer. Libère-moi !

— Pas la peine de crier, ça ne sert à rien.

— Tu n'oseras pas me tuer !

Il haussa les épaules.

— Eux, ils oseront.

— Non ! Tu m'emmènes chez Belladone pour me faire assassiner ! Je ne veux pas aller chez Belladone !

La gifle la prit totalement au dépourvu. Assenée du revers de la main, Carole la reçut en plein visage. Une douleur fulgurante fusa jusqu'à son cerveau et elle crut qu'elle avait le nez brisé.

— Salaud !

— Ferme-la ou t'en prends une autre.

Des étoiles dansaient devant les yeux de Carole. Elle ignorait qui l'avait appelée, ne savait pas si elle avait réussi à prendre la communication ou bien si, pressé dans sa poche, le téléphone l'avait coupée. Mais sa situation venait de s'aggraver sérieusement. Roland n'avait pas hésité à la frapper et lui avait annoncé qu'il allait la livrer aux deux hommes responsables de toute cette histoire, sans doute deux fois meurtriers. Elle se tut. Insister risquait d'attirer son attention sur le téléphone et elle en aurait peut-être encore besoin.

## 57

Sophie secoua son téléphone, le porta à nouveau à son oreille.

— C'est coupé, constata-t-elle.

— Qu'est-ce qu'elle a dit ? Vous n'avez même pas parlé.

Sophie n'écoutait pas. Elle pianotait fiévreusement sur le clavier. Elle n'avait pas saisi toute la conversation, qui lui était parvenue étouffée, mais elle avait compris une chose : Carole était en danger et on la conduisait chez Luigi Belladone pour la tuer. Plusieurs sonneries retentirent avant que quelqu'un se décide à décrocher.

— Commissariat...

— C'est urgent, une personne est en danger de mort.

— Qui êtes-vous ?

Sophie déclina son identité, expliqua les raisons de son appel... pour s'entendre répondre que toutes les voitures étaient sorties et que le commissariat ne pourrait pas envoyer quelqu'un sur les lieux avant une heure et demie au moins. Elle jura et raccrocha.

— On y va ! dit-elle en jetant un billet sur la table.

La gouvernante, qui avait suivi toute son explication, était devenue d'une pâleur cadavérique.

— Vous êtes folle...

— J'ai besoin de vous pour la grille. Vous avez la clé ou le code ? Alors on y va ! C'est ça ou une condamnation pour complicité de meurtre s'il arrive quelque chose à Carole.

La gouvernante se leva à son tour, sans enthousiasme. Ses rêves de fortune s'étaient envolés, elle ne voyait plus devant elle qu'une longue série d'ennuis, dont le moindre serait un procès pour complicité de séquestration. Elles quittèrent le café et Sophie désigna sa voiture garée de l'autre côté de la rue.

— Et attachez votre ceinture.

## 58

Comme convenu par téléphone, la grille s'ouvrit lorsqu'ils arrivèrent devant la maison. Roland Laville s'engagea sans hésiter dans la petite allée et la remonta jusqu'au bout, tournant derrière le bâtiment pour dissimuler la voiture en se rangeant au bord de la piscine. Il ouvrit la portière de Carole, détacha la menotte de la portière et tira dessus comme sur une laisse pour contraindre la jeune femme à descendre du véhicule.

— Si tu cries, je t'assomme, souffla-t-il.

Elle détourna la tête, dégoûtée par son haleine. Dire qu'elle avait embrassé cet homme qui venait de la gifler et menaçait de l'assommer ! Il paraissait décidé à le faire. Son regard était fuyant, inquiet. Il était dépassé par la situation. En venant, il avait pioché à deux reprises la flasque argentée dans la poche intérieure de sa veste et avait bu directement au goulot. À défaut de lui donner du courage, l'alcool semblait atténuer son sens des responsabilités, sa crainte des conséquences. Il ne raisonnait plus et Carole avait renoncé à discuter avec lui. Son nez la faisait souffrir, elle craignait de prendre un autre coup si elle le contrariait. À présent qu'il l'avait frappée une fois, qui savait où il s'arrêterait ?

— Qu'est-ce que c'est que ce bordel ?

Julien Servais, puisque tel était son véritable nom, descendait l'escalier de la terrasse.

— Rentrons, dit Roland, on discutera à l'intérieur.

— Aucun danger, les voisins sont en vacances.

Le policier eut un mouvement pour marquer son agacement.

— Il y a toujours des curieux qui traînent. Rentrons.

— Faudra que tu nous expliques ce qu'elle fait là.

Le trio remonta sur la terrasse où les attendait Lionel Shark. L'imprésario les regarda approcher avec curiosité, avant de s'effacer pour les laisser entrer dans le salon. Carole n'avait nulle envie de pénétrer dans cette maison, mais le policier la propulsa en avant d'une bourrade et elle se retrouva à l'intérieur malgré elle. Il la jeta dans un fauteuil.

— Toi, tu restes là et tu ne bouges pas.

Carole examina les lieux en massant son poignet endolori auquel pendait encore la paire de menottes. L'endroit devait être agréable en temps normal, mais ce soir elle n'en percevait que la froideur. Elle avait l'impression d'être dans un de ces salons que l'on voit en photo dans des magazines, tellement parfaits que l'on se demande si quelqu'un habite vraiment là. La personne qui l'avait appelée avait-elle entendu ce qu'elle disait, avait-elle compris dans quel danger elle se trouvait, et surtout avait-elle fait quelque chose pour venir à son aide ? Elle ne pouvait compter dessus. Elle devrait se sortir seule de cette histoire.

Shark s'était servi un verre de whisky sans en offrir aux autres.

— On peut savoir ce qui nous vaut l'honneur douteux de cette visite ?

Le policier s'était contenté de téléphoner en arrivant à proximité de Goursac, pour les avertir de sa venue et leur demander d'ouvrir la grille. Les deux hommes avaient obtempéré, ce qui confirmait à Carole que ces trois-là étaient de mèche.

— Morvan s'est échappé.

— Putain ! Tu parles d'un flic !

— Merde ! Je l'avais ! C'est elle qui l'a aidé !

— Comment as-tu pu laisser faire ça ? T'es vraiment con. Tu vois dans quelle situation tu nous as mis ?

— On n'en serait pas là si vous n'aviez pas tué la fille ! Il suffisait qu'elle l'identifie comme étant Servais et c'était gagné. Qui c'est le plus con dans l'histoire ?

— La tuer a été une erreur, convint Shark. Julien a toujours été impulsif. Il n'a pas supporté qu'elle tente de le faire chanter. S'il m'en avait parlé d'abord...

— Si je t'en avais parlé, tu n'aurais rien fait d'autre que discuter, elle nous aurait fait chanter jusqu'à la fin des temps. Au moins, j'ai réglé un problème.

— Tu as *cru* régler un problème. Et maintenant on en a un autre.

L'attention des deux hommes se focalisa à nouveau sur Carole, qui se fit toute petite. Elle se demandait comment tirer parti de l'antagonisme qui régnait dans ce trio.

— Pourquoi l'avoir amenée ici ?

— Parce qu'elle a tout compris.

— Tout quoi ?

— Mon rôle. Que je voulais tuer Morvan. Et elle en a déduit qu'il était bien celui qu'il prétendait être.

— Et alors ? Fallait la tuer là-bas et faire porter le chapeau à l'autre !

Pour Servais, la solution paraissait évidente. Carole fut soulagée qu'il n'ait pas été celui qui lui braquait une arme sur le visage un peu plus tôt ! Et ce fut cette vision qui lui donna une idée.

— Il a préféré me ramener ici pour vous compromettre tous les deux, lâcha-t-elle.

Les trois hommes tournèrent la tête dans sa direction d'un même mouvement. Elle avait capté leur attention.

— Ne l'écoutez pas ! jeta Laville.

Trop tard. Carole était lancée et elle avait un auditoire. Ignorant la douleur qui fusait de son nez blessé chaque fois qu'elle ouvrait la bouche, elle poursuivit d'une voix curieusement déformée :

— Il a failli me tuer, là-bas, mais il est trop lâche.

Regardez-le, il s'est soûlé pour trouver le courage de tuer Morvan et c'est pour ça qu'il l'a manqué ! Ce n'est pas lui qui a tué le dentiste non plus, n'est-ce pas ? C'est vous aussi, comme Adrienne Sovak ?

L'attitude de Servais, faite à la fois de dénégation et d'une espèce de fierté à l'évocation de ses exploits, valait tous les aveux.

— M. Laville n'est qu'un lâche. Tirer sur un homme désarmé, dans le noir, il sait faire. Quand il s'agit d'assassiner une femme de sang-froid, c'est autre chose. N'est-ce pas ?

— Tais-toi !

— Alors il a eu l'idée de me conduire ici, pour vous impliquer.

Il fit deux pas dans sa direction en levant la main et elle se protégea de son bras replié, mais Servais s'interposa.

— Attends, c'est intéressant.

— Il veut se dédouaner, vous ne comprenez pas ?

Elle se tourna vers Servais.

— Il a tenté de tuer Morvan en se servant d'une arme trouvée chez vous, pour vous faire porter le chapeau.

— Quoi ?

Servais ne paraissait pas apprécier du tout. Il interrogea Laville du regard.

— Elle dit n'importe quoi...

— Elle est dans sa poche gauche.

Tous les regards se portèrent vers la poche indiquée.

— C'est ridicule, voyons, vous n'allez pas la croire. Je n'ai rien dans cette poche, que...

Il porta la main à sa poche.

— ... ça !

Le policier fit à nouveau deux pas en arrière, en braquant sur eux l'automatique récupéré chez Servais.

— Salaud ! jeta Servais.

— Une assurance, juste une assurance. Vous m'avez impliqué de force dans votre histoire. Je pensais juste vous rendre un service moyennant une commission et je me suis retrouvé complice de deux meurtres. J'ai préféré prendre des garanties.

L'imprésario haussa les épaules, comme si cette hypothèse était du dernier ridicule.

— Qu'est-ce que tu croyais en venant me parler du dentiste ? Qu'on allait simplement lui demander de se taire ? Tu as bien accepté le fric, non ?

— Je ne pensais pas que vous alliez le tuer ! Il suffisait de voler ses dossiers.

— Ben voyons !

Carole se taisait. Les trois hommes semblaient prêts à se battre. Elle avait atteint un premier objectif en les dressant les uns contre les autres mais n'était pas tirée d'affaire pour autant. Au centre de la pièce, Roland les menaçait tous les trois avec l'arme de Julien Servais. Il paraissait réfléchir intensément. Son regard brouillé par l'alcool passait de l'un à l'autre, pesant, calculant. Il se posa un instant sur elle et elle comprit le raisonnement qu'il venait de faire. C'était fou ; pourtant dans sa position c'était la seule issue possible. Il allait les tuer tous les trois. Shark et elle avec l'arme de Servais, et il abattrait Servais avec son arme de service. Après quoi il tenterait de s'en sortir en expliquant qu'il avait voulu la secourir mais qu'elle était morte dans la fusillade. Ou une explication embrouillée de ce genre, qui avait une chance sur deux de passer.

— Non ! cria-t-elle.

Il était trop tard. Il se tournait déjà vers la droite, et le petit pistolet claquait sèchement dans son poing. Shark n'eut pas le temps de comprendre. Une tache écarlate apparut sur sa chemise et il lâcha son verre, qui explosa au sol. Carole ne parvenait pas à croire qu'une détonation si faible puisse entraîner la mort d'un homme.

Mais déjà Roland pivotait et braquait l'arme dans sa direction. Elle vit la mort dans son regard et voulut hurler, mais elle n'en eut pas le temps : un pot de fleurs vola à travers la pièce et heurta le policier dans le dos avec un bruit sourd. Il bascula en poussant un cri de douleur tandis que le projectile éclatait sur le sol. Alexandre Morvan, qui venait de le lancer, apparut à la porte-fenêtre. Roland vacillait vers elle, tentant de conserver son équilibre. Un coup de feu partit et elle sentit une balle lui frôler l'oreille. Elle balança son bras à toute volée. Elle avait glissé sa main dans l'autre bracelet des menottes et ce coup-de-poing américain improvisé percuta le visage de Roland. Carole eut la satisfaction d'entendre quelque chose craquer et Roland cria de douleur.

Servais s'était précipité dès que le policier lui avait paru en difficulté. Son pied s'élança, et le pistolet vola dans les airs pour aller faire exploser un grand miroir.

Laville bascula en arrière, trébucha contre la table basse et tomba sur le canapé. Servais plongea sur lui et les deux hommes s'empoignèrent. Carole se leva d'un bond, cherchant l'arme des yeux sans la trouver. Sur le canapé, les deux hommes s'étreignaient férocement. Laville avait réussi à refermer la main sur la crosse de son Manurhin, mais l'autre lui tenait le poignet et l'empêchait de le sortir de son étui. Dans l'entrée, Morvan, épuisé par sa journée de cavale, paraissait au bord de l'évanouissement. Il s'était appuyé contre un mur, cherchant à reprendre des forces. Carole se jeta à quatre pattes sur le sol, regardant sous les meubles. Là ! Le pistolet était sous le canapé. Elle y glissa la main, mais les menottes la gênaient et l'espace n'était pas suffisant pour qu'elle atteigne l'arme.

Une détonation sourde résonna au-dessus d'elle, suivie d'un cri d'agonie qui s'interrompit net. Tout le monde se figea. La pièce fut soudain plongée dans le silence le plus total.

Elle n'arriverait pas à récupérer ce pistolet. Elle releva la tête, se trouva nez à nez avec le Manurhin. Il était beaucoup plus gros que l'automatique. Derrière le revolver, il y avait le visage grimaçant de Servais.

— Perdu, lâcha-t-il.

Il lui fit signe de se lever. Carole eut un dernier regard pour l'arme inutile sous le canapé et se redressa. Servais se leva à son tour. Laville était affalé dans le canapé. Son visage paraissait étonnamment calme, et sans la tache maculant sa chemise on aurait pu le croire endormi.

De l'autre côté de la pièce, dans le fauteuil, Shark avait les bras en croix, comme s'il ne parvenait pas à croire à ce qui lui était arrivé. Servais souriait. Il regarda tour à tour Carole et Alexandre.

— Ainsi te voilà revenu chez toi, constata-t-il. Je suis heureux de ces retrouvailles. Approche. Mets-toi à côté de la dame.

Alexandre se détacha du mur et s'exécuta.

— Je suis désolé, dit-il en approchant de Carole. J'ai cru bien faire, mais je suis épuisé.

Elle eut un sourire contraint pour lui signifier qu'elle ne lui en voulait pas.

— Et maintenant ?

Servais paraissait hésiter. Comme Laville un instant plus tôt, il devait être en train de s'interroger sur ses chances de s'en tirer s'il les tuait tous les deux et jouait les victimes. Il n'avait pas vraiment d'autre choix, à moins de se rendre et d'avouer ses deux meurtres.

— Vous me posez un problème.

— On peut s'en aller, suggéra Carole.

Il sourit.

— Non.

— Je te donne le code pour le compte en Suisse et tu la laisses filer.

Servais regarda Morvan, soudain intéressé.

— Tu ferais ça ?

Carole crut qu'ils allaient pouvoir s'en tirer, finalement.

— Seulement si j'ai l'assurance qu'elle vivra !

Elle le regarda sans y croire. Malgré ce qu'elle lui avait fait, il renonçait à tous ses biens pour la protéger. Elle voulut protester, mais Servais ne lui en laissa pas le loisir.

— Je crains qu'il ne soit trop tard, dit-il. Si elle vit, elle parlera. Et à quoi me servirait cet argent si je suis en prison ? Personne ne sait que vous êtes là. Si je vous tue, je peux continuer comme avant. Je peux même reprendre ta carrière là où tu l'as laissée. J'ai toujours eu plus de talent que toi, ce ne sera pas difficile. Désolé.

Servais ne paraissait pas du tout désolé. La perspective de tuer une nouvelle fois l'emportait sur la perte de l'argent et de toute façon il se voyait déjà promis à la gloire. Il jouissait de la situation. Il braqua le Manurhin sur son double.

— Ça va être la balle la plus chère de toute l'histoire de l'artillerie, conclut-il en ramenant le chien en arrière.

Carole vit Morvan se raidir dans l'attente de sa mort et voulut hurler, mais elle n'en eut pas le temps. L'aurait-elle fait que sa voix eût été couverte par le vacarme qui s'abattit sur eux. Semblant provenir de partout à la fois, un long hurlement jaillit. Servais sursauta et se retourna, son arme braquée sur un ennemi invisible.

Les baies vitrées donnant sur l'avant de la maison s'illuminèrent soudain comme sous le faisceau de projecteurs.

Servais pivota à nouveau, menaçant le vide de son arme, ne sachant sur qui tirer. D'un coup de pied, Carole propulsa la table de salon qui vint le percuter à hauteur des genoux. Il hurla et se tourna vers elle à l'instant où Morvan se jetait sur lui.

Les deux hommes roulèrent sur le sol.

Carole se précipita à son tour, terrifiée à l'idée de voir se reproduire le drame qui venait de coûter la vie à Roland.

— Sauve-toi ! hurla Alexandre en serrant à deux mains le poignet de Servais.

Elle devina plus qu'elle n'entendit ses paroles dans la cacophonie générale, réalisant alors qu'il s'agissait d'une chanson de Luigi Belladone. Son rock le plus endiablé, qui commençait par un long hurlement. Quelqu'un avait mis un de ses disques et monté le volume à fond dans le salon. Ce même quelqu'un avait allumé l'éclairage du jardin à pleine puissance pour détourner son attention et jaillissait soudain dans la pièce, en la poussant de côté sans ménagement.

Sophie !

La journaliste tenait à la main une bombe lacrymogène et aspergeait le visage de Servais.

Il hurla. Morvan cria lui aussi. Deux coups de feu éclatèrent et la baie vitrée s'écroula dans un fracas de verre brisé.

Sophie se releva, s'écarta juste assez pour shooter dans le poignet qui tenait l'arme. Le revolver vola à travers la pièce.

Elle empoigna Carole par un bras et la tira à elle.

— Sortons, ordonna-t-elle en envoyant le revolver à l'extérieur d'un coup de pied.

Sur le sol, les adversaires s'étaient séparés, toussant et crachant. Ils avaient absorbé presque autant de gaz l'un que l'autre. Morvan tentait encore d'assener quelques coups de poing à son double grimaçant, mais sans conviction.

— Bon sang, je déteste cette musique, grommela Sophie lorsqu'elles furent sur la terrasse.

Elle pleurait à moitié, atteinte par le gaz dont elle avait aspergé les combattants.

— C'est la première fois que je me sers de cette saloperie, je ne pensais pas que c'était si efficace !

Les deux hommes se cognaient aux meubles en tentant de gagner l'air libre. Carole prit une inspiration, ferma les yeux et plongea dans la pièce, où elle agrippa Morvan par le bras.

— C'est moi, viens, dit-elle alors qu'il tentait de se débattre.

Elle le tira à l'extérieur, guidée par la voix de Sophie. Lorsqu'elle rouvrit les yeux, elle vit la journaliste qui sortait son portable et composait un numéro. Près d'elle, Alexandre pleurait.

— Je pense que maintenant ils n'attendront pas une heure et demie, murmura Sophie tandis qu'une sonnerie retentissait dans son combiné.

Carole ne chercha pas à comprendre le sens de ces mots. À l'autre extrémité de la terrasse, la gouvernante venait d'apparaître et Carole voulut saisir l'arme sur le sol, mais Sophie posa le pied dessus.

— Non ! Pense aux empreintes ! Tu n'as rien à craindre de madame, elle est avec nous. C'est elle qui a déclenché le son et lumière pour annoncer mon entrée.

Puis elle se détourna, pour rappeler à son interlocuteur qu'elle avait déjà téléphoné plus tôt :

— Si vous étiez venus quand je vous ai appelés, on aurait peut-être pu éviter un carnage. Il y a deux morts, dont un flic ! Ça devrait les inciter à se magner le cul, conclut-elle en raccrochant.

Carole regarda la gouvernante qui approchait timidement. Ensuite elle reporta son attention sur l'intérieur du salon. Servais s'était effondré dans un coin, se frottant les yeux et pleurant.

Dehors, Alexandre en faisait autant. Tellement semblables et tellement différents.

À présent qu'elle avait vu agir Servais, qu'elle avait lu dans son regard la volonté de tuer et le plaisir qu'il allait y prendre, Carole se demandait comment elle avait pu douter d'Alexandre. Angoissée à l'idée qu'il ne lui pardonnerait jamais, elle vint le prendre dans ses bras.

— De l'eau, pour mes yeux, réclama-t-il.

— Surtout pas. Cela pourrait entraîner des séquelles. Il faut laisser faire. Les secours arrivent.

Il hocha la tête et se laissa aller contre elle. Elle

échangea un regard avec Sophie. La journaliste eut un sourire crâne.

— Eh bien, ça va faire un bon article. J'ai eu ce que je voulais.

Son regard s'attarda un instant sur le couple enlacé. La paire de menottes pendait toujours au poignet de Carole mais la jeune femme semblait l'avoir oubliée. La journaliste se détourna et s'avança au bord de la terrasse pour se perdre dans la contemplation de la piscine, dont les reflets bleutés illuminaient la nuit.

— Putain ! dit-elle. Dommage que je ne fume pas, j'aurais bien grillé une cigarette.

*Composition et mise en pages réalisées*
*par Euronumérique*

Achevé d'imprimer par Rodesa en Septembre 2004
N° d'édition : 41353
Dépôt légal : Octobre 2004
Imprimé en Espagne.